徳間文庫

大合併

高杉　良

目次

第一章　深夜の攻防

1

掛け時計の針は午前零時を指している。

井上《いのうえ》は、時計を見上げながら受話器を左手に持ち替えた。

寝入り端《ばな》を襲われたのは午後十一時五十分を過ぎた頃だから、電話は十、十一の両日にまたがったことになる。

昭和四十六年三月十日の深夜、西品川の高台にある第一銀行頭取の井上薫《かおる》邸に電話をかけてきたのは、日本経済新聞社編集局経済部次長の池内正人《いけうちまさと》であった。

さっきからずっと押し問答がつづいている。

井上はねばりにねばった。

「とにかく困ります。いま、新聞に書かれたら、合併がこわれる可能性がないとは言い切れません。もうちょっと待ってください。必要最小限の根回しはしておかなければ……」

「根回しは充分すすんでるじゃありませんか。われわれはその裏も取ってます。百パーセントまとまる確信がなければ書きませんよ。これ以上は待てません。根回しがすすめばすすむほど、他社に嗅ぎつけられるリスクが増加します。いや、すでに嗅ぎつけられていると考えるべきでしょう。某紙が十一日の夕刊で書く可能性が濃厚です。だいたい二十三日に発表するなどといい加減なことを言ったのはどなたですか。失礼ながら井上さんにも横田《よこた》さんにも不信感を覚えます……」

井上は、眉宇をひそめた。それを言われると耳が痛い。

日経にスクープされるのは、ゆきがかり上仕方がないとしても、池内に発表日を明かさず二十三日頃とぼかしたのは、できるだけ引きつけておいて時間をかせぎ、大口株主などの取引先や行内の根回しを周到に行ないたいと考えたからだ。

〝三月十八日発表〟を日経に伝えればスクープされるタイミングが早まり、それによってどんな妨害が入らないとも限らない。万々一ということもある。

夢にまでみた日本勧業銀行との合併がご破算になったら、死んでも死に切れない。

横田とは、日本勧業銀行頭取の横田郁《たかし》のことだが、二人共通の知己である澁澤《しぶさわ》倉庫社長の八十島親義《やそしまちかよし》の力を借り、一年半もかけて三人で積み上げてきた合併話が、大詰めを迎えて九仞《きゅうじん》の功を一簣《いっき》に虧《か》くようなことだけは絶対に避けなければならない。

両行の合併問題を長期間スクープせずに協力してもらった、という認識は井上にも横田にもあったから、日経には、十七日に〝実はあす十八日に発表する……〟と伝えることで両頭取間の合意はできていた。

十七日までの一週間に、要路への事前説明は完了する――。そのスケジュールを着々と消化して来たのだが、それをぶちこわされるのは、なんとしてもつらかった。

三月十八日は大安吉日だが、〝十八日発表〟をキャッチした日経取材陣はさすがと言うしかない。それを知っているのは、井上、横田、八十島の三人と大蔵省事務次官の澄田《すみた》智《さとし》だけだ。

澄田には、横田から耳打ちしてある。

澄田が、第一・勧銀の合併話を銀行局長の近藤道生《こんどうみちたか》だけには話していると聞いていたので、日経のソースは澄田か近藤しか考えられない。

それにしても、池内のしつこさには呆《あき》れながらも、熱意には脱帽せざるを得なかった。

井上は、日曜日の午後、自宅の近くを散歩中に池内に出くわしたことがあった。

「わたしのところですか」

「いいえ。このへんをちょっとひと回りしにきただけです。他社の記者が来てるんじゃないかと気になったものですから」

「ふーん。それだけで、日曜日にわざわざ……」

井上は、内心うなった。

ずいぶん大勢の記者を知っているが、池内ほど凄《すご》いのにお目にかかったことはなかった。

今年に入ってから池内の夜回りは連夜続いている。十時頃にやってきて、玄関先で井上の顔を見ると安心して帰って行く。

「変ったことありませんか」

「別にないですよ」

顔を出さずに、家の周囲をハイヤーで一周して、他社の車がないことを確認だけして帰ることもあった。

第一と勧銀の合併は、世界でも例のない大銀行の対等合併である。日経がそのスクープに並々ならぬ情熱とエネルギーを注ぐのは、至極当然とも言えた。

「せっかくいままで協力してくれたんじゃないですか。せめてもう二、三日待ってくださいよ。お願いします」

「………」

「鶴田《つるた》経済部長に替ってください。鶴田さんは、横田さんと私から合意が得られない限り書かないと約束してくれてるんです」

池内の返事が一瞬遅れたのは、多少心に咎《とが》めるものがあったからだ。

「鶴田は席を外しています」

居留守を使うことは初めから決めていた。

鶴田を電話口に出してしまうと、井上に押し切られないとも限らない。

「紳士協定を破ったのは、井上さんと横田さんのほうです。〝二十三日発表〟をそのまま鵜《う》呑《の》みにしていたら、必ず他紙《よそ》に抜かれたと思います。〝二十三日に発表するから、そのつもりでいてくれ〟と井上さんも横田さんもおっしゃいましたね。僕はあやうくお二人に騙《だま》されるところでしたよ」

「騙すなんてそんな……。日経さんにスクープされることについては、横田さんも私も異存はないんです。ただ、十一日付で書かれるのは、いかにもまずい。タイミングが悪すぎます」

「申し訳ありませんが、これから横田さんにも電話をかけなければならないので、これで電話切らしていただきます。夜分失礼しました」

「もしもし……」

井上はあわてて呼びかけたが、受話器からツーンという乾いた音がするだけで、電話は切れていた。

ドアに近いほうのベッドに腰をおろして、心配そうにこっちを見ている妻の光子に、電話の最中に肩にかけてくれたガウンの袖に手を通しながら、井上が言った。

「ちょっと長くなりそうだ。先に寝《やす》んでくれ」

「そんなわけにはいきません。わたくし下へ行っております」

井上は、光子の後から階段を降りて行った。

子供の成長と共に継ぎ足し継ぎ足しして増築を奥へ伸ばした関係で、鰻《うなぎ》の寝床のように細長い家だ。

門構えといい、狭い玄関といい、玄関から右手にすぐの応接間のたたずまいといい、大銀行の頭取邸に相応《ふさわ》しからぬ陋屋《ろうおく》である。

電話は切り換えになっていて、一階の廊下と二階の寝室にあるが、しんしんと底冷えする寒い夜だったので、小型の電話帳を持って井上は寝室へ戻った。

なにはさておいても横田と連絡を取らなければならない。井上がベッドに腰かけてダイヤルを回すと、案の定、話し中だった。池内に先を越されたらしい。

井上が十分ほど待たされている間、横田と池内のやりとりがつづいていた。

横田は一階奥の書斎で、池内の電話を受けた。

約三百坪の土地と百五十坪ほどの建坪を擁する西麻布の頭取公邸を私邸にしているが、ゲストハウスとして利用されることも多い。

横田は、井上ほどねばらなかった。

「十一日付の朝刊でやらせてもらいます」

「話が違うなあ。井上さんと僕の納得ずくで記事にすることになってなかったか」

「読売だけじゃありません。ＮＨＫも危ないし、もう待てませんよ。ご存じかどうか、印刷関係から洩《も》れる心配もあるんです。大見出しに使う地紋《じもん》入りの凸版カットをつくるのに時間がかかるんで前もって印刷関係に回さなければならないのです。こうして横田さんと話している間にもどこかに洩れてるかもしれません。だいたい五日もサバを読むなんて、ひどいじゃないですか」

横田は憮然《ぶぜん》とした顔でかろうじて言い返した。

「十八日と二十三日と両論あったんだ。サバを読んだわけじゃないよ」

「大蔵省には十八日に発表すると明言してるようですから、妙な陽動作戦としか取れません。とにかく、もう輪転機は回ってますから……」

「止められないのか。輪転機に砂をかけたらどうだ」

「無茶言わないでください」

「それじゃあ否も応もないじゃねえか」

横田は、池内に押し切られた恰好《かっこう》だった。もっとも、三十分ほどあとで、大蔵省事務次官の澄田智に嚙《か》みついている。

横田が受話器を置いた途端に電話が鳴った。

もちろん相手は井上である。

挨拶《あいさつ》もそこそこに横田が切り出した。

「池内君は、輪転機が回ってると言ってたが、そうなると明朝の日経新聞にスクープされることを前提に考えんといけませんかねえ」

「わたしには輪転機が回ってるとまでは言ってませんでしたよ。せめて一日か二日待ってもらえるといいんですが……」

「十八日の発表日を日経にリークしたのは澄田さんでしょう。まったくけしからん」

「わたしも池内君に不信感を覚えるなんて言われてまいりました。澄田次官は、福田《ふくだ》蔵相に話してるんでしょうねえ。日銀のほうは大丈夫です。佐々木《さ さ き》総裁に挨拶しておきましたから……」

井上が、日本銀行に佐々木直《ただし》総裁を訪問したのは十日の午前である。

総裁応接室で、井上は感慨を込めて佐々木に深々と頭を下げた。

「実は、第一銀行と日本勧業銀行が合併することになりましたので、ご報告に参上しました」

「ほーお。それは朗報ですねえ。井上さんと横田君なら、仲良くやれるでしょう」

「八十島君を仲人役として、一年半ほど前から三人でじっくり話を詰めてきたんです」

「なるほど。三人の組み合せなら、まとまるはずですよ。井上さんは三菱銀行との合併には猛烈に反対されたが、勧銀なら、対等合併だし、財閥系ではないから文句はないわけですねえ」

「これ以上の相手はないと思います。あのときあなたには、ずいぶん叱られましたが、これで少しは挽回《ばんかい》できましたかね」

「いや、百点満点です。あれから、わずか二年で、よくぞ……」

滅多にひとを褒めない佐々木に称揚されて、井上は胸が熱くなるほど嬉《うれ》しかった。

二年前、昭和四十四年一月――。井上が永い生涯の中で、最もエネルギーを燃焼させたときである。

当時、井上は第一銀行の代表権を持たない会長にタナ上げされていたが、長谷川《はせがわ》重三《じゅうざぶ》郎《ろう》頭取が三菱銀行の田実渉《たじつわたる》頭取と推進しようとした三菱・第一両行の合併に反対し切って、白紙還元に持ち込んだのである。

四十四年元旦の読売新聞のスクープを契機に、水面下で続けられていた第一銀行サイドの反対運動が吹き出した。

反対運動の一環として、第一銀行の元頭取で相談役の酒井杏之助《さかいきょうのすけ》が個人名で、大蔵省、日銀、株主、取引先などの関係各方面に文書でアピールしたが、当時、日銀副総裁だった佐々木は、これを行き過ぎとみて、井上に直截《ちょくせつ》に不快感を電話で表明して来た。

「おたくの酒井さんから妙な手紙をもらったが、こんな莫迦《ばか》なことをさせていいんですか。こんなお家騒動を続けていたら、名門の第一銀行は対外的な信用をなくすだけですよ。取り付け騒ぎにならないとも限らない」

井上が、佐々木に対して「あのとき叱られた」と言ったのは、この間の事情を指している。二年前の合併反対運動を思い出すにつけ、井上が感慨無量になるのも無理からぬことと言えた。

金融再編成の必要性については、三菱・第一両行の合併が失敗したあとも強く叫ばれ続けてきた。

大蔵大臣の諮問機関である金融制度調査会は昭和四十五年六月十九日付で「一般民間金

融機関のあり方」に関し答申、この中で金融機関の合併について以下のように指摘している。

金融機関が規模の利益を追求する方法の一つとしての合併については、そのメリットとして経費率の低下、資金繰りの安定等の規模の利益が期待されるほか、国民経済的見地からは、店舗、電子計算機等の重複投資の回避、さらに経済の国際化を迎えて大型化しつつある企業の資金需要への対応等があげられる。また営業地域を同じくする金融機関の合併においては、近接店舗の整理統合と配置転換による店舗網の整備等のメリットも大きいものと思われる。

このように国民経済的観点からみて規模の利益を生かすような合併は推進されることが望ましいと考える。なお、その具体的な実行は、金融機関の自主的判断に基づくものであろう。

第一と勧銀の合併は、この答申に副《そ》うものであり、金融再編ムードの高まりの中での大型合併だけに、井上から話を聞いた佐々木が「百点満点」と褒めちぎるのも当然だった。

しかも都銀六位の第一と八位の勧銀の合併によって、首位の富士を遥《はる》かに凌駕《りょうが》する大銀行が出現するのだ。

ちなみに昭和四十六年二月末現在の都市銀行ランキングは次のとおりであった。

▽一位＝富士（預金量二兆六千八百六十一億円、貸出し二兆四千四百六十五億円）
▽二位＝住友（二兆六千三百六十六億円、二兆三千六百二十億円）
▽三位＝三菱（二兆六千三十八億円、二兆三千七百七十億円）
▽四位＝三和（二兆四千六百五十五億円、二兆三千五百七十八億円）
▽五位＝東海（一兆八千四百十四億円、一兆七千四百五億円）
▽六位＝第一（一兆七千五百七十六億円、一兆六千六百六十一億円）
▽七位＝三井（一兆七千五百四十五億円、一兆六千四百四十六億円）
▽八位＝勧銀（一兆五千七百八十六億円、一兆四千四百五十八億円）
▽九位＝協和（一兆三千四百三億円、一兆一千二百六十五億円）
▽十位＝大和（一兆九百七十二億円、一兆四百三十三億円）
▽十一位＝神戸（一兆四十八億円、八千九百四十三億円）
▽十二位＝埼玉（九千六百二十二億円、八千三百七十億円）
▽十三位＝東京（九千五十九億円、八千六百六十四億円）
▽十四位＝太陽（八千四百五十五億円、七千三百四億円）

▽十五位＝拓銀（七千八百六十億円、六千六百九十七億円）
　第一、勧銀の合併新銀行は、預金量が三兆三千百八十一億円、貸出しが三兆二百二十九億円となり、断トツの首位に躍り出るわけだ。


　井上が横田の電話に戻った。

「佐々木総裁にえらく褒められて気をよくしてたんですが、まさか日経がここまで強硬だとは思いませんでしたよ」

「もちろん澄田次官は福田大臣の耳に入れてるでしょう。その点は心配ないですよ。あしたの朝までに、まだ話してない行内関係者には電話で連絡するようにしますかねえ。こうなったら、あした発表せざるを得んでしょう」

「それが、さっき暦《こよみ》を見たら、十一日は仏滅なんですよ。一日ずらしてくれれば、大安なんですけどねえ」

　横田は、井上の生まじめな口調に微笑を誘われながらも、少しぶっきらぼうに返した。

「わたしは、あんまり気になりませんけどねえ。どっちみち、日経を押えるのは難しいんじゃないですか」

2

日本経済新聞社編集局経済部記者で日銀の金融記者クラブ・キャップの杉田亮毅《すぎたりょうき》が、田園調布の澄田邸に電話を入れたのは、池内が井上に電話をかけたほぼ同時刻である。

日経は、池内、杉田、大輝精一《おおてるせいいち》の三人で取材班を組んでいたが、大手町の東京本社四階編集局の小さな応接室に電話を引き込んで、そこを取材本部にしていた。

池内と杉田は、背中を向け合う恰好で、掌《てのひら》にじっとり汗をにじませながら、歴史的なスクープに向けて、最後の詰めに懸命な取り組みをみせていた。

杉田は、澄田に遅い電話を詫《わ》びてから、さっそく切り出した。いわば、本件に関して二人はツーカーの仲であった。

「他社の動きが極めて急になってきました。十一日付で記事にさせていただきます」

「十一日付って、あしたじゃないの。そんな最後通牒《つうちょう》みたいなことをされてもねえ。横田さんと井上さんの了承は取れたんですか」

「両頭取には池内が併行的に連絡を取っているところです」

「きっと両頭取とも困るんじゃないですか。わたしのほうも困るなあ。大臣に話さなければならないし……」

澄田は慎重に言葉を選ぶほうで、歯切れのいいほうではない。

杉田も簡単には引き下がらなかった。

「七日の日曜日から、ずっと臨戦態勢で、一日延ばしに延ばしてきたんですが、もう限界です。あしたウチが書かなかったら、他社に抜かれないという保証はありません」

「そんな動きはないけどねえ。まだ、はっきりつかんでるところはないと思いますよ」

「いや、そうでもないんです。とにかく記事は四日も前から出来てるので、輪転機に下ろさせていただきます」

「ちょっと待って」

澄田はおっかぶせるように言った。

「大臣が風邪で、早退したのは杉田さんも知ってるでしょう。こんな時間に起こすのは忍びないじゃないですか。一日だけ延ばしてください。一日を争うほどのこととは思えないけどなあ」

「とんでもない。一日を争うことですよ。事態は極めて切迫してます」

杉田は押し返した。

福田赳夫《たけお》大蔵大臣が風邪で午後の早い時間に退庁したのは事実である。それは、杉田自身、確認していた。

「大蔵大臣は知らないんですか」

「いや、大臣には二日前に話しましたが、総理の耳に入ってるかどうか気懸りなんです。大臣から総理に話してもらうのが筋ですが、時間が時間ですから……」

「一応、上と相談しますが、多分延ばすのは難しいと思いますけど……。いったん電話を切らせてください」

「電話を切らないで、つないでおいてください。待ってますから」

杉田は、受話器を掌で覆って、背後を振り返った。

池内は電話中だった。

池内が横田との電話を切って、杉田のほうへ躰《からだ》をねじった。

「澄田次官が一日延ばしてくれと言ってますけど、どうします。佐藤総理の耳に入ってないかもしれないそうですよ」

「井上頭取も愚図愚図言ってたけど、ヨコチンに輪転機が回ってるって言ってやったら、しょうがないな、って諦めたような口ぶりだったぜ。やるしかないだろう」

池内は、内輪で話しているときに横田をヨコチンと呼ぶことがある。井上と横田に〝十八日発表〟を〝二十三日発表〟と言われてカリカリしていたから、ついヨコチンになりがちだった。

「ともかく部長と相談してください」

「もう決めたことだから、相談するまでもないと思うけど……」

池内が、応接室のドアをあけて経済部長席に眼を投げると、部長の鶴田卓彦《たくひこ》は気にしていたのか、自席から手をあげて合図を送ってきた。

池内と杉田は、部長席へ足早に近づいた。

「澄田さんが一日延ばしてくれと強硬です。福田蔵相には八日に話したそうですが、福田蔵相から佐藤総理に話してない恐れもあるらしくて……」

池内が、強引に杉田の話を引き取った。

「だからといって、読売に抜かれないことを澄田さんが保証してくれるわけでもないと思うんです。やりましょうよ」

「両頭取のほうはどうなの」

「横田さんは輪転機に砂をかけろなんて無茶苦茶言ってましたけど、十八日の件で二人ともオブリゲーションを感じてますから、大丈夫でしょう。さっきも井上さんに言ったんですけど、根回しが進めば進むほど他社に洩れる確率は高くなるわけです。最初にわがほうを裏切ったのは、むこうなんですから、気が咎《とが》める必要はないいんじゃないですか」

「せっかく二月末まではいいムードできたのになあ。井上、横田両頭取とも、澄田、近藤の大蔵首脳とも紳士協定を遵守してやってきたのに、あと味が悪いというのは、ひっかかるねえ。澄田さんがそんなふうに言ってるんじゃ、あと一日だけ待つか」

「それはないですよ。われわれは、いつでもスクープできたのに、じっと我慢して両行の合併をサポートしてきたわけです。感謝こそされ恨まれる筋合いはないですよ。それに、近藤さんも言ってましたが、ここまできたらウチが書いても合併がこわれる確率はゼロです」

杉田も池内の意見に与《くみ》した。

「澄田さんは気を遣う人なので、深夜、福田大蔵大臣に電話するのは厭《いや》がるでしょうが、緊急事態なんですから、この際、そんなことも言ってられませんよ。すぐ電話してもらいましょうよ」

「さっき、大輝から連絡がありましたが、きょう井上さんが佐々木直さんに会ってるくらいですから、根回しのスピードアップぶりは相当なものですよ」

三菱銀行との合併をぶちこわしてから、第一銀行と大蔵省、日銀との関係が必ずしもしっくりいっていない、という心証が日経取材班にある。

「わかった。やろう。責任は俺が取る」

鶴田は、思い切りよく再度決断を下した。

しかし、澄田のねばり腰も相当なものだった。

「もう一時近いというのにいまから大臣を起こすのは申し訳ないじゃないですか。電話を切らないで、もう一度相談してみてください」

杉田が背後に立っている池内を見上げると池内はさかんに手と首を左右に振っている。

「申し訳ありません。もう時間切れです。整理部から矢の催促なんです。見切り発車させてもらいます」

「ちょっと待って！」

澄田がオクターブをあげて、つづけた。

「他紙というのはいったいどこなんです？」

「読売です。読売の記者があしたの午前十時に横田頭取のアポイントメントを取ってるそうです。合併の件を嗅ぎつけて、コンファームのために横田さんに会うと考えるのが自然じゃないでしょうか」

「過剰反応というか、神経過敏なんじゃないですか」

「読売があすの夕刊で書かないと保証してくださいますか」

「それはちょっと……。しかし、万一読売が書いたとしても記事の濃淡がまるで違うでしょう。読売がどうのこうの言う話は、どうもぴんとこんのだがねえ。あなたたち水鳥の羽音におびえてるんじゃないですか」

「それはなんとも言えませんが、読売がキャッチしていないという保証はないんです。一行でも書かれたらウチのスクープになりません。一年以上も待たされている者の気持ちを汲《く》んでいただけませんでしょうか」

「わたしがここまで言ってるのにわかってもらえないんじゃ、きみとは絶交だね。信義にもとるんじゃないのかね」

杉田は、息を呑んだ。

「電話を切らずにもう一度鶴田さんと相談してくださいよ。せめてあしたの夕刊まで待ってくれてもいいんじゃないの。このまま電話を切らずに待ってます」

「はい」

杉田は、澄田の語調に気圧《けお》されて、受話器を押えて池内を見上げた。

「信義にもとるとか絶交とか言われて、参ってます。もう一度、部長と相談しろと……」

「何度相談しても同じだろう。見切り発車しかないよ」

そんなことを言いながらも、池内は応接室のドアをあけて、部長席のほうをうかがった。

鶴田は、経済部筆頭のデスクの太田哲夫となにやら話していたが、池内に気づいて手をあげた。

二人がこっちへ近づいてきて、四人の立ち話になった。

「澄田さんは、莫迦に強硬で、杉田に絶交するとまで言ってるらしいんですけど……」

「水鳥の羽音におびえてるとも言われました」

杉田は、切なそうに顔を歪《ゆが》めている。

太田が腕組みした姿勢で言った。

「読売経済部の記者が十一日の十時に横田頭取のアポを取っているのはたしかに怪しいが、仮に読売が合併の匂いを嗅いでるとしてだ、そして横田さんがとぼけ切れなかったとして、それだけで読売が記事にするだろうか。最低限、井上さんと澄田さんか近藤さんにコンファームするだろう。井上さんにしても、澄田さんにしても、日経を差し置いて、あっさり読売に書かせるとは思えんがねえ」

鶴田が太田のほうへ眼を遣《や》った。

「きみの意見は、夕刊まで待つということだな」

「読売は十一日付の夕刊には間に合わんでしょう」

池内が童顔に似合わずクールな口調で言った。

「ヨコチンがとことんとぼけてくれても、もう何十人という人が知ってるんですから、読売がキャッチしてる可能性のほうが強いですよ。だとしたら、十一日の夕刊で書くんじゃないですか。杉田が、澄田さんに、一行でも書かれたらウチのスクープにならないと言ってたけど、まったく同感です」

「電話つながったままか」

鶴田に訊《き》かれて、杉田がうなずいた。

「ちょっと一、二分考えさせてくれ」

鶴田は、手洗いにでも行くのか、編集局から出て行った。

ほどなく戻ってきた鶴田が、厳しい顔で言った。

「やろう。なにがあろうと、俺が責任をもつ」

杉田が応接室に戻って、机の上に外しっぱなしの受話器を持った。

「お待たせして、大変申し訳ありません。やはり朝刊でやらせていただきます。申し訳ありません」

「そう」

「申し訳ありません」

杉田は、電話機に向かって何度もお辞儀をした。

澄田は、杉田との電話が切れたあとで、すぐに横田邸のダイヤルを回した。話し中だった。十五分ほど待たされてやっとつながった。

　横田が直接《じか》に電話口に出てきた。

「日経があした記事にすると言ってきましたが、よろしいんですか」

「輪転機が回ってるというんじゃ、しようがないでしょう」

「いや、まだストップをかけられるんじゃないですか。総理のお耳に入ってない可能性もあるんです」

「それはいかん。総理につむじを曲げられたらえらいことになる。あなたすぐ福田大臣に電話してくださいよ」

「それが大臣は風邪で寝込んでるんです。横田頭取から、日経の鶴田さんに電話をかけてください」

「もう日経を押えるのは無理でしょう。だいたい、あなたが十八日の発表を日経にリークしたから、こんなことになったんでしょう」

　横田は冗談めかして言った。

「とんでもない。わたしは話してませんよ」

「じゃあ、誰が話したんですか。井上さんと八十島さんと、あなたと僕の四人しか知らないことなんですよ。いまも井上さんと電話で話したんだが、第一も当行も銀行の連中には副頭取にも洩らしていないことを日経が知ってるのは、どういうわけなんだと……」

「そう言われてもわたしは話してませんので……。それより日経にストップをかけることはできませんか」

「井上さんも観念してました。われわれのほうからはちょっと……」

〝十八日〟と〝二十三日〟の件で、横田も池内に借りをつくったような感じを持っていた。そうでなければ、圧力をかける方法を考えたかもしれぬ。

澄田は、井上に電話をかけるべきかどうか迷った。井上との間にわだかまりがないと言えば嘘《うそ》になる。

二年前に三菱・第一両行の合併が失敗したのは、井上が執拗《しつよう》に反対したからだ。

当時、澄田は大蔵省銀行局長で、両行の合併を強力に支援していた。

田実渉・三菱銀行頭取と長谷川重三郎・第一銀行頭取が合併契約に調印しながら、両行の合併が白紙還元に決定したとき、澄田は新聞記者たちに、切歯扼腕《せっしやくわん》して言い放ったものだ。

「たった一人の頑迷固陋《がんめいころう》な年寄りのために、金融再編成の足がかりを失った」

この銀行局長談はオフレコで新聞記事にはならなかったが、新聞記者を通じて井上の耳に入っていた。

第一・勧銀両行の合併が具体化しつつあると横田から聞いたとき、澄田は、井上を見直したし、胸につかえていたわだかまりが解けていくような気がしたが、それが完全に氷解したかどうかは、自分でもわからなかった。

澄田は、井上邸のダイヤルを回したが、話し中だった。五分刻みで三度繰り返したが、やっぱりつながらなかった。

澄田が意を決して、福田蔵相邸に電話をかけたのは、午前二時を過ぎた頃だ。時間が時間だし、福田の体調を考えると気の重いことおびただしいが、佐藤総理のことが気懸りだった。

澄田にとって福田は大蔵省の大先輩だが、郷里が同じ群馬県という誼《よし》みもあって、二人はごく近い関係にある。

電話口に出てきた福田は、風邪で声がしゃがれていたが、不機嫌な感じではなかった。

「総理にはきのう話したから、その点は心配ないが、今度は大丈夫だろうね」

「はい。三菱・第一のときのようなアレルギーはまったくないと聞いております」

「そう。それならけっこうだ。わざわざ電話ありがとう」

短い電話だったが、澄田がどれほど安堵《あんど》したかは、このことを井上、横田、杉田などに次々に電話したことでもわかる。

その最後の電話が終ったのは、そろそろ最終版が刷り上る午前三時過ぎのことだ。

3

最終版の早刷りが経済部に届いたのは午前一時五十分過ぎである。

「池内、おめでとう。よくやった。杉田も大輝もよくフォローしてくれたな」

ビールで乾杯したあとで、鶴田が池内たちをねぎらった。

「三日も残念会が続いてますが、四日目にして、やっと勝利の美酒に酔えるわけですねえ」

さすがに池内の声もうわずっている。身内がぞくぞくするような興奮に包まれていた。

池内は昭和三十二年に入社したが、十四年目にして歴史に残る大スクープを放つことができたのだから、興奮しないほうがどうかしている。

池内の興奮と緊張感は、妻の早苗《さなえ》にも感染していた。

七日の日曜日以来、「今週中にやるぞ」と聞いていた早苗は、池内を送り出すときに二段重ねの大きな重箱を持たせていた。

大スクープは情報管理上、最終版と相場が決まっている。

午前零時過ぎに始まる〝乾杯〟を想定して、早苗はおせち風に手をかけた料理と、海苔《のり》巻《ま》きやら炊き込みご飯などを用意して池内に持たせていた。

このところ、夕方の出勤が続いている池内の帰宅時間は、明けがたになることが多いが、心づくしの弁当は三日間、ただの夜食にされていたわけだ。

鶴田が、こんにゃくの煮ものをつまんだ手をハンカチで拭きながら、杉田に訊いた。

「近藤さんに電話した？」

「ええ。澄田さんと違って〝おめでとう〟を言ってくれました。今夜、近藤さんに会えてよかったですね」

杉田に相槌《あいづち》を求められて、池内が大きくうなずき返した。

鶴田、池内、杉田の三人が、大蔵省銀行局長の近藤道生とホテルニューオータニで密会したのはわずか六時間ほど前のことだ。

今年に入って、近藤との密会は数回に及ぶ。場所は、ニュージャパンであったりヒルトンであったり、その都度変えて日経側で用意するのだが、それは情報交換の場であった。

日経取材班が知り得た第一・勧銀両行の合併問題に関する情報をすべて近藤に伝える一方、大蔵省側が入手した情報は細大洩《も》らさず教えてもらった。

近藤は、十日の夕刻、杉田から電話で「重大な話があるのでお会いしたい」と言われて、約束の七時より十分前にホテルニューオータニに着いた。

フロントで、杉田がチェックインした部屋を聞いて、その7××号室のドアをノックした。

ドアは内側に引かれたが、出て来たのはネグリジェ姿の派手な感じの若い女だった。

食事の接待で新聞社の女子社員を駆り出すことは考えられなくはないが、ネグリジェ姿はあり得ない。

「近藤です」

「………」

「杉田さんは……」

「杉田ですが、どういうことでしょうか」

「日本経済新聞の杉田さんはどうされました」

「違います」

女は顔色を変えている。

「失礼しました。杉田違いのようです」

ドアがとんでもなく大きな音をたててしまるのを背中で聞きながら、近藤はエレベーターホールへ急いだ。

フロントで再確認したが、杉田名でチェックインしている客は、7××号室だけだった。

近藤は、十七階のレストランとラウンジをひと回りしたが、やはり杉田の姿はなかった。

十六階にレストランはなかったろうか、と思いながら、階段を降りて行くと、なんと池内と杉田が階段を駆け昇ってくるではないか。

「ちょっと遅刻しちゃって申し訳ありません。いまフロントで聞いて……」

息を弾ませながら杉田が言った。

「びっくりしましたよ。いきなり女性が出て来たんですから。日経さん、なにを考えてるのかと思ったんですが、偶然、同じ杉田でチェックインした人がいたんですね」

「杉田なんて、そう多い姓でもないんですけどねえ」

エレベーターホールへ向かって歩きながら池内が言った。

「スウィートルームを取ってあります。実は鶴田も来てるんです」

「いったいなにごとですか」

「鶴田から話しますが、いよいよ秒読みに入ったと思うんです」

鶴田、池内、杉田と近藤は、日経側で用意したスウィートルームのソファでレモンティを喫《の》みながら話し始めた。

「たとえばの話ですが、ウチがあす十一日付の朝刊に合併の記事を掲載したとして、壊れる可能性があると思いますか」

鶴田の質問に、近藤はゆったりした口調で答えた。

「それはないと思います。ご存じのとおり基本的な合併条件については両頭取間で合意が得られているわけですから、澄田次官は一月中に覚書に調印して発表したらどうかと、せっついたくらいです」

「井上さんが頑として聞かないんですよ。第一は創立百周年を控えて、預金増強運動のキャンペーンの最中だから、それに水を差すことはできないとか、三月末が節目だとかいろいろ言ってました」

池内はひと口レモンティをすすってつづけた。

「しかし、いくらなんでも二十三日までは待てませんよ。ほんとうは四月初めに発表したいだなんて井上さんは言ってましたが……」

近藤がかすかに首をかしげるのを杉田は見逃さなかった。

「三月二十三日に発表する予定なんですってね」

杉田の質問に、近藤の表情が動いた。

池内と杉田が身を乗り出すようにして、同時に訊いた。

「違うんですか」

「どうなんです」

近藤は、ドキッとした。澄田から〝十八日発表〟と聞いていた。

池内が近藤を凝視しながら訊いた。

「ほんとうはもっと早いんじゃないですか。十二日は大安ですが……」

「まさか、そんな早くはないでしょう」

「すると十八日ですか。十二日の次の大安吉日は十八日です」

近藤は微苦笑を洩らしながら返した。

「わたしは聞いてません」

「十八日なんですね」

池内は踏み込んだ。

「ほんとうに知らないんです」

近藤は、シラを切るしかなかった。

澄田から厳重に口止めされていたのである。

杉田が食いさがった。

「われわれは両頭取から二十三日に発表すると聞かされてますが、それが事実かどうかだけでも教えてください」

「ほんとうに知らないんです」

「水臭いですねえ」

「そんなこと言われても……」

近藤が伏眼がちに続けた。

「さっき秒読みとか言ってましたけど、具体的にいつ書くつもりなんですか」

鶴田がまっすぐ近藤をとらえた。

「近藤さんですから率直に申しあげますが、池内が勧銀サイドから、あすの午前十時に横田頭取のアポイントメントを読売の記者が取っていることを聞き込んできたんです。それで、われわれは緊張してるわけです。合併話が他社に洩れたら日経は即刻記事にすることを両頭取と約束してるのは近藤さんもご存じのはずですね」

池内が話を引き取った。

「それと、嘘はつかないことも入ってます。二十三日発表が事実に反していたら、重大な背信行為ですよ。二つ重なったんですから、日経は即刻記事にしてもいいはずです」

「しかし、わたしとしては発表予定日についてはコメントできませんよ。それと、ほんとうに読売がキャッチしたんですかねえ」

「取引先、たとえば第一で言いますと、朝日生命の数納社長、川崎重工の砂野《いさの》社長という人たちの耳にも入ってますし、両行の役員はほぼ百パーセント知らされたようですから、読売に限らず、他社がキャッチする可能性は充分あり得るわけです」

近藤が真顔で池内に返した。

「大蔵省から洩れることは絶対にあり得ませんよ。澄田次官とわたし限りで、第一と勧銀の合併問題は〝池内課長〟と〝杉田総括班長〟にまかせようなんて、次官と冗談を言ってたくらいですから」

杉田が照れ臭いのか、まぶしそうな顔をした。

「恐れ入ります。近藤銀行局長からウチが書いても合併は壊れないとお墨付きをいただけたわけですから、もう安心です」

鶴田が居ずまいを正して言った。

「輪転機にかける時点で必ず電話で連絡しますから、居留守を使わないようにしてください。お宅にいらっしゃらないときは、居場所がわかるようにお願いします」

「最後通告っていうわけですね」

「仁義を切るっていうか、信頼関係を損いたくないですから……」

池内が話を蒸し返した。

「しつこいようですが、近藤さんは発表日を聞いてるんじゃないですか。それも二十三日以外の……」

近藤はあいまいに小首をかしげた。

「池内さんは、車輛課長《しゃりょう》から、車の使いかたがおかしいって注意されたほど、丁寧に夜回りしてるんです。逆に鶴田部長が車輛課長を叱りつけたようですけど……」

杉田は、池内から鶴田のほうへ視線を移した。

鶴田が苦笑を洩らした。

「それなりに企業努力してるんですよ」

「あなたがたの熱意には、澄田次官もほとほと感心してました。このところ、夜十一時を過ぎると必ず池内さんか杉田さんから電話がかかってくると話してましたよ」

「こうなると、紳士協定は破棄っていうことになるんですかねえ」

池内が鶴田の顔を覗《のぞ》き込んだ。

近藤と別れて、新聞社へ帰るハイヤーの中で、池内が杉田に言った。

「二十三日発表というのはおかしいな。近藤さんの様子が変だったよ」

「ええ。十八日が臭いですね」

「だとしたら、ゆるせんな。われわれは、両行の合併が成功するように細心の注意を払ってきた。こんなに協力させておいて、最後の最後に裏切るなんてひどいよ」

鶴田がいきり立つ二人をなだめた。

「そう怒るな。合併という世紀の大事業をやってのけようとしてるんだから、神経質《ナーバス》になるのはしようがないだろう。きみらの気持ちはよくわかるが、井上さんと横田さんの胸中も察してやらんとなあ。とくに井上さんは、三菱銀行とのことがあるから、あれこれいろんな心配をするんじゃないのか。一部から逆賊呼ばわりされたほどだものねえ。そうは言っても、俺も気が気じゃないけど、ここは冷静にいこうよ」

池内は、いくらか気持ちが落着いたが、納得したわけではなかった。

池内が井上邸を夜回りしたのは、その日の九時過ぎである。

井上邸の前の道路は道幅が極端に狭い。技倆《ぎりょう》の拙い運転手がヘタに門前に着けようとすると動きが取れなくなる。

池内は、ハイヤーを国鉄大崎駅に近い新幹線のガード側に待たせて、徒歩で井上邸へ向かった。

上がり込まずに玄関先でふた言三言立ち話する程度で引きあげることも多いが、この日はそうはいかない。

眦《まなじり》を決して乗り込んで来たのだ。

井上は在宅していた。

ひどく旧式らしいスチームの効きかたが遅いうえに、天井が高いせいか、さほど広くもないのに、応接室は寒々としていた。

「ご苦労さま。ここは寒くございませんか。なんでしたら、あちらで……」

光子は、井上より五歳下で十月に還暦を迎えるが、驚くほど若く見える。気品を湛《たた》えた美しい面だちである。井上が愛妻家として聞こえているわけだった。

炬燵《こたつ》のある居間が廊下をへだてた向こう側にある。光子は、居間のほうに眼を遣《や》った。

「寒くありませんから、ここでけっこうです」

実際、池内は躰がカッカと火照っていた。

井上も手を振った。

光子が退室した。

「そろそろ書かせていただいてもよろしいんじゃないですか」

「とんでもない。まだまだ……」

「二十三日に発表するというのはほんとうですか」

井上は腕組みして口をつぐんでいる。

池内はたまりかねて訊いた。

「もっと早い時期に発表されるおつもりじゃないんですか。十二日は大安ですが……」

井上が無表情に返した。

「とてもとても。そんなに早くは発表できません」

「そうすると、十二日の次の大安は十八日ですねえ」

「村本君にも浅川君にも二十三日と伝えてあるから、仮に変更するとしても、もうちょっと意見調整しなければねえ。どっちにしても日経さんにスクープされるのはまだ先ですよ」

井上は、十八日が池内の口にのぼったので内心ぎくりとした。

〝十八日〟は極秘事項である。

井上、横田、八十島の三者会談で〝十八日〟の線で合意しているが、まだ副頭取の村本周三にも専務の浅川正治にも話していない。

池内があてずっぽうを言ってるのかどうかまでは読み切れないが、横田が澄田に話した可能性はある。

しかし、仮に横田が〝十八日〟を澄田の耳に入れたとしても、澄田がそれを日経に洩らすだろうか――。

「やっぱり二十三日じゃないんですね。僕は騙されてたわけですか。井上さんとも横田さんとも信頼関係は盤石だとばかり思ってたんですけど、まいったなあ」

池内に妙にしんみりした口調で言われて、井上は少しあわてた。

「騙すなんて冗談じゃないですよ。きみには、いろいろ感謝してますよ」

池内が居ずまいを正して質問した。

「もう一度お訊きしますが、十八日が事実なんですね」

井上は間髪を入れずに答えられなかった。

ともかく極秘事項は極秘事項なのだ。

「まだ二十三日が消えたわけじゃありませんよ……」

「しかし、十八日の線も考えられるわけですね」

「どうですかねえ」

井上は言葉をにごすしかなかった。

「他社がキャッチした気配が濃厚なんですが、横田さんからなにか聞いてませんか」

「なにも聞いてません。日経さん以外にこの問題を知ってるところはないですよ」

池内は考える顔になった。読売新聞の記者のことを口にすべきかどうか迷ったのである。

「あとで電話するかもしれません。事態が切迫してるようなんです」

「そんなことはないと思いますけど……」

池内は、井上邸を辞して、横田邸に回った。

横田はアルコールは一滴も飲めないが、宴席は好きなほうだ。

頭取公邸に帰る時間は、十一時を過ぎることが多い。

勧銀の頭取公邸は外国の要人を公式に迎えるに相応しい見事なたたずまいである。

広々とした応接間から見渡せる庭園の芝生の色や、風にそよぐ木立ちから、四季のうつろいが匂ってくる。

池内は、井上邸ほどではないにしても、横田邸に何度も足を運んでいた。

門のインターフォンを押すと、聞き慣れたお手伝いさんの声が戻ってきた。

「日本経済新聞社の池内です。夜分恐縮ですが横田頭取に緊急にお目にかかりたいことがありまして……」

「少々お待ちください」

十時前だが、帰宅しているらしい。まだなら、車の中で待つまでだ。

帰宅して間もないのか、横田は背広姿であった。

「やあ」

玄関先で出迎えた横田は、軽く手をあげて池内の挨拶に応えた。

「まあ、あがれよ」

「失礼します」

玄関の広いホールは節のない檜《ひのき》をぴかぴかに磨き込んであり、スリッパを踏みしめないと足をすべらせかねない。応接間に入るときに、その豪華さ加減に思わずネクタイのゆるみを直し背広のボタンをかけてしまう。

横田がソファに躰を沈み込ませて、脚を組んだ。

端正な井上とは対照的に利《き》かん気な顔立ちだが、不思議に親しみが湧いてくる。

横田がズボンのベルトをゆるめた。坐《すわ》ると下腹がせり出して苦しいので、いつもそうするのが癖だ。

「いま、井上さんから電話があったよ。十八日なんて言ってるそうだが、誰に聞いたんだ」

横田は、にやにやしながら、サイドテーブルの煙草《たばこ》入れからフィルター付きの煙草を一本取って口に咥《くわ》えた。

「井上さんが、あわてて横田さんに電話してきたところをみると、やっぱり事実なんですね」

「井上さんは勘のいいやつだって言ってたが、澄田さんから聞いたんだろう?」

「澄田さんに話されたんですか」

横田は顔をしかめて、煙草の煙を吐き出した。

「二十三日は、日経向けのカムフラージュなんですね」

「そうひがむなよ」

「そんな、ひどいじゃないですか。そろそろ見切り発車させてもらいますかね」

「莫迦言うな。井上さんも話したと思うが十八日と二十三日の両論あるんだ。ま、十八日になるかもしれんが、どっちにしても書いてもらうとしても、ぎりぎり十八日の朝刊っていうところだな」

「とってもそんなに待てませんよ。二十三日なんて、人を騙しておいて、十八日まで待てなんて、よく言えますすねえ。ところであした読売の記者さんに会うんでしょう」

「地獄耳だなあ」

「どうやら読売は合併話をキャッチしたみたいですね」

「さあどうかな。なんの用件だかわからんが日経を出し抜くような真似《まね》はさせんから安心しろよ」

「こればかりは横田さんがいくら保証してくれてもねえ」

「もし、合併のことを訊かれたら、朝日と読売が合併するかって、とぼけてやるよ」

た。

「おい、書いたら承知しねえぞ」

どこまで本気なのかわからないが、横田は煙草を灰皿にこすりつけて、池内を睨《にら》みつけた。

「……………」

鶴田、太田、池内、杉田の四者会談で、十一日の朝刊に載せることを決定したのは、十日の夜十一時半を過ぎた頃だ。

直ちに鶴田は整理部長の関口欽也に、十一日付の一面トップをあけるように伝えた。

〝第一・勧銀が対等合併〟のカットを示されて、関口は息を呑んだ。

池内がバーテンダーを買って出て、ウイスキーの水割りをいくつかこしらえた。

乾杯用にとっておきのスコッチを重箱と一緒に新聞社へ持参したのは、七日の夕方である。スコッチはロッカーに仕舞っておいたのだ。

「一夜明けたら、世の中は大騒ぎになるでしょうねえ」

「三菱・第一のときの読売のスクープは幻のスクープに終ったけど、これは百パーセント間違いないからな」

経済部の若い記者が最終版の早刷りを読みながら話しているのが、池内の耳に心地よく響いてくる。記事は何日も前から用意されていた。鶴田、池内、杉田、大輝の四人で入念に打ち合せて仕上げたが、解説を含めてすべて杉田が書き、デスクの池内が手を入れた。

4

日経の編集局が十年に一度あるかないかの大スクープに沸き立っている頃、第一・勧銀両行関係者は、善後策に大わらわで、深夜の電話が飛び交っていた。電報まで発信される騒ぎであった。

井上薫は、日経の十一日付スクープを押え切れないと知るや、直ちに秘書役の吉川寛に電話をかけた。

吉川は、妻の澄子に揺り起こされた。

「井上頭取から電話ですよ」

「えっ！　いま何時だ」

「一時五分過ぎです」

吉川は、パジャマ姿のまま客間に近い廊下の電話機へ走った。

「もしもし、吉川です。お待たせして申し訳ございません」

「おやすみのところを起こしてしまって悪いねえ。いよいよダメらしいんです。日経が十一日付の朝刊でどうしても書くと言ってきかんのです。横田さんも怒ってたが、他社が感づいたからもう待てないと言ってねえ」

吉川は息を呑んだ。

「組合の役員にも、銀行のOBにも話していないし、取引先もごく一部だけで、いま日経に出るのは非常に困るんですよ」

吉川は、井上が日経の取材班に責め立てられていることは承知していたが、こんなに早い急展開があるとは思いもよらなかった。

「僕もずいぶんねばって、もう少し待つように頼んだんだが、諦めざるを得ないようだから、村本君と浅川君に連絡してください」

「役員会はどう致しましょう」

「山崎君と相談して準備をすすめてください」

山崎政吉は取締役総務部長だが、吉川は三月一日の午後、山崎と一緒に頭取室に呼ばれて合併話を聞いた。そのとき井上から「まだ村本副頭取と浅川専務にしか話していないので、充分注意するように」と言われて、胸がどきどきするほど緊張したのを憶《おぼ》えている。

きのうの十日、井上は、佐々木直日銀総裁を訪ねる前に、取締役神戸支店長の橋本八十彦を頭取室に呼び出して、勧銀との合併について説明したが、この十日間、行内の幹部に対する根回しを精力的にすすめていた。日経のスクープを予期しての行動と取れないこともない。

「連絡が終りましたら、お邪魔してご自宅の電話番でも致しましょうか。わたくしのところは大森でお近いですから……」

吉川は、井上が風邪を引かなければよいが、と気遣った。

寝室に電話が切り換えられることを知らなかったので、廊下の板の間では寒かろうと案じたのだ。

「いや、大丈夫です。それより、連絡のほうをよろしくお願いします」

「はい。承知しました」

吉川は、電話を切ってから、背後に佇《たたず》んでいる澄子に言った。

「朝までかかりそうだから、きみは寝ていいよ。靴下とスリッパをたのむ」

電話をしている間に、澄子がカーディガンを肩にかけてくれたが、足底から寒さが這《は》いのぼってくる。

吉川は、まず村本へ電話をかけた。辛抱強く呼出し音を三十度ほど聞いたが、ついに出てもらえなかったので、専務の浅川正治宅のダイヤルを回した。

浅川が電話に出てくるまでに二十秒ほど要した。

吉川は、深夜電話をかけざるを得ない事情を話したあとで、つづけた。

「村本副頭取がどうしてもお出にならないので困ってます」

「それは電話が鳴ってるのが聞こえないいんじゃないかな。いくら熟睡してても、あたりが静まりかえってる中で、電話の音はかなり響くけどねえ」

「もう一度かけ直します」

「きみは、山崎君と連絡を取って、役員会の招集をたのむ。村本さんは、僕にまかせてもらおう」

「…………」

「電報を打つよ。電報局員なら、なんとしてでも起こしてくれるだろう」

「お願いしてよろしいですか」

「時間が切迫してるんだから分担してやらなければしようがないよ。組合の委員長にも、ぼくから電話をしておこう」

「よろしくお願いします。役員会は午前九時半からでよろしいですね」

「いいだろう」

吉川は、秘書課長の沢野勇に電話をかけて事情を話し、臨時取締役会を開催するため早めに出勤するよう指示してから、山崎に電話した。

事情が事情だから気が咎めることはないけれど、深夜の電話はいずれもなかなかつながらず、待つ身はつらい。

吉川が電話をかけたのは、樋口善典、伊藤彰、安念正男、上杉一郎（以上常務）、佐々木春雄、船橋章、篠木達夫、星野高麗雄、森隆太郎、柿本香、日高邦雄（以上取締役）の在京役員十一人である。常務で大阪支店長兼大阪事務所長を委嘱されている高田雄治、取締役神戸支店長の橋本八十彦、取締役名古屋支店長の斎藤清は、事後承諾を求めるしかない。

第一銀行従業員組合中央執行委員会委員長の増井靖正が練馬の社宅で、浅川から電話を受けたのは、十一日午前一時四十分過ぎのことだ。

「専務の浅川です。びっくりさせてどうも。わたしも、ちょっと前に、吉川秘書役に電話で起こされた口だが、十一日付の日経新聞に、第一と勧銀の合併の記事が出る」

「えっ！　事実関係はどうなんですか」

「事実だ。きみはどう思うかね」

「私個人としては、素晴らしいことだと思いますが、組合委員長の立場に立ちますと冷静に受けとめていかなければなりません。それにしてもあれから二年しか経ってませんのに……」

「増井君は、三菱との合併問題が表面化したときも、組合の執行委員だったね」

「はい。市銀連におりました。あのときの今村委員長は実に立派でした。正々堂々と難問題に対応されたと思います」

昭和四十四年一月時点で、第一銀行の従業員組合中央執行委員会委員長は今村洋太郎だが、増井は中執から市中銀行従業員組合連合会に派遣され、毎日、日本橋の井田ビル六階にある市銀連の事務局へ通っていた。

市銀連は都銀十五行単組の連合体である。当時、第一銀行の吸収合併に労使あげて躍起《やっき》になっていた三菱銀行は、市銀連ベースでもさかんに接触を図ってきたが、増井は口実を設けて、応じなかった。

「まだ組合に話してないのに、日経新聞にスクープされて、井上頭取も気にしていると思うが、そんなことなのでくれぐれもよろしくお願いする」

「経営協議会を可及的速かに開催して、頭取から正式に説明していただきたいと思いますが……」

「わかった。人事部長に話しておくから、時間の調整をしてくれ」

増井は、中執の主要メンバーと電話で連絡を取りあった。午前三時過ぎに再び寝床に入ったが気持ちが高ぶって、明けがた近くにうとうとまどろんだだけだった。それは、副委員長の太田良久、同堀内充、書記長の内山春雄も同様だった。

村本が電報で眠りを破られたのは、午前三時に近かった。

トウドリニデンワサレタシ　アサカワ

浅川は、村本の電話を待ち受けていたらしい。

「浅川ですが……」

「村本です。電報をもらったが、なにごとですか」

「吉川君が副頭取のお宅に電話したんですが、聞こえなかったようですね」

「そうなんだ。リビングから寝室へ電話を切り換えるのを忘れててねえ。失礼した」

「十一日付の日経新聞に合併の記事が出るそうです」

浅川の話を聞きながら村本は長谷川重三郎の顔を眼に浮かべていた。

「まだ余裕があると思っていたんだがなあ。すぐに頭取へ電話をかける。ちょっと心配なこともあるんでね」

「いましがた電話で話したばかりですから、まだ起きてられると思います」

「…………」

「臨時取締役会を朝九時半から開催することになったので、山崎君と吉川君に各役員に連絡してもらいました。それから組合の委員長にはわたしから電話を入れておきました」

「ありがとう。それじゃあ、あとで」

村本はせかせかした調子で電話を切り、井上を電話口に呼び出した。

「いま、浅川君から話を聞いたところです。新聞記者が殺到すると思いますが、記者会見の段取りは勧銀の西川副頭取と相談して決めます」

「そうしてください」

「それから酒井相談役と長谷川相談役はいかがしましょうか」

数秒ほど返事がなかった。

「もしもし……」

「はい」

「新聞でお知らせするのは申し訳ないと思いますが……」

「おっしゃるとおりだ。酒井さんは僕が連絡します。長谷川君のほうは、きみにお願いしましょうか」

「承知しました」

井上は、村本と電話で話し終えたあと、ベッドに腰かけてしばらく考え込んでいた。酒井、長谷川のことは気になっていた。とくに長谷川はひっかかる。井上が三菱銀行との合併に命がけで反対したように、長谷川もまた執念をたぎらせて立ち向かってくる可能性がないとは言えなかった。

井上に対する長谷川の怨念は、想像を絶するものがあったと思える。長谷川自身は、合併失敗後沈黙を守っているが、三菱・第一の合併問題が白紙還元された直後、長谷川の周辺から井上邸に何十通もの脅迫状が舞い込んだり、深夜厭がらせの電話が何度となくかかってきたことがある。

しかし、仮にも前頭取で相談役の長谷川を無視し切ってよいものかどうか――。井上は、長谷川との距離の取りかたに悩んでいた。

そこへ村本の電話である。

さすが村本と言うべきであった。

三菱銀行との合併問題で、賛成派にも反対派にも与《くみ》せず、中立に固執した村本を見上げたやつだと井上は思っていた。

人によっては、ヌエ的で洞ヶ峠を決め込んだではないか、と村本の在り方を非難する向きもないではないが、井上は、中立の立場を守り抜くことがいかに至難であるかをわきまえていたので、村本を評価するにやぶさかではなかった。

井上と村本が電話で話していた同時刻、日経編集局経済部の直通電話が鳴った。

若い記者が受話器を取ると、澄田だった。

「杉田さん、電話ですよ。澄田さんからです」

杉田は、またなにか言われるのだろうか、と厭な予感がした。居留守を使いたいくらいだが、そうもいかない。

「杉田ですが……」

「スクープ、おめでとう」

杉田はわが耳を疑った。

「福田大蔵大臣に電話しましたよ。大臣は、きのう、いや、もうおとといになるんですねえ、佐藤総理に合併の話をしたそうです」

「………」

「さっきは暴言を吐いたかもしれません。撤回します」

「ありがとうございます。お気を遣っていただいて、恐縮です」

「井上さん、横田さん、それに近藤君にも電話をかけておきました。両頭取ともわかってくれたようですね。永い間ほんとうにご苦労さまでした。鶴田さんと池内さんにもよろしくお伝えください」

杉田は、こっちを気にしている池内のほうへ思わずVサインを送っていた。

午前五時に、鶴田と杉田はホテルニューオータニへハイヤーを走らせた。

せっかくのスウィートルームだから、せめてチェックアウトの十時までベッドで寝ようということになったのだ。

眠りに就く前の二人の会話は尽きなかった。

「澄田さんにあれだけねばられて、よくぞ決断しましたね。正直なところ僕はちょっと弱気になりました」

「俺も悩んだよ。こんなに悩んだことはないな。恩を着せるわけじゃないが、いちばん心配したのは、きみのことだ。きみの将来に傷がつくんじゃないか、と。澄田さんほどの人に信義にもとるとまで言われてるんだから……」

「部長が責任を持つと言ってくれたんで、僕は安心してたんですけど」

「しかし、いくら俺が責任を持つと言っても、澄田さんに絶交されるのはきみだからねえ」

鶴田のしみじみとした口調に杉田は、胸が熱くなった。

村本は、スーツに身を包んで朝まだき巣鴨《すがも》の家を出て、田園調布の長谷川邸へタクシーを走らせた。

新聞の配達時間は午前六時前後だろうか。

新聞を取りに玄関から出てくるのが長谷川自身か、夫人なのか、それともお手伝いさんかわからないが、日経新聞を長谷川が読む前に、第一・勧銀の合併を伝えなければならない、と村本は考えていた。

タクシーが長谷川邸の前に着いたのは午前五時半頃である。外は寒いので、村本はタクシーの中で待っていた。

お手伝いさんが玄関から出て来たのは、新聞が配達された直後の六時半頃だ。

村本は、タクシーから飛び出した。

「お早うございます」

突然声をかけられて、お手伝いさんは立ち竦《すく》んだが、顔見知りの村本とわかって怪訝《けげん》そうに目礼を返してきた。

「相談役はお目覚めでしょうか」

「はい」

「至急ご連絡したいことがありまして、その新聞のことなんですが、ちょっと失礼します」

　村本は図々しく、お手伝いさんの手の中にある日本経済新聞を奪い取った。

　お手伝いさんが引っ込んで、長谷川が玄関へ出てくるまでの三十秒ほどの間に、村本は、合併の記事が掲載されていることを確かめた。

「お早うございます。朝早くお騒がせして申し訳ありません。第一と勧銀が合併することになりましたので、ご報告に上がりました」

　長谷川の顔色が変った。

「実は、この新聞に合併の記事が出ております」

　村本は、長谷川に近寄って、両手で第一面をひろげた新聞を長谷川に差し出した。

　長谷川は、それを右手でひったくるように引き寄せ、しばらく玄関先で立ち読みしていた。

　長谷川の額と顳顬《こめかみ》に、静脈が浮かびあがった。

「あがらないか」

「ここで失礼させていただきます」

「いいじゃないか」

強く促されて、村本は、長谷川に続いて応接間に入った。

長谷川は苛立《いらだ》たしげにセンターテーブルに新聞をひろげて、再び血走った眼で活字を追い始めた。

新聞がさかさまになっている村本のほうからも、大きな活字だけは充分に読み取れた。

〝第一・勧銀が対等合併〟のカット入り横見出しの下に、〝預金高一躍日本一、世界七位に〟とあり、〝十月一日発足で合意〟〝五月の株主総会で決定〟の六段見出しが二本、そしてリード（前文）と井上、横田両頭取の顔写真が大きく出ている。リードと本文の間に〝名称は「第一勧業」会長井上氏、頭取横田氏〟の五段見出しが続く。

解説の見出しも〝金融再編へ起爆剤〟〝両首脳、先を読んだ英断〟と派手に四段掲げてある。一面スペースのほぼ三分の二を占める大きな扱いだ。

長谷川の神経を逆撫《さかな》でするに、これ以上のものはない。

新聞を読み終えると、長谷川は溜息《ためいき》をついて、ソファに背を凭《もた》せた。

村本が詰めていた息を洩らした。

長谷川が度の強そうな眼鏡を外して、目頭を右手で抓《つま》むように揉《も》みながら言った。

「うまくいくのかね」

「…………」

「誰がやったの」

「もちろん、頭取です」

「ふーん」

村本にとって、長谷川は旧制第一高等学校、東京大学を通じて大先輩である。村本には、長谷川から眼をかけてもらった、という思いもある。

長谷川が、三菱銀行との合併に失敗し、失脚してからも、村本は、井上と長谷川のパイプ役という厭な役回りを務めてきたつもりだった。両者に対話を求めることは不可能だったから、村本がそうせざるを得なかったとも言える。

村本は早々に長谷川邸を辞した。

5

横田郁は、三月十一日の午前一時過ぎに副頭取の西川正次郎を電話口に呼び出した。

「あしたの日経新聞の朝刊に出ることになったよ。予定よりだいぶ早まったが、どうせスクープされることになってたんだから、しようがないだろう」

横田の口調は意外にさばさばしていた。

井上が、八十島を交じえた合併話の進行中、きわめて慎重で、永い間部下に打ち明けず自分一人の胸の中に仕舞い込んでいたのとは対照的に、横田は、終始、西川を相談相手として三者会談に臨んできた。

三菱銀行との事件で負い目をもつ井上は、二度と失敗はゆるされないから、いきおい羹《あつもの》に懲りて膾《なます》を吹くほど用心深くならざるを得ないが、一方、横田のほうは、初めて経験する合併話だけに、世紀の大事業に向けて一人で懊悩《おうのう》するのはかなわないとの思いから、西川との二人三脚で対応したとも考えられる。

西川は、すでに横田から、「十八日までもたんだろう」と言われていたので、深夜の電話にも冷静だった。

「役員でまだ合併話をしてない人はいませんか」

「羽倉《はぐら》君に話してなかったなあ」

「羽倉君は、今夜は杉並の自宅にいるはずです。いまからでも電話して、耳に入れておいたほうがよろしいと思いますが」

羽倉信也《のぶや》は、取締役大阪支店長である。

「会長は、日経のスクープをご存じですか」

「いや、これから電話しようと思ってたところなんだ」

勧銀の会長は武田満作《たけだまんさく》である。二年前の昭和四十四年二月に、後事を横田に託し代表権を持たない会長に退いた。

持病の糖尿病の悪化によって、胸部疾患も再発、入院加療が必要になったため、わずか二年余で退任を余儀なくされた。同年四月から、輪番制の全銀協会長への就任が予定されていたことが、武田に退任を決意させたとも言える。全銀協会長の激職をこなすのに病室から電話で指示するわけにはいかない。

当時、副頭取だった横田の頭取昇格は確実視されていたが、武田の発病によってその時期がかなり早まったことになる。

武田は、むろん合併問題を横田から聞いていた。

「組合の委員長にも事前に話しておいたほうがよろしいと思いますが……」

「うん。加藤君にはまだ話してなかったな」

「加藤君には、わたしが電話します。頭取は会長と羽倉君のほうを……」

「いいよ。江口君と中村君にも僕から電話しておこう」

横田は、専務の江口練太郎と秘書役の中村一郎に、臨時役員会を十一日の朝に開催すべく準備させるつもりだった。

武田との電話はすぐにつながった。

「こんな時間に起こしてしまって申し訳ありません。第一との合併のことが、あしたの日経新聞に出ますので、会長のお耳に入れておこうと思いまして。澄田次官が十八日の発表を洩らしたらしくて、日経から待ち切れんとせっつかれてたんです。ちょっとタイミングが早過ぎるような気がしないでもないが、日経にスクープされるのはしようがないんですよ」

「これから大変だな。きみ、苦労するぞ」

「覚悟してます。しかし苦労のし甲斐《がい》はあると思います」

武田は、もとより合併賛成論者であった。しかし、第一と勧銀の場合、力関係があまりにも対等であり過ぎる。一見、理想的に見えるが、合併推進にあたって、そのことがかえって相互に反発しあい、不成功に終る心配はないのだろうか——。

武田は、初めて第一との合併話を進めようと思う、と聞かされたとき、この点は大丈夫か、と横田に質《ただ》した。

「大丈夫です。必ず成功すると思います」

力強く言い切った横田を信頼し、武田は、第一との合併を了承した。

横田は、武田の次に羽倉の自宅に電話をかけた。

しかし、電話はつながらなかった。江口に電話したあとで再度試みたが、やはり呼び出し音が空《むな》しく聞こえるだけだった。中村に指示を与えたあとで、しつこくもう一度電話したが、羽倉は出てこなかった。

羽倉の家族は文字どおり熟睡していたのだが、翌朝、横田から「きみはほんとうに自宅におったのか」と、ひやかされる羽目になる。

辻堂《つじどう》の自宅で西川から夜中の一時半頃電話を受け取ったときの加藤の驚愕《きょうがく》ぶりは「ほんとうですか」と、思わず訊き返した点にあらわれている。

「事実だ。あしたの日経新聞に合併の記事が出る。組合に説明する前にスクープされるのは申し訳ないが、なんせ急のことなんだ」

「あまりにも突然なことですが、とにかく至急組織で討議します」

「組合として意見もあるだろうが、横田頭取が全身全霊をこの合併にかけてきたことに思いを致してほしいな」

「事実は事実として厳粛に受けとめますが、頭取から合併に至る経緯、理由等について詳しく説明していただきたいと思います」

「もちろんだ。頭取も、組合の執行部に事前にきちっと説明したいと願ってたんだが

「……」

「明朝、さっそく経営協議会を開催していただけますか」

「いいでしょう。頭取も当然そのように考えていると思う」

加藤は、西山昌圀、木曽賢吉の両副委員長と江島重之書記長に電話で、このことを知らせた。勧銀従業員組合幹部の四人は、いちように眠れぬままに朝を迎えることになる。

第二章　ザ・ロンゲスト・デー

1

三月十一日の寒い朝、井上薫は出がけに一通の電報を受け取った。

「どなたからですか」

井上を見上げる光子の表情が心配そうに翳《かげ》っている。

二年前、井上が三菱銀行との合併に反対した当時の辛い日々を、想起せずにはいられなかった。

ハンタイウンドウヲ　タダチニヤメヨ……

発信人不明の電報で脅迫されたことも一度や二度ではない。モノマニア的な執拗《しつよう》さで脅迫状を送りつけてくる見えざる相手に、光子は、おののいた。

「見てごらん。伊藤忠兵衛《いとうちゅうべえ》さんといって、伊藤忠商事の会長をされているかたからだ」

光子は電文に眼を凝らした。

バアアアアアアアアンザイ　イトウチュウベイ

「つまりバンザイだよ。アの字を十字も入れてうれしさを表現している。忠兵衛さんらしいなあ」

「祝電ですのねえ」

光子の顔から輝くばかりの喜色があふれた。

「そう祝電だよ」

光子の笑顔に誘われて井上の相好も崩れた。

バンザイの快哉《かいさい》を叫んでいる伊藤忠兵衛の顔が眼に見えるようだった。忠兵衛はもうすぐ米寿のはずだが、飄逸《ひょういつ》としているようで、ときに人の意表に出る。味のある男だ。

井上は、忠兵衛の祝電によって、昨夜の疲労がいっぺんに取れたような爽快感に浸れた。

「祝電をいただけるなんて、思いもよりませんでした。あなた夜通しずっと電話をしてましたでしょう」

「迷惑かけたね」

「わたくしはけっこう寝《やす》んでましたけど……」

「僕は四時から二時間ほど寝たかな。八時まで寝てるつもりだったんだが、六時にまた新聞記者の電話で起こされてしまった」

低血圧気味の井上は朝が苦手だ。

遅刻することはないが、いつも九時ぎりぎりに丸の内の第一銀行本店に出勤する。

「新聞記事は、どうでしたの」

「実に正確だ。ケチのつけようがない。それに好意的に書いてくれている。助かったよ」

「昨夜はずいぶん怒ってましたのに」

光子は、くすっと笑った。

池内との昨夜の電話は険悪だったように思える。感情を顔に出す人ではないが、昨夜はきつい表情だった。祝電ですっかり気分をよくしたらしい——。

「こんどは皆さんによろこんでいただけるんですね」

「うん。ごく一部の人はおもしろくないかもしれないが、第一の人にも勧銀の人にもよろこんでもらえると思う」

井上が「今夜は遅くなるかもしれないよ」と光子に言って、頭取専用車に乗り込んだのは八時半である。

2

同時刻、西麻布の頭取公邸から、内幸町の日本勧業銀行本店へ向かう専用車の中で、横田郁《たかし》は日本経済新聞を読んでいた。

早朝から、新聞社やテレビ局から確認の電話が殺到し、新聞を読む間もなかったのである。

第一銀行（頭取井上薫氏、資本金二百四十億円）と日本勧業銀行（頭取横田郁氏、資本金二百七十億円）はこのほど両行首脳の間で一対一の対等合併に踏み切ることで合意に達し、近く両行の取締役会にはかって発表する。合意内容によると、合併後の新銀行の名称は「第一勧業銀行」、十月一日発足をメドとし、会長に井上氏、頭取に横田氏とそれぞれ両行頭取が就任する予定である。都市銀行同士の大型合併は戦後初めてで、両行の合併が実現すると富士銀行をはるかに抜いて預金高第一位（両行を合わせると四十五年九月末で三兆三千億円）となり、国際的にも英国のナショナル・ウェストミンスター銀行に次ぐ世界七位の大銀行が誕生する。この合併は、再編機運を次第に強めている金融界にはかり知れない影響を与えるものとみられ、金融界はいよいよ激動の時代にはいる。

リード（前文）のあとに本文が次のように続く。

二年前の三菱―第一の合併失敗で金融再編成の機運は一時ざ折したが、年ごとに深まる都銀の地盤沈下、産業、金融両面に押し寄せる国際化の波、それに大蔵省の効率化および自由化行政が加わってこのところ金融界には産業の再編成だけでなく銀行の再編、統合を考える機運が再び高まりをみせている。

関係筋によると、井上、横田両頭取の間では昨年秋口から合併条件についての具体的な話し合いが始まったといわれ、昨年暮れまでに合併の基本方針が合意され、このほど合併細目の大筋が固まるところまでこぎつけた。

産業界では資本自由化の進展に伴う巨大外資の本格的な日本上陸に備え、企業グループごとの結束強化が進められ、第一銀行も古河、川崎両グループを中核にグループの結束を急いでいるが、そのためには預金高第六位の第一銀行自身資金力の強化を迫られている。一方勧銀はいまのところ第一銀行に比べやや収益性にまさっているが取り引き先に有力な企業集団を持たないという弱点があり、両行がこうした補完関係にあること、また規模の面でもほぼ似かよった銀行であることなどが、井上、横田両首脳による合併への決意を促進したものとみられる。

両行首脳の間で合意に達したおもな点は①合併後の新銀行の名称は「第一勧業銀行」とし、四十六年十月一日に発足させる②合併比率は一対一の対等とし、第一銀行は合併までに三十億円（八分の一）増資し、新銀行の資本金は五百四十億円とする③新銀行の本店は将来はいまの勧銀本店所在地（東京都千代田区内幸町一ノ一）とするが、増築するまで当面は第一銀行本店の現所在地（東京都千代田区丸の内一ノ六）とする——など。また勧銀が取り扱っている宝くじ業務は新銀行に引き継がれる。

合併後の新しい布陣も、井上、横田両頭取をそれぞれ新銀行の会長、頭取に、副頭取には勧銀の西川正次郎、第一の村本周三両副頭取を、また専務には勧銀の江口練太郎、第一の浅川正治両専務を配することですでに合意ができている。

また関係者は独禁法上も特に大きな問題は生じないとみている。両行は近く開かれる取締役会にはかって発表し、五月の株主総会で合併を正式に決める。

この両行の合併が実現すると、預金高は昨年九月末の計数で三兆三千百八十一億円と、現在の六位（第一）、八位（勧銀）から、現在一位の富士銀行（昨年九月末の預金高二兆六千六百八十四億円）を抜いて一躍わが国のトップバンクとなり、世界でも欧米の有力銀行に伍《ご》して第七位を占めることになる。これを契機に、わが国金融界には大型再編成のあらしが吹きまくることになろう。

解説記事の〝両首脳、先を読んだ英断〟の見出しに、横田は照れくさそうに顔をしかめて、老眼鏡をはずした。

ちらっと窓外へ遣《や》った眼を手の甲でこすってから、老眼鏡をかけ直し、再び膝の上の新聞を両手で取るまで十秒ほど要した。

都市銀行同士の大型合併がとうとう出現した。二年前、三菱銀行との合併に失敗した第一銀行が相手を変えて合併に合意したのである。三菱―第一の合併構想に反対した井上第一銀行頭取は、こんどは勧銀の横田頭取とともにみずから金融再編史のとびらを開く立て役者となった。

皮肉な歴史のめぐり合わせのようにも見えるが、井上氏は当時、反対の理由を「この組み合わせでは対等合併にならないことにある」とし、その後金融制度調査会の委員も務めた同氏は繰り返し「銀行の合併そのものにはむしろ賛成である」と言ってきた。井上氏が考える銀行合併の理想図についての回答を勧銀との合併で、それも予想以上に早い時期に内外に示したといえよう。

三菱―第一の失敗の原因は、第一側の内部固めが十分でなかったことにもよるが、周囲の環境が熟していなかったことも大きく作用した。それに対し二年後の今日は表面静かな金融界もその底流には再編ムードが醸成されている。この二年間、店舗配置の自由化、配当自由化、預金保険法の制定と大蔵省の金融効率化行政は次々と手が打たれ、金融界は吹き込む寒風を膚《はだ》で感じている。

また国際化の波は金融界にも押し寄せ、日本の銀行は世界を舞台に欧米の〝ワールドバンク〟との対決を迫られている。銀行首脳の気持ちは自然に再編、統合に向かって流れ始めているところであり四月以降は五年ぶりの本格的金融緩和が見込まれ春を迎える四季の移り変わりとは逆に銀行にとってはこれからきびしい環境が予想されている矢先でもある。

こうした周囲の条件は、多少の曲折はあっても両行の関係者を納得させるに十分とみられる。

とはいっても、いざ合併を実行するとなると、さまざまな困難な問題にぶつかるのが実情。周囲の環境が熟しつつあるとはいえ、どの銀行を見渡しても「食べるのに困る」

ところまで追い込まれているわけではない。第一―勧銀の合併合意は井上、横田両行頭取の〝先を読んだ英断〟によるというほかない。

大蔵省は福田蔵相以下全力をあげてこの合併を支援する構えである。昨年七月初め金融制度調査会が「金融機関の合併、提携を促すべきだ」と七〇年代の金融行政のあり方を答申している。金融効率化行政の仕上げとして、また国際化時代における金融機関強化のキメ手として金融再編成を考えているわけである。

答申の精神がいよいよ現実の成果となって世に現われる。これがいま熟しつつある金融再編、統合の機運をいっきょに爆発させる起爆剤となることは必至で、いよいよ第二次大戦中の戦時合併以来の〝銀行合併史〟の幕が開かれる。

じっくり時間をかけて取材し、狙いすまして放ったスクープだけに、間然するところがなかった。

横田は、合併記事を読み終えた新聞をシートに置いて、小さな伸びをしてから、気持ちを引き締めるように外していたベルトを締め直した。

昨夜、横田は一睡もしていなかったが、緊張感が持続しているせいか、不思議に疲労感はなかった。

第一銀行との合併は、一万九百人の勧銀の従業員から必ず支持されるはずだ。その自信もある。

中位行に甘んじていていいわけはない。効率化、国際化を図るためにはスケール・メリットが追求されて然《しか》るべきなのだ。

横田はふと柳井優元副頭取ら何人かの先輩の顔が眼に浮かんだ。

日本勧業銀行は昭和二十五年五月に特殊銀行から普通銀行へ転換したが、戦後の再建整備時代に苦労を共にしたOBなら誰もが勧銀の行名に郷愁と誇りを持っているはずだった。横田自身も、その思いは強烈である。

それを感傷に過ぎないと黙殺するのは簡単だが、第一との合併によって、勧銀の行名が消滅することは堪え難いと思うOBに対して、懇切丁寧に合併の経緯なり狙いを説明する必要があるのではないか——。

日経のスクープが早まったことによって、その時間が持てなかった。かえすがえすも心が残る。新聞で合併を知ったOBたちは一層ノスタルジアをつのらせるに違いない。

それが歪んだかたちで発展しなければよいが、と横田は気を揉《も》んだ。

本店ビル七階の頭取室に入るなり、横田は秘書役の中村一郎を呼んだ。

中村は、第一銀行との連絡やら、新聞記者たちとの応対に追われているのか、なかなかあらわれなかった。

横田がいら立たしげに煙草《たばこ》を咥《くわ》えたとき、ノックの音が聞こえた。

「どうぞ」

「失礼します」

副頭取の西川正次郎だった。

二人はソファで向かい合った。

「大変な一日になりそうですね」

「うん。まあ日経には協力してもらってるから、あんまり怒るわけにもいかんだろう。記事の中味はパーフェクトだ」

「いま、村本君と電話で話したんですが、午前中に記者会見に応じざるを得ないと思うんです。日経のスクープで、皆んないきり立ってますが、夕刊で後追いせざるを得ないので遅くとも正午までに両行頭取の記者会見をやってもらいたいという記者クラブからの要請です。第一も当行も最低午前中に臨時取締役会と経営協議会を開く必要がありますから、ぎりぎり十一時半ということで……」

「いいだろう。場所はどこでやるの」

「いま、中村君に第一の吉川秘書役と連絡をとらせてます」

第一銀行副頭取の村本周三は、大学の一年後輩で気安い仲である。西川は昭和十一年、村本は同十二年に東京大学経済学部を卒業した。

再びノックの音が聞こえた。

今度は中村だった。性格の明るい男で、笑顔を絶やしたことがない。こんなときでも悠揚迫らぬ落着いた態度である。

「記者会見ですが、帝国ホテルの鳳凰《ほうおう》の間を取ることにしました」

「それはよかった。きょうは仏滅だとか言って、井上さんがえらく気にしてたが、鳳凰なら仏滅を消しておつりがくるよ。聖人が世に出るときに現れた神鳥だというからな」

横田は、真実うれしそうな顔をした。

「頭取、ほかになにか」

「きょうのスケジュールはすべて変更することになると思うが、読売の記者さんにキャンセルを丁寧に詫《わ》びてくれ。それと、きょう中に主だったOBと懇談したいのでアレンジしてもらいたいんだ。新聞記事とあと先になったが、OBにはわたしから説明するのが筋だと思う。勧友自彊会《じきょう》を開催するまでもないと思うが、メンバーは柳井さんと相談して決めてもらおうか」

勧友自彊会は、勧銀OBで組織する勧友会と、現役による自彊会が昭和三十九年に合同して発足した社団法人だが、昭和三十八年十一月に勧銀副頭取を辞任した柳井優は、勧友自彊会の有力メンバーの一人である。

「ＯＢとの懇談会の時間は、きみにまかせる」

「承知しました」

一揖《いちゆう》して退室しようとした中村を横田が呼びとめた。

「ちょっと待ってくれ。うっかり忘れるところだった。齢《とし》は取りたくないねえ。それとも、いま頃になって眠くなってきたのかなあ」

横田が眼をこすりながらつづけた。

「羽倉君を呼んでくれないか。役員会の前に話しておかんとな」

怪訝《けげん》そうな顔をこっちに向けている西川に、横田が言った。

「電話がつながらなかったんだ。何度もかけたんだが、白河夜船を決め込まれたよ」

西川に秘書嬢からメモが入った。

メモを見るなり、西川は起ちあがった。

「村本君から電話です。記者会見で発表する合併趣意書のことでしょう」

西川と中村が退室して、横田は一人になった。

3

井上は、九時ぴったりに頭取室に入った。

煙草に火をつけたところへ、秘書役の吉川寛が顔を出した。

「臨時取締役会の準備が整いました」

「ご苦労さま。新聞社の人たちは来てるの」

「ええ。秘書室と業務企画部に押し寄せてきてます」

「スクープされた側は怒り心頭に発してるでしょう」

「皆さん日経一紙にスクープさせてなんだ、と顔色変えて怒ってます」

旧館三階の頭取室と新館三階の秘書室は四十メートルほどの距離がある。

井上は、秘書室の前を通らずに、地下の車庫から直接エレベーターで上がって来た。

「横田さんも言ってましたが、きょう記者会見をやらざるを得ないでしょうね」

「はい。村本副頭取から、西川副頭取へ電話をかけてもらいましたが、十一時半から記者会見することになると思います」

「場所はどうします」

「中村秘書役とも相談しまして、帝国ホテルの鳳凰の間を押えました」

吉川は七時に出勤し、すぐに日本勧業銀行秘書役の中村一郎と連絡を取った。

中村は、この二、三日、銀座東急ホテルに泊まり込んでいるという。昨夜の遅い時間に、横田頭取から電話がかかり、日経のスクープを知らされたが、内幸町の勧銀本店にも近いし、電話連絡で家人に迷惑をかけることもない。日経のスクープを予期したわけではないが、合併の連絡事項等で、ホテルに缶詰になるように横田から命じられていたのである。

吉川が出勤して間もなく、秘書課長の沢野勇が駆けつけてきたが、沢野は吉川のように合併そのものを知らされていなかったから、驚愕《きょうがく》度は吉川の比ではなかった。

吉川は、沢野から水臭いやつだと思われやしないか、と気を回したが、井上頭取から箝《かん》口令《こうれい》を敷かれていたので、話すわけにはいかなかった。

八時過ぎに、専務の浅川正治と、総務担当常務の樋口善典が、あたふたとかけつけてきた。

長谷川重三郎前頭取邸から、本店に近いホテルへ回り、朝食を摂りながら時間をつぶした村本も八時二十分に出勤、第一の在京役員のほとんどが八時半には顔をそろえた。

取締役人事部長の日高邦雄が、従業員組合中央執行委員長の増井靖正から、経営協議会を緊急に開催するよう申し入れを受けたのは八時四十分過ぎである。

だ。

組合は朝八時から、緊急執行委員会を開き経営協議会の開催を要求することを決めたの

日高は、浅川と相談して、臨時取締役会の終了後、直ちに中央経協を開催する旨を増井に伝えた。

井上が出勤する前に、記者会見までの段取りはついていたことになる。

九時二十分過ぎに井上は、伊藤忠商事社長越後《えちご》正一《まさかず》の表敬訪問を受けた。

取締役会が迫っていたが、井上は頭取室で越後と会った。

挨拶のあとで越後が真顔で訊いた。

「けさの新聞報道は誤報ですか」

「いいえ。事実です。越後さんにお話しする前に書かれてしまって、面目次第もありません。予定より一週間早くスクープされてしまって、大あわてです」

「そうですか。事実ですか。それなら、お祝いを言わせていただきます」

越後はソファから腰をあげて、深々と頭を下げた。

「ほんとうにおめでとうございます」

「ご丁寧に恐れ入ります」

井上は、越後にソファをすすめながらつづけた。

「けさ、八時二十分頃でしたか、伊藤忠兵衛さんから電報をいただきました。それが〝バンザイ〟の祝電なんです。バアアアンザイと、アの字が十字も入ってるんですが、お気を遣《つか》っていただいて恐縮してます」

「バアアアンザイですか。あの人らしいですねえ」

越後は、微笑を消して、考える顔になった。

「熱海の別邸におるはずの伊藤が、日経新聞の最終版を読んでいるわけはないんだが……」

「えっ、熱海におられるんですか。新聞を読んで電報を打ったとばかり思ってたんですが、どういうことなんでしょうか」

「早朝NHKテレビがニュースで流したようですよ。わたしは見てませんけど……。あるいは誰かが新聞を読んで熱海に電話を入れたかもしれませんねえ。なにはともあれ、大変な吉報ですから、祝電を打ちたくなった伊藤の気持ちはよくわかります」

「ありがとうございます」

井上は、秘書嬢がメモを入れてきたが、それを無視して、越後と話をつづけた。

「第一銀行さんと勧業銀行さんが合併されれば、住友銀行さんに替って〝第一勧業銀行〟さんにメインバンクになっていただけるわけです。住友銀行さんは、なんといっても住友商事さんを中核商社として育成せざるを得ないでしょうから、伊藤忠に対してもう一つ力が入りません。われわれはこの日のくるのを待望してたんです」

「その点は横田さんとも話したことがあります。合併新銀行にとって、伊藤忠商事さんはまさに中核商社なんです」

「三菱銀行さんのときは、ひどくがっかりしたのを憶えてますが、けさ新聞を読んで、どうしようもなく気持ちが浮き立ちましてねえ。日本一の銀行をメインバンクに持てるんですから夢のようですよ」

井上は、まだ越後と話したかったが、そうもいかない。すでに十五分ほど遅刻している。

「役員会がありますので、失礼しますが、本日はさっそくご挨拶をいただきまして、ありがとうございました。伊藤忠兵衛さんにくれぐれもよろしくお伝えください」

井上は、越後をエレベーターの前まで見送って、新館三階の役員会議室に急いだ。

「よんどころない用事がありまして遅刻して申し訳ありません。ただいまから臨時取締役会を開催させていただきます」

井上は、議長席に着席して静かに臨時取締役会の開会を宣したあとで、たんたんとした口調でつづけた。

「皆さんにはすでにご賛同を得ておりますが、本行と日本勧業銀行との対等合併を本日、正式に発表することになりました。合併の覚書に調印致しますが、ご賛同いただきたいと思います」

井上は、ゆっくりと一同を見まわした。

どの顔も興奮を抑えきれずに上気している。生唾《なまつば》を何度も呑《の》み込み、咳払《せきばら》いをこらえている者も少なくなかった。

むしろ、井上のいつに変らぬ落着き払った立居振舞が不思議だった。

信じられぬほど井上は平静だった。少なくとも役員たちの眼にはそう映った。

井上とても気持ちが高揚していない、と言えば嘘《うそ》になる。伊藤忠兵衛の祝電にも痺《しび》れたし、越後の表敬訪問にも胸をゆさぶられた。

だが、合併という予想もつかない大事業、難事業の今後に思いを致すとき、責任の重たさを嚙《か》みしめないわけにはゆかなかったのである。

「賛成です」

「賛成！」

「賛成です」

誰からともなく声が出た。

もちろん、反対する者は一人としていない。

役員の中に、二年前公然と三菱銀行との合併に賛成した者もいる。複雑な思いが胸中を駆けめぐっているに違いないが、勧銀との対等合併をまとめあげた井上に、いまは素直に脱帽するしかなかった。

「欠席されているかたには、のちほど連絡を取りますが、役員会全員一致で合併覚書調印の議案を承認することにご異議はございませんか」

「ありません」

「異議なしです」

「ありがとうございます」

井上はテーブルに手を着いて、丁寧に頭を下げてから、誰ともなしに訊いた。

「けさの日経新聞を読んで行員諸君の反響はどうですか」

「皆んな喜んでるんじゃないですか」

「三菱銀行のときは重苦しい空気でしたが、誰しも良縁だと思いますよ」

「第一のみならず勧銀の行員にとっても喜ばしいことですよ。なんせ日本一だし、世界七位の銀行が誕生するんですから」

役員たちの話に気をよくして、井上は背広のポケットに手がゆきかけた。伊藤忠兵衛からの祝電が忍ばせてある。

〝バアアアアアアアアアンザイ〟を披露したい気持ちに駆られたが、井上はそれを思いとどまった。

あまり、はしゃぎ過ぎてもいけない――。

臨時取締役会に要した時間は三十分足らずであった。

村本が、頭取室にあらわれたのはその直後である。

「勧銀の西川副頭取と何度か電話で相談しまして、記者会見で発表する合併趣意書を用意しましたので、眼を通していただけますか。西川さんは文章にはうるさい人ですから……」

そう言えば、村本は臨時取締役会の最中にも中座したが、このためだったのかと井上は合点がいった。

「きみも文章にはうるさいほうだから、僕が読むまでもないと思うが……」

井上は、そんなことを言いながらも、村本から手渡された手書きの合併趣意書に丹念に眼を通した。

今般第一銀行と日本勧業銀行とは、本年秋をメドとして、一対一の対等合併を行なうことにつき、両行経営陣の間で基本的合意に達しました。

もちろん、銀行間の合併は、銀行法上、大蔵大臣の認可を必要といたしますし、商法上も所定の手続きを経て株主のご同意をえなければなりません。

また、日本銀行や公正取引委員会等の諸機関および取り引き先各位のご賛同、従業員、諸先輩等のご理解とご協力をうることも必要であります。

従って本日以降、さっそく各方面に対し、ご同意をいただくための説明を開始いたしたいと考えております。

なお、合併の具体的方法、日程等の細目につきましては、これから両行が協議いたしまして、決定いたしていくことになりますが、対等合併という精神にのっとり、両行の伝統と長所を十二分に活かしながらも全く新しい銀行を創設するという覚悟で具体的な検討をとりすすめていきたいと考えております。

この度の、両行経営陣の、合併を決意するに至りました理由は次の通りであります。

まず第一に経済の国際化に対処して、わが国の産業構造が大きく変動をとげつつある中で、企業活動は近時大型化、高度化の度を強めつつあります。こうした情勢の下で、金融機関に課せられた使命を果たすためには、自らの経営基盤の拡充強化を図らねばならないということであります。

第二にいわゆる大衆化社会に対応して、顧客に対する金融サービスをよりキメ細かくし、大衆のニーズにこたえて行くためには、全国的に整備せられた店舗網を有することが不可欠であります。

そして第三には急速に進みつつある貿易、為替、資本の自由化に対応して国際金融業務の面でも真にワールドバンクとしての役割を遂行するためには、広範な海外拠点とより豊富な資金、人材の確保が要請されているという点であります。

第一銀行と日本勧業銀行とは、それぞれ百年近くと七十年余りの歴史をもった銀行であり、互いに伝統を異にしてはおりますが、いずれも中立にして、不偏、かつ堅実な経営方針を標ぼうしている点におきまして、共通した特質を持っております。

両行は、今後のわが国経済のいよいよきびしさをます要請にこたえ、合併によって一段と充実される全国支店網をもって、本当にお客様に愛される、国民的にして、かつ国際的な性格の大銀行をつくらねばならぬということに強い使命感を抱いている次第でございます。

「けっこうじゃないですか」

趣意書からあげた井上の顔がほころぶ。

村本は感慨深げにうなずき返した。

「すぐタイプに回します」

井上が、ソファから起とうとする村本を見上げて、こともなげに訊いた。

「長谷川君の様子はどうでした」

村本は咄嗟《とっさ》の返事に窮した。

「おもしろくないでしょうね」

「そんなことはないと思います。お気持ちは複雑でしょうが、第一のためを思わぬはずはありませんから」

「そう」

井上は、ことさらにそうしているのか無表情に答え、ちらっと腕時計に眼を走らせた。

十時半から経営協議会が始まる。井上もソファから腰をあげた。

長谷川重三郎の気持ちが複雑に揺れていたことは想像に難くない。事実、十一日の夜、田園調布の長谷川邸に押しかけた記者たちに、ゆらめく胸中をのぞかせている。

「僕は〝前科者〟だからコメントする資格なんてないよ。三菱と勧銀とどっちがいいかなんて訊かれても答えようがない。それを訊かないのが武士の情けじゃないの」

「合併は縁のもので、結局三菱とは縁がなかったってことだけど、どうして三菱じゃいかんのかね。財閥系といったって、三菱グループへの貸し出しは全体の一割程度だろう」

「ま、僕と田実さんとで火をつけた銀行の大型合併がたとえ別の方向とはいえ、まとまったんだから、もって瞑《めい》すべしだよ。過去は忘れて〝第一勧銀〟にいい銀行になってもらいたいな」

長谷川がこの期に及んでも三菱との合併に固執していたことが読みとれるし、勧銀との合併に素直に拍手など送れるわけがない、といった心情が汲《く》みとれる。

労使の意見調整の場である経営協議会も明るい雰囲気の中で行なわれた。

経営側は、井上頭取、村本副頭取、浅川専務、樋口常務、日高取締役人事部長ら、組合側は、増井委員長、河田豊市銀連副委員長、太田副委員長、堀内副委員長、内山書記長、小早川輝次、寺沢康行、吉富正孝の三委員など、大阪専従の能森正勝を除く八人の専従が出席した。

四十四年一月の経営協議会は、重苦しい空気が漂っていた。

長谷川頭取が三菱との合併の意義を力説すればするほど気持ちが滅入り、気分がしらけた。

なんという違いだろう――。往時を思い出すにつけ、増井は快挙に胸が弾んだ。増井は二年前も中執のメンバーだったが、三菱に吸収合併されることにどれほどやり場のない気持ちになったかを、きのうのことのように思い出さずにはいられなかった。

それに対して、けさの浮き立つ気分はどうだろう。

「なんとしてもこの合併が壊れないようにしたいな」

午前八時に開いた中央執行委員会で、増井は、はしなくも本音を吐露してしまったが、それは全中執メンバーに共通していたに相違ない。

「なんでも訊いてください。すべてお話しします」

井上はにこやかに切り出し、勧銀と合併するに至った経緯、理由等について丁寧に説明した。

4

勧銀従業員組合の機関紙「波動」は三月十一日付で、〝第一銀行との合併方針発表さる〟〝ただちに臨時経営協議会開催〟の見出しにつづいて以下のような記事を掲載した。

三月十一日突然、銀行は第一銀行との合併方針を発表。執行部はただちに臨時経営協議会開催。席上、頭取より経緯、理由、行員の処遇等について説明があり、組合は「一万組合員が十分な組織討議を行ない、主体的に対処する」旨申し入れた。

「波動」は月二回刊のタブロイド判四ページの新聞だが、加藤陽一郎委員長の判断で、十一日の早朝、組み上がっていた紙面を強引に差し替えたのである。記事は寸詰まりだが、全十一段中六段を割く大見出しで、記事の活字も通常の8ポより二回り大きい10ポで組まれている。

時間的にもぎりぎりのきわどい操作がなされたことになるが、記事の差し替えが先になり、臨時経営協議会が後になるが、加藤は、組合のリーダーとして、冷静に堂々と経営側と対応し、「一万組合員の意見を吸い上げ、組織で十分に討議させていただきます。組合として主体的に対処したいと思います」と申し入れている。

経営協議会の出席者は、経営側は横田頭取、西川副頭取、江口専務、辰野取締役人事部長、組合側は加藤委員長、木曽副委員長、西山副委員長、江島書記長、藤本士郎、川嶋猛、鈴木裕司、有馬純彦、弘中誠の執行委員である。

組合側は、青天の霹靂《へきれき》だから、ともすると雰囲気が硬くなりがちだったが、横田の巧妙な座談によってたちまち執行委員たちの気持ちがほぐれた。

「合併によって労働条件が悪くならないか」「行員の身分保証はどうなるのか」などの質

問に、横田はにこやかに答えた。

「僕個人としては合併なんてしち面倒くさいことをやらんほうが、どんなに気楽かわからん。あと一期で西川君に後をお願いして、左団扇《うちわ》というわけにはいかんかもしれないが、のんびりやらせてもらう。僕だけのことを考えて安逸を願うんだったらそうするが、いくらぐうたらな頭取でもそれでは行員の皆さんに合わせる顔がない。こう見えても頭取として行員の皆さんの幸せを考え、福祉の向上を考えるからこそ、第一と合併することに決めたんだ。頭取として、このまま中位行に甘んじていたのでは、行員の皆さんにも、先輩のかたがたにも申し訳ないと思うんだ。労働条件が悪くなったり、行員の身分保証ができないような合併をするわけがない。十年先、二十年先を考えて、善《よ》かれと願っているからこそ、合併に踏み切ったんです。僕は、行員の皆さんから反対意見が出るなんて夢にも思ってません。その点は百パーセント自信があるし、安心もしている」

経営協議会の前に開かれた臨時取締役会では横田が深夜の電話に出なかった羽倉を肴《さかな》にして一同の笑いを誘い、初めから和気藹々《わきあいあい》とした雰囲気の中で行なわれたが、経営協議会にも和やかなムードが漂い始めた。

5

井上、横田、西川、村本の両行首脳は十一時半から記者会見に臨んだ。

東京・内幸町の帝国ホテル鳳凰の間には五十人近い報道陣が詰めかけた。

金屏風《きんびょうぶ》を背に、報道陣に向かって右から西川、横田、井上、村本がテーブルに着いた。

純白のテーブルクロスに映える真紅の薔薇《ばら》と白いカーネーションは、よく見ると孔雀《くじゃく》に似た鳳凰に模し、シダの葉をあしらって、ひろげた翼がテーブルの両隅まで伸びている。

報道陣の中に、それに気づいている者はいなかった。日経の完璧なスクープに、皆んな頭に血をのぼらせていたから、鳳凰に模した薔薇の花を愛《め》でるゆとりなどなかった。

村本が合併趣意書を読みあげたあとで、両頭取と記者団の質疑応答が始まった。

——合併のメリットは何でしょうか。

井上　金融再編成のメリットについては、四十五年六月の金融制度調査会の答申を引くまでもなく、広く認められたことです。まず規模の利益があげられます。経済が国際化し、すべての企業が大規模化するのに対応した金融力をつけ、産業界の要望にこたえられるようにしたいということです。合併によって全国的支店網がもてる点は、銀行のサービス業務を考えたときに大きなメリットになると思います。

——合併趣意書にある新しい銀行とは、どういう意味ですか。

井上　すべての価値判断を前向きで行なおうということです。

横田　同感です。過去にとらわれず、これからは前向きに新理念に基づいて新しい銀行をつくるということですよ。

——第一銀行が三菱銀行との合併を白紙還元してパートナーに選んだ理由はなんですか。

言うまでもなくこの質問は、井上に向けられたものである。井上は天井を見上げて考える顔になったが、すぐにまっすぐ質問者をとらえた。

井上　日本の産業の発展のためには財閥系企業やそれに融資する財閥系の銀行も必要ですが、財閥系の銀行だけではだめなんです。財閥に偏しない中立的な銀行が相当数あっていいはずです。第一と勧銀は店舗数が約百五十店、行員も一万人余、収益率もほぼ等しく、理想的なパートナーだと思います。

横田　両行の店舗網、取引先企業は相互補完的なので、一緒になれば、すべてをかねそなえた中立的安定勢力になりうると思います。

——国際化時代におけるワールドバンクとしての戦略はどうですか。

横田　両行の海外店舗網は配転も可能ですから、それを基盤にして拠点の拡充戦略はいろいろ考えられます。

――話し合いの過程で神戸銀行も加えた三行合併の構想があったと聞いてますが、合併が実現するまでに神戸銀行が加わる可能性はありますか。

井上は、咄嗟の返事に窮した。質問者は日経新聞の記者らしいが、正鵠《せいこく》を射ていた。

井上　現段階では二行で一緒になろうということで、それ以上の計画も予定もありません。具体的に申し出があれば固辞しようとは思いませんが、なんとも言えませんねえ。

こんなところでどうですか、と言いたげに井上は横田のほうをうかがった。

横田　神戸銀行が参加するという構想があったかどうか、わたしは知らないが、現時点ではまったく考えておりません。ま、先のことを言うのは難しいですね。しかし、新銀行がスタートし、基盤がある程度固まってくれれば、そのときの金融界の情勢によってはもう一行加わることもありうるかもしれませんがね。

井上は、もう一度横田の横顔に眼を遣《や》った。「わたしは知らない」という言い回しになぜか微笑を誘われたのである。

――行内、取引先、大株主に対する事前の根回しは順調に進んでますか。

井上　ええ。二年前の失敗の経験がありますので万全の態勢で準備を進めました。特に行内では相当長期間にわたって、抽象的な話ではありますが、多くの行員から意見を聞いてきました。その結果、勧銀さんとの合併が最良であるという結論に達したわけです。取締役以上の幹部はもちろんのこと、主だった支店長の了解も取りつけています。
――合併後は現在の取引先との関係をどうするんですか。
井上　両行とも財閥色のない中立的な銀行ですから、この特色を活かして産業金融に力を尽くしたいと思っています。
横田　これまでの取引先との関係を維持、強化していくのは当然のことです。
――両行の重複店舗はどうするんですか。
横田　五、六十店の重複があると思うが、効果的な配置転換を進める必要があります。この点は大蔵省にも充分配慮していただけると思いますが、物理的にいろいろ問題もありますから、多少時間を要するかもしれませんね。
――両行の合併で金融界の再編成が進むと考えますか。
井上　大蔵省当局もどこかが口火を切らねばならないと考えていたようですね。ロンドン、ニューヨークの国際金融市場を見ても、大銀行の合同、提携に進んでおり、日本でも再編成のムードが高まってくると思います。
――合併のための今後のスケジュールについてどうですか。
横田　本日、両行とも臨時取締役会を開いて決議しました。大株主、取引先、銀行の従業員組合にはっきり説明して、同意を取りつけます。契約書の調印はいつになるかはっきりしてないが、定時株主総会に間に合わすためには、できれば今月中に、遅くとも四月上旬に調印することになると思います。

井上と横田は、カメラマンの注文に応えて、こぼれるような笑顔を見せながら何度も握手を交わした。

記者団から合併趣意書の写しの配布を要求され、吉川、中村両秘書役が帝国ホテルの館内を駆け回ってコピーを取るひと幕もあったが、約一時間で記者会見は終了した。

両行首脳の記者会見が始まった頃、兜町《かぶとちょう》の東京証券取引所は熱気に包まれていた。寄りつきから銀行株に〝買い〟が殺到、両行の合併に兜町は敏感に反応したことになる。午前の終り値で第一は二十八円高、勧銀は十七円高と急騰、両行だけではなくて三和と合併の噂《うわさ》が流れた協和はなんと四十五円高を付ける急騰ぶりだった。そのほか大和二十六円高、三井十円高などの値動きが目立った。

記者会見が行なわれている同時刻、第一銀行業務企画部長の藤森鐵雄、同次長の大黒昭、日本勧業銀行業務部長の阿部喜夫、企画部次長の牧野東彦の四人が都内のホテルで会食していた。

この日の朝、藤森が阿部に電話を入れ、なにはともあれ四人で昼食を一緒に、ということになったのだ。

藤森は、気持ちが浮き立って祝杯をあげずにはいられない心境だった。

二年前とはなんという違いだろう。読売新聞のスクープ記事はあまりにも衝撃的で、元旦を寿《ことほ》ぐ気持ちにもなれなかった。

当時、藤森は虎ノ門支店長であったが、前年の十一月の某日、堂島支店長の高木京三から電話がかかり「三菱などと合併したら大変なことになる。第一の経営トップはなにを考えてるんだ。なんとか阻止する手だてはないものか」と言われたことを憶えている。

高木は、三菱との合併反対の急先鋒《きゅうせんぽう》だったが、かつて藤森は高木の横浜支店次長を引き継いで以来、親しい仲であった。

アルピニストで硬骨漢でもあるが、下には滅法やさしい男だった。

藤森は高木からの電話で、あらためて問題意識をもった。虎ノ門支店は、都内でも有数の有力支店で、日常の業務に追われていたし、ことがらの性質上も公然と反対運動に邁進《まいしん》できるはずもなかったが、多くの中間管理職や行員がそうだったように、藤森も三菱との合併に強い疑問を抱いたことはたしかである。

強大な三菱に呑み込まれてしまうのではないか、という不安と、対等合併で日本一の銀行になることの期待感とでは、到底筆舌には尽くし難い落差があった。

　藤森と阿部は気心の知れた仲でもある。

「お会いしたいですね。きょうのきょうで申し訳ないんですが、昼めしをどうですか」

「いいですよ」

「××ホテルのロビーで、正午でいかがでしょう」

「けっこうです」

「大黒をさそってもよろしいですか」

「どうぞ。わたしは牧野を連れてゆきます」

　阿部の声も弾んでいた。

　四人は、ホテルのロビーで会ったとき、なんとはなしに握手を交わした。

　ホテルのレストランでテーブルを囲み、ビールの乾杯をしたあとで、阿部が藤森に訊いた。

「匂いぐらいは嗅いでましたか」

「いまにして思うと、という感じですが、ふた月ほど前に頭取から、金融再編成についていろいろ質問されたことがあるんです。わたしが再編成は必要だと答えたら、第一が合併するとしたら相手はどこがいいかと訊かれたので、勧銀さんの名前をあげました。あのとき頭取は、にやっとしたような感じがするんです。頭取は、折りに触れて部課長クラスや支店長クラスをつかまえて一般論として議論してきたようですが、わたしに限らず合併するとしたら勧銀さんがいいと答えた者が多かったと聞いてます。それで、いよいよ意を強くしたんじゃないですか」

藤森が隣の大黒のほうへ首をねじった。

「きみも勧銀さんの名前をあげたんじゃなかったか」

「ええ。協和とか神戸とか大和とかいろいろ候補があがってましたけれど、圧倒的に勧銀さんが多かったと聞いています。一緒になるんなら勧銀さんしかないって……」

阿部がグラスをテーブルに戻して言った。

「ずいぶん惚《ほ》れ込まれたものですね」

「頭取はそれを逐一テークノートしてたようです。ノートをつきつけられて、あのときみはこう言ったぞとやられたら、グーの音も出ませんよ」

牧野が「ふーん」と小さな唸《うな》り声を発して、藤森に返した。

「根回しの上手なかたですねえ」

「慎重というか周到なんですよ。帝銀と三菱と二つ苦い経験がありますから……」

藤森は残りのビールを喉へ流し込んで、話をつづけた。

「わたしは日本一の銀行にあこがれて昭和二十年に帝国銀行へ入ったんですが、二十三年に第一と三井に分割して一挙に中位行に落ちてしまってがっかりしたんですけれど、二十三年も経ってまた日本一の銀行になれるなんてついてますよ」

阿部がしみじみとした口調で言った。

「日本一の実感が湧いてくるのはまだ先のことでしょうが、たしかに悪い気持ちはしませんねえ。それにしても、どっちからどう持ちかけたのかしりませんが、井上さんもウチの横田も大した役者ですよ。いつの間にかこんな大事業をまとめあげてたんですから、わたしは横田を改めて見直しました」

「そういう意味でしたら、わたしも井上を改めて見直しました。三菱との合併を反対し切ったこととといい、逆に今度は勧銀さんとの対等合併をまとめたこととといい、端倪《たんげい》すべからざる凄《すご》い人だと思います」

藤森の話に大黒は深くうなずいてから、向かい側の牧野のほうへ眼を遣った。

「さっき藤森も話しましたが、いまにして思えばという程度で勧銀さんとの合併について、こんなに進展しているとは想像だにしていませんでした。これから井上が横田頭取にアプローチするのかなぐらいに考えていたんです。つまり匂いさえも嗅がされていなかったのと同じですが、そちらはいかがでした」

牧野は首を左右に振った。

「全くけさの日経にはびっくりしました。阿部さんはどうでした」

「驚いたよ。しかし、驚いてばかりもいられないな。合併準備委員会でいろいろ勉強させられるのはわれわれだから」

藤森も大黒も牧野も、急に表情をひきしめた。

6

井上は、午後一番で川崎重工業社長の砂野仁《いさのまさし》の訪問を受けた。

砂野とは因縁浅からぬ仲である。

三菱との合併問題でも砂野は、川崎重工業のみならず、川崎製鉄、川崎航空機、川崎汽船、川崎車輛《しゃりょう》の川崎グループを挙げて、反対論を強力に支援してくれた。

また、神戸銀行の取締役（非常勤）の立場で、第一銀行と神戸銀行の合併話を持ち込んできたこともあった。

砂野は、神戸銀行頭取の石野信一《いしのしんいち》の意を体して打診してきたのだが、石野が大蔵ＯＢ（元事務次官）だけに、合併に並々ならぬ意欲を持っていたことは想像に難くない。

砂野は、吉川秘書役の案内で頭取室に入ってくるなり、満面に笑みを湛《たた》えて、井上に握手を求めてきた。

「井上さん、おめでとう」

「ありがとうございます」

井上は、力を籠《こ》めて両手で砂野の手を握り返した。

「これで、例の寄付金のことが催促しやすくなりましたよ」

神戸にある湊川《みなとがわ》神社の改修工事の寄付にひと口乗って欲しい、と砂野が井上に電話で頼んできたのは、ひと月ほど前のことだ。

「いやとは言えませんね」

井上は笑顔で返した。

吉川が退室したあとで、砂野が言った。

「こんなにうれしいことはないですよ。わたしは第一のゆくすえが心配で心配でならなかった」

「ありがとうございます。あなたにはいろいろ助けていただいたし、神戸銀行とのことでもお骨折りいただいて……」

「神戸と合併してもなんとかかすかすトップになれるが、断トツというわけにはいきません。勧銀なら文句なしの断トツです。世界的にも有数の銀行が誕生するんだから、凄いですよ。近来にない快挙です」

「神戸を含めた三行合併を考えぬでもなかったんですが、二行でも難しいのに、三行となると、もっと大変です。砂野さんに勧銀の話をするわけにもいきませんしねえ」

「わたしは、横田さんにも勧銀と神戸との合併を打診したこともあるんですよ。井上さんと横田さんが話してることが薄々感じられたので、三行合併はどうかなって、思ったこともあります」

「横田さんと八十島さんと話しているときにわたしが神戸との三行合併について問題提起し、けっこう真剣に考えたんですが、なかなかそこまで踏み切れませんでした。三人でせっかく積み上げてきたものを白紙に返して、一からやり直さなければなりませんから……」

「石野君は熱烈な合併推進論者だから、そのうち、どこか適当なところを見つけてくるでしょう」

砂野は、二十分ほどで引き取ったが、この日井上を訪ねる前に、日本経済新聞の記者から電話取材を受けて、次のように話している。

第一銀行と日本勧業銀行の合併は左右に片寄らない同質の庶民銀行の合併だけに、大賛成である。その成功を疑わない。とくに第一銀行の発展に特別の関心を持っている私としては、この上もない喜びである。

この砂野談話は十一日付日経の夕刊に掲載された。

この日の各紙夕刊は、さながら第一・勧銀一色に塗りつぶされた観があり、福田蔵相、澄田智大蔵省事務次官、佐々木直日銀総裁、植村甲午郎《うえむらこうごろう》経団連会長、岩佐凱実《いわさよしざね》全銀協会長(富士銀行頭取)、中村俊男《なかむらとしお》三菱銀行頭取、永野重雄《ながのしげお》新日本製鉄会長ら、各界の首脳がこぞって両行の合併を歓迎するとの談話を寄せている。

トップバンクの地位を明け渡すことになった岩佐も、二年前に第一との合併が破談になった中村も内心おだやかならぬものがあったに相違ないが、本音を押し殺し、建て前論でとりつくろうほかはなかった。

もっとも、中村は「四十三年の暮れに三菱、第一両行の代表取締役が合併契約に調印しているので、気持ちのうえではいまも有効だと思っている。しかし、第一内部で合併反対の動きが出て、一応白紙還元になったので、いまは第一、勧銀の合併がスムーズにいくことを希望する。両行の合併が金融界全体、ひいては国民経済全体の効率化に役立つなら幸いである」と、〝二年前〟に拘泥《こうでい》がみられるが、それもやむを得まい。

近藤道生大蔵省銀行局長は同日午前十一時に記者会見して、「昨年七月の金融制度調査会の答申の趣旨に沿った合併だ。申請があれば当然認可する」と早くも認可方針を明らかにする思い入れをみせている。

7

横田頭取と西川副頭取は、この日夕刻、勧銀の有力OBと本店ビルの役員会議室で懇談した。

横田が宮崎一雄（日本長期信用銀行会長）、柳井優（後楽園、永大産業等の監査役）、後藤幸雄（グンゼ監査役）などの勧銀OBの意向を打診したのは二月下旬のことだ。

一番初めに会ったのは宮崎だ。

勧銀OBきっての理論家で通っている宮崎をまず味方につけてしまおう、と横田が考えたとしても不思議ではない。

横田は、今後のあるべき方向として合併しかないと思うが、先輩として意見を聞かせてほしい、ともちかけた。

「おっしゃるとおりだ。きみ、合併しなければウソだよ。勧銀はこのまま中位行で終っていいわけがない」

宮崎は、間髪を入れずに賛成してくれた。

横田はよっぽど第一の名前を出してしまおうかと思ったが、ぐっとこらえた。

柳井も後藤も「いい相手を選んで合併する以外に勧銀の発展はない」と言ってくれた。

そんなことを思い出しながら、横田はOBとの懇談会に臨んだが、中にはヘソ曲がりがいないとも限らないから、内心は心配だった。

横田は、大勢のOBたちに向かって深々と頭を下げた。

「先輩の皆さんにお話しする前に、新聞にスクープされるようなことになりまして、まことに申し訳ございません。衷心よりお詫び申しあげます。日経は、大蔵省あたりから取材したんだろうと思いますが、書かれていることはすべて事実です」

横田はこう前置きして、合併合意に至った経緯を縷々《るる》説明した。

「横田君、よくやってくれた。対等合併というのがいい。たいしたもんだ。実に立派じゃないか。われわれOBとしても鼻が高いよ。日本一の銀行なんて夢みたいだ」

柳井のひとことで拍手が湧き起こった。

絶大な賛成の声に掻《か》き消されたとも考えられるが、反対する者は一人としていなかった。

横田は、起立してもう一度最敬礼した。

「ありがとうございます。わたくしの気持ちをおわかりいただけて、ほんとうに感謝に堪えません」

横田は、こみあげてくるものを堪《こら》えるために、十秒ほど間を取らなければならなかった。

「武田会長に相談したとき、きみ、苦労するぞ、と言われました。たしかに人事問題ひとつを取りましても苦労があろうかと思いますが、わたしは、いくらでも苦労するつもりです。苦労のし甲斐があると思うんです」

横田が西川に眼を遣りながら話をつづけた。

「あんまりうぬぼれてもいけませんねえ。わたし一人で背負《しょ》って立つような、一人で苦労するようなことを言っちゃあいけませんね。ほんとうに苦労するのは、西川君や、もっと若い人たちかもしれません」

西川が眼もとに微笑をにじませて言った。

「わたしも苦労はいといませんよ。覚悟はできてます」

井上と横田は、夜七時に銀行倶楽部《クラブ》の全銀協会長室で再び対面した。

合併の覚書に調印するためだ。

覚書には合併条件（対等合併）、新銀行の名称（第一勧業銀行）、本店所在地（丸の内の第一銀行所在地）、資本金（五百四十億円）、役員構成（会長井上薫、頭取横田郁、副頭取西川正次郎、同村本周三など）、合併の日取り（昭和四十六年十月一日）など、すでに両行頭取間で合意に達した基本事項が盛られてある。

署名、押印したあとで、横田が言った。

「これで家に帰れるといいんですがね。眠くてかないませんよ。井上さんはタフですねえ。ひとつも眠たそうじゃないですもの」

「そんなことはありませんよ。相当疲れました」

「日経にスクープされてる手前、断るわけにもいかんしなあ」

横田が中村秘書役のほうへ恨みがましく眼を遣った。

中村と並んでドアの前に佇んでいた吉川も二人の頭取に小さく頭を下げた。

日経、毎日、サンケイの三紙とＮＨＫから座談会と対談を申し込まれ、受けざるを得なくなったが、吉川と中村は、時間の調整できりきり舞いさせられた。

ＮＨＫテレビは九時からのニュース番組の中で、井上と横田の対談をナマ中継した。

井上と横田は、睡魔と闘いながらなんとか対談をこなしたが、終ったあとで横田が「眠りながら話をしたのは初めてだ」と、冗談を飛ばした。

当時、NHKテレビのスタジオは内幸町にあったが、NHKから大手町の日本経済新聞社に移動する車の中で、夕食がわりのサンドイッチを食べたほど時間のやりくりに難儀した。

NHKのテレビスタジオに井上を送り届けてから帝国ホテルへサンドイッチを買いに走ったのは吉川である。

吉川は、ホテルへ前もって電話をかけて、特製サンドイッチを四人分注文しておいたのだ。

「ありがとう。きみ、よく気がつくねえ。腹が減ってかなわなかったんだ」

横田は、サンドイッチと魔法瓶に入れた紅茶の差し入れに、いたくご機嫌だった。

中村は吉川に最敬礼した。

「ありがとうございます。お陰さまで助かりました」

「とんでもありません。なにもかも中村さんにお願いしてしまって……。わたしにできるのはこんなことぐらいです」

吉川は、中村に返して、頭取専用車の助手席に急いだ。

二台の頭取専用車がNHKの玄関を出たのは十時半を過ぎた頃である。

二人の運転手が気を利かせてスピードを落してくれたお陰で、四人ともサンドイッチを片づけることができた。

日経の座談会には、井上と横田のほかに澄田大蔵省事務次官と岩佐全銀協会長が出席した。

澄田と岩佐は、朝日の対談にも引っ張り出され「銀行合併と金融界」について語らされたが、澄田は毎日とサンケイにもつきあわされる始末で、この日は新聞社に出ずっぱりでサービスした。

吉川と中村がスクープした日経を最後に回したのは、抜かれた新聞社などに対するせめてもの気遣いからだが、逆にそれが裏目に出て、話が弾みに弾み、予定時間が大きく超過し、座談会が終了したときは午前零時を回っていた。十一、十二の二日間にまたがる座談会は、空前絶後であろう。

司会役の鶴田卓彦経済部長は、井上に「重複する店舗配転」「業務面で新手法も」などを、横田には「互いに方針は尊重」「人事に公平を期す」などと語らせ、澄田からは「行政面からも配慮」「中小金融効率化も」、また岩佐からは「英断に敬意を表す」「自己資本を手厚く」などの発言を引き出している。

十二日付朝刊の日経最終版は一ページを割いて《〃和の利〃生かす「第一勧業」》のカット入り大見出しで、座談会を掲載した。

別れしなに澄田が感慨を籠《こ》めて言った。

「ザ・ロンゲスト・デーでしたね。わたくしにとっても忘れられない日になりそうです」

第三章　幻の「三菱第一銀行」

1

第一、勧銀両行が対等合併すると発表した三月十一日の各紙夕刊を読んで、感慨にひたった両行の関係者は少なくないが、わけても八十島親義はその思いが深かった。井上薫、横田郁両頭取が世紀の大合併劇を演出し、華やかな脚光を浴びている中で、八十島は裏方に徹していたが、裏方とはいえ八十島が果たした役割は大きく、八十島抜きにして合併劇は進行しなかったに相違ない。

しかし、八十島はこの一年余の間に調停役として、ずいぶん苦労したはずなのに、そんな場面よりも、なぜか長谷川重三郎と対峙《たいじ》したときの場面が思い出されてならなかった。

二年四ヵ月ほど前、昭和四十三年十二月上旬の某日、澁澤倉庫社長の八十島に、第一銀行会長の井上から電話がかかった。

八十島は、第一銀行の筆頭常務から現職に転じて八年になる。

「急なことで申し訳ありませんが、今夜、時間をあけていただけませんか。酒井さんとわたしと二人で、折り入って相談したいことがあるんです」

井上の語調は静かだが、八十島のほうにぴんとくるものがあったせいか、ただならぬ気配が汲《く》みとれた。

だいたい、今夜時間をあけろというのはただごとではない。

八十島は先約があったが、咄嗟《とっさ》にキャンセルしようと肚《はら》を決めた。

「けっこうですよ。何時にどこへ伺えばよろしいですか」

「六時に〝錦水〟でお待ちします」

「承知しました」

〝錦水〟は、酒井杏之助が頭取時代によく使っていた築地の料亭である。元頭取で現相談役の酒井と、前頭取で現会長の井上から呼び出されるとすれば、あのことしかない、と八十島が思ったとおり、その夜の話題は三菱銀行と第一銀行の合併問題であった。

「三菱とのこと聞いてるか」

こう切り出したのは酒井である。

「ええ」

「きみ、どう思う」

八十島は間髪を入れずに返した。

「困ったものです。とんでもないことですよ」

ほーう、という顔で、酒井と井上が顔を見合せた。

「それを聞いて安心しました」

井上は微笑を浮かべたが、酒井はかすかに首をかしげた。

「きみは長谷川君に近いのに、そんなことを言っていいのかい」

「いくら長谷川君と親しいからって、こんな重大な問題に私情を交えることはできません。三菱と第一が合併したら、澁澤倉庫なんて小っぽけな会社は、たちまち三菱倉庫に呑《の》み込まれちゃいますよ」

八十島は、昭和六年に第一銀行に入行した。長谷川は一年後輩である。ついでながら井上は四年、酒井は大正十一年に入行した。

酒井が眉間にたてじわを刻んで言った。

「長谷川君は、井上君やわたしになんの相談もなしに合併を強行しようとしている。それどころか井上君を第一から追い出そうとさえしているんだからひどいもんだ」

「わたしに日銀政策委員をどうか、と言ってきたんです」

「なるほど。日銀政策委員は兼職がゆるされないポストですから、受けるとすれば、井上さんは第一の会長を辞めなければなりませんね」

「まったく見えすいてるよ。田実君と長谷川君が企んで、宇佐美《うさみ》さんと澄田さんに持ちかけたに違いないんだ」

酒井は苦いものでも呑むように盃《さかずき》を乾《ほ》して話をつづけた。

「合併反対のリーダーである井上君の口を封じようというわけだ。まさか日銀政策委員が合併反対の旗を振るわけにはいかんからねえ」

日本銀行総裁の宇佐美洵《まこと》は三菱銀行の前頭取である。古巣の三菱銀行が第一銀行を吸収合併して、日本一、いや世界的にも屈指の大銀行になることを願わぬはずはない。

一方、大蔵省銀行局長の澄田智は、名にし負う金融再編成推進論者である。

三菱銀行頭取の田実渉と第一銀行頭取の長谷川が、ごく最近急逝した堀武芳《ほりたけよし》日銀政策委員（元日本勧業銀行頭取）の後任に、井上を推し、宇佐美と澄田が賛成した、と考えるのは、酒井に限らずごく自然と言えた。

八十島が酒井の盃に酌をしてから、井上に訊《き》いた。

「それで井上さんはお受けになるんですか」

「とんでもない。長谷川君から話があったとき、その場で即刻断わりました。メンツをつぶされたようなことになって長谷川君には気の毒したが、三菱と第一の合併と引きかえに、わたしが日銀政策委員のポストを受けたりしたら、皆さんに恨まれますよ」

井上は、ことさらに抑制した語調で話をつづけた。

「たしか五月の中旬でしたか、島村君から合併話を聞いたが、長谷川君から直接わたしに話があったのは、つい最近です。もちろん絶対反対だと申しあげたが、長谷川君は合併を強行するつもりのようですね」

島村道康は、第一銀行の常務会でただ一人三菱との合併に反対した男である。島村は、再三にわたる長谷川の説得にも態度を変えなかったため、三ヵ月ほど前に第一銀行の常務取締役を解任され、古河系中堅塗料メーカーの東亜ペイント副社長に転じた。

酒井が苦り切った顔で言った。

「長谷川君は見せしめのために島村君の首を馘《き》ったんだ。これで現役の役員は誰も反対できなくなったな。だからこそ、われわれOBが頑張らなければいかんのだよ。井上君はOBとは言えんが、会長や相談役を無視し切っている長谷川君は、いったいどういう精神構造の持ち主なのかねえ」

井上が小さな吐息を洩《も》らした。

「長谷川君は、わたしに合併反対論は感情論に過ぎないと言いましたが、これは感情論などではありません。三菱に吸収合併されたら、古河系、川崎系など第一にゆかりのある企業集団は崩壊してしまう。取引先に迷惑をかけることは目に見えています。人事にしても公平にはいかんでしょう。帝銀で懲りているはずなのに、どうして、そこのところがわからないのか。わたしには長谷川君の気持ちがどうしてもわかりません」

「日本一の銀行の頭取になりたいんだろう。そのためには後輩たちがどうなっても知ったこっちゃないっていうわけだ。後輩に対する思いやりがなさ過ぎるよ」

帝国銀行は、昭和十八年四月一日に、第一銀行と三井銀行が合併して誕生した銀行だが、昭和十七年五月に金融事業整備令が公布されたのを受けて、政府は金融機関の合併などを命じられるようになった。いわば両行の合併は政府命令による強制結婚であった。

しかし、帝国銀行は設立五年半後の昭和二十三年十月に第一銀行と新帝国銀行に分離された。分離の理由は、①両行が培《つちか》ってきた経験や伝統が合併後あいまいのまま放置され、事務処理上の統一も失われる状況であった②両行はそれぞれ独自の経営理念と行風を有していたことから、合併後、営業方針に一貫性を欠く憾《うら》みがあり、このため取引先に不安を与えがちであった③人的関係では年齢層に不均衡があり、かつ有能者の合理的配置が充分行なわれなかった結果、営業活動も非能率的となり、合併当時には銀行業界で圧倒的優位にあった預金計数も低下し、トップバンクの地位を脅かされるようになった――などがあげられる。

とくに旧第一側の役員、従業員に分離を望む声が大きかったのは、人事面で旧三井側にしてやられている、といった被害者意識によるとみてよかろう。

分離直前の井上のポストは調査課長だったが、井上は分離推進派の急先鋒《きゅうせんぽう》であった。語学が堪能《たんのう》な井上は、分離の認可を取りつけるべく占領軍総司令部（ＧＨＱ）の経済科学局（ＥＳＳ）に日参し、ビープラット担当課長らに、分離の必要性を懸命に訴えたものだ。

酒井がまた不味《まず》そうに酒を呑んだ。

「井上君が言うとおりだ。財閥系の銀行は帝銀で懲りているはずなのに、よりによって三井よりも遥《はる》かに強大な三菱を合併の相手に選ぶなんてどうかしているよ。田実君にどう丸め込まれたか知らんが、三菱に吸収されるなんて、あんまり情けないじゃないか」

八十島が大きな眼をぎょろっと剝《む》いて相槌《あいづち》を打った。

「まったく同感です。澁澤敬三《しぶさわけいぞう》さんが生きておられたら、いくら長谷川君でもこんな勝手な真似《まね》はできなかったと思います。青淵《せいえん》翁が草葉の陰で哭《な》いてますよ」

澁澤敬三は、第一銀行の創立者澁澤栄一（青淵）の嫡孫で、同行の副頭取から日銀副総裁に転じた後、昭和十九年に四十七歳の若さで日銀総裁に就任した。

終戦直後の昭和二十年十月、幣原《しではら》内閣の蔵相に迎えられ、混乱期の金融行政を担当し、手腕を発揮した。

澁澤敬三は蔵相時代に、自ら創設した財産税を納税できず東京・三田の自邸を物納したことがある。

八十島はその残務整理を手伝わされたが、澁澤家の当主にしては、財産の少なさに驚いたものだ。

澁澤敬三は昭和二十六年の追放解除後、国際電信電話社長、文化放送会長、日本国際商業会議所会頭、日本航空、第一銀行の各相談役を歴任する一方、日本民族学協会、日本人類学会会長をつとめるなど文化人としても幅広く活動した。戦時中は大内兵衛《おおうちひょうえ》ら不遇の社会科学者の研究生活を援助したこともよく知られているが、無私無欲の人柄は人々の敬愛を集めてやまなかった。

因《ちな》みに長谷川重三郎は、澁澤栄一の庶子で、澁澤敬三とは叔父、甥《おい》の関係になるが、年齢はひと回りほど甥の敬三のほうが年長である。

その澁澤敬三が享年六十七歳で鬼籍入りしてから、すでに五年以上も経つが、かれが生きていたらとの思いに駆られるのは酒井も井上も同じだった。

酒井がじろっとした眼をくれながら八十島に言った。

「きみは長谷川君と親しいんだから、意見してやったらどうだ」

「井上会長と長谷川頭取の対話不足に問題はありませんか」

井上が腕を組み、眉をひそめて答えた。

「対話不足は痛感してますが、長谷川君は聞く耳を持たないというか、わたしと話す気がないんです。わたしの顔を見るのも厭《いや》なんでしょうね」

「八十島君に来てもらったのは、長谷川君と会ってもらいたいからだ。そのお願いをしようと思ってねえ。きみの意見として、長谷川君に反対論をぶつけてもらうのがいいと思う」

「わかりました。二、三日中に会うようにします」

八十島は、表情をひきしめて答えた。

2

あくる日、八十島が長谷川に電話を入れたところ二日後の夜、渋谷・道玄坂の〝ホテル石亭〟で会おうということになった。

「〝石亭〟はそうたいしたホテルではないが、レストランのビフテキはうまいし、ひと目の心配もないから都合がいいだろう」

と長谷川は電話で言った。

ビールを飲み、ステーキを食べながらの話になった。

「三菱との合併はどうしてもやるつもりですか」

「やっぱりその話か……」

長谷川は露骨に厭な顔をした。

「井上さんに会ってるの」

「ううん」

八十島はどっちつかずな返事をした。

「井上さんに、なんか吹き込まれたんじゃないの」

「澁澤倉庫の社長として、三菱との合併には賛成できないんだよ」

「どうして」

「三菱倉庫に乗っ取られちゃうかもしれないからね」

「合併して大きくなれるんだったら、それも悪くないな。予備後備の連中が併呑《へいどん》されるとか吸収されるとか莫迦《ばか》なことを言って騒いでるけど、尺度が小さ過ぎて話にならんな。極端な話、澁澤倉庫なんて吹けば飛ぶような会社は、どうなったって関係ないんだ。もっと眼《まなこ》を見開いて、世界に眼《め》を向けてもらいたいね。八十島さんまで反対側に回るなんて夢にも思わなかったな」

八十島がむすっとした顔で言い返した。

「おっしゃるとおり澁澤倉庫なんて吹けば飛ぶような会社だが、それでも五百人からの従業員がおるんです。瘦せても枯れても、青淵先生の息のかかった会社だし、皆んな誇りを持っている。三菱倉庫に吞み込まれるなんて俺は厭だな」

「第一と三菱が合併したら、古河系も川崎系も第一系の企業も融けて無くなっちゃうようなことをいうのは被害妄想以外のなにものでもないな。だいいち、あんたが反対したからどうなるってものでもない。第一銀行のトップが決断し、ボードが賛成したことに、四の五の言うのは僭越《せんえつ》というものだろう」

八十島は、長谷川を見返せず、眼を伏せた。

澁澤倉庫の筆頭株主は第一銀行である。第一系列会社の社長の首をすげ替えるくらい長谷川なら朝めし前かもしれなかった。取りようによっては人事権をちらつかせていると取れないこともない。

だが、八十島は猛然と反発心が湧き起こってきた。

「お言葉だが、俺は自分の首なんてどうなったって構やしない。なんなら首を差し出したっていいが、百歩譲って澁澤倉庫がどうなったっていいとしてもだ、第一が三菱の軍門にくだるなんてまっぴらご免だな」

「困った人だね。あんたがそんなセンチメンタリストとは知らなかったよ」

「………」

「しかし、ご意見はご意見として承《うけたまわ》っておくよ」

ナプキンで口のまわりを拭きながら立ちあがろうとする長谷川を、八十島が手で制した。

「もうちょっと、いいでしょう」

「うん。下にバーだかクラブがあったみたいだな。席を移そうか」

「そうしよう」

地下一階にあるバーの隅っこのボックスで、スコッチウイスキーの水割りを呑みながら、八十島が言った。

「井上さんと直接対話する気はないの」

長谷川は言下に言い放った。

「ないな。日銀政策委員のポストを蹴飛ばすような非常識な人とは、口をききたくないね。日銀政策委員といえば願ってもないポストだと思うが、わたしの顔に泥を塗るような真似をしといて、まったく冗談じゃないよ」

「僕が総務部長をしてた頃だったからひと昔前になるが、井上さん、あなた、それに水津《すいつ》君と僕の四人で酒を呑んだりゴルフをしたり、よく遊んだが、第一の改革に燃えてもいた……」

　昭和三十一年から三十四年まで、八十島は第一銀行の総務部長だったが、当時井上は取締役審査部長、長谷川は業務部長、水津宣四郎は人事部長であった。水津は躰《からだ》を悪くして副頭取から非常勤の取締役に退いたが、同期入行組の長谷川とはウマの合うほうだ。

「四人はなんでも話し合える仲だったのに、どうしてこんなことになっちゃったのかなあ。あなたは顔に泥を塗られたと言うが、日銀政策委員の話、井上さんに事前に相談したんですか」

　長谷川は不快感を顔に出して、グラスを呷《あお》った。

「それと合併の話にしても、せめて井上さんには事前に相談したほうがよかったんじゃないかなあ」

「経営を執り仕切ってるのはわたしだよ。リタイアした人に、妙に口出しされるのは愉快じゃないな。経営執行権はわたしにあるんだ」

「それにしても井上さんは、代表権こそ持っていないけど、取締役会長だからねえ。井上さんと長谷川さんの間に合意がないっていうのは常識的じゃないでしょう。くどいようだが、それ以前の問題として井上さんを蚊帳《かや》の外に置くというのは感心せんなあ」

「もうよそう。時間の無駄だよ」

「井上さんは筋道を通す人でしょう。その井上さんを怒らせていいんですか」

「フィロソフィが違う人といくら話してもしょうがないじゃないの」

長谷川のひろい額に青筋が浮きあがった。

「頼みの八十島さんから、こんなことを言われるとは思わなかったよ」

長谷川は言いざま立ちあがった。

十二月中旬の某夜、八十島は長谷川と〝ホテル石亭〟のレストランで再会した。八十島のほうが呼び出したのである。

「三菱とは合併契約に調印したよ。もうなにを言われてもしょうがないから、そのつもりで」

いきなりぴしゃりと釘《くぎ》をさされて、八十島は返す言葉がなかった。

長谷川は誇らしげに話をつづけた。

「合併比率は一対一、つまり対等合併だ。吸収合併などでは断じてない。新銀行の行名は〝三菱第一銀行〟だが、英文では〝ファースト・ミツビシ・バンク〟と逆にする。田実さんが会長に、わたしが頭取になるよ。一月七日に発表して、五月までに合併することになるだろう。このことは両行の常務会全員一致で承認されている」

　八十島は辛うじて訊き返した。

「井上会長はどうなんですか」

「あの人は論外だよ」

　長谷川はあからさまに顔をしかめた。

「取引先や株主の関係者にこそこそ会ってるらしいが、そんなの問題にならんよ」

「井上さんとはあれ以来まだなにも話をしてないの」

「うん。その必要はないと思う」

「それはいかんなあ」

「八十島さんは、言ってみればニュートラルな立場にいるんだから、あなたから井上さんによく話してよ。だいいち、じたばたしたらみっともないじゃないの」

　長谷川が居ずまいを正して、小さく頭を下げた。

「よろしくお願いします。井上さんを説得できるのはあなただけだ」

「ミイラ取りがミイラになるようなことはできませんよ」

　八十島は冗談めかして返したが、本音だった。

もはや長谷川をして翻意させる手だてはないのだろうか――。合併契約に調印したことの意味はあまりにも重大かつ深刻である。八十島は胸がふさがった。

年が改まった昭和四十四年一月十日の朝、八十島は、第一銀行の秘書室に電話をかけて五分でいいからと頼み込んで、長谷川の時間を取ってもらった。丸の内の第一銀行本店三階の頭取室で、八十島が長谷川と対峙したのは午前十時過ぎである。

「ご無理を聞いていただいて申し訳ありません」

八十島はいつになく改まった口調で切り出した。

「きょうは命がけのお願いにきました」

「どうしたの。八十島さんらしくないなあ」

長谷川が苦笑しながら言った。

八十島はソファから躰を乗り出した。

「わたしの父、八十島親徳は宇和島から出てきた山猿ですが、苦学力行し、あなたのお父上、青淵先生に認められ、四十八歳で死ぬまで秘書として青淵先生に仕えました。昭和六年にわたしが大学を出たとき、父はすでに亡くなってましたが、父の縁にすがって、母に連れられて青淵先生にご引見いただき、当時第一銀行の相談役だった青淵先生にお願いして第一銀行に入れていただいたのです。もちろん石井頭取にもお会いいただきましたけれど、青淵先生の口添えがなかったら、わたしのような出来の悪い者は、入行できなかったと思います」

「八十島さんの故事来歴は耳にたこができるほど聞いてるよ」

長谷川は憮然《ぶぜん》とした顔で言って、センターテーブルの湯呑みに手を伸ばした。

話の腰を折られたが、八十島はかまわず話をつないだ。

「青淵先生に、三菱などに拮抗《きっこう》する財閥をつくるつもりがあったら、いくらでもできたでしょうが、青淵先生にはさらさらそんな気持ちはなく、育てた企業はどんどん手放していかれた。第一銀行も財閥に偏しない中立を旨とされました。あなたは一対一の比率だから対等合併だと言われるが銀行の実力もさることながら、背後の勢力がまるっきり違うじゃないですか。三井と合併した帝銀で、われわれはあれほど辛酸を嘗《な》めさせられたではないですか。三菱と合併したら、第一は融けてなくなってしまいますよ。釈迦《しゃか》に説法のはずだが、三菱と合併した第百銀行がいい例じゃないですか」

八十島は、前のめりのような姿勢になって、一段と声を励ました。

「長谷川頭取、お願いだから合併契約を白紙に返してください。あなたのお父上がつくった銀行を三菱財閥に売り渡すようなことをしたら、あなたはきっとあとで後悔することになりますよ」

八十島は感きわまって目頭が熱くなった。

「財閥に売り渡すなんてつもりは毛頭ないんだがねえ」

長谷川の声が湿っている。

「きょう、支店長会議があると聞いてますが、あなたが合併を強行すれば大混乱になりますよ。どうかわたしの命がけのお願いを聞き届けてください」

八十島は声をつまらせて、低く頭を垂れた。

3

晩酌や寝酒をほとんどやらない井上が珍しく風呂あがりに光子の酌でビールを飲んだ。

それも深夜一時半にである。

「きょうはご苦労さまでした」

光子のそのひとことは、井上の胸にじんと滲《し》みた。

前夜ほとんど眠っていないのに、睡魔が襲ってこないのが不思議だった。

第一、勧銀両行の合併を正式に発表してホッとしているはずなのに、大仕事をやり遂げて気持ちが高ぶっているのだろうか――。

八十島がそうであったように、井上も不思議に合併をまとめたことよりも、合併をぶち壊したことのほうの感慨にとらわれがちであった。

苦しい闘いだった。

常勤役員の中で、三菱との合併反対論を支持してくれる者が一人として存在しなかった中で、当時の長谷川頭取をして翻意させることができたのは、自分の信念が正しかったからこそではないのか、と井上は思う。

四十四年元旦のことが思い出されてならない。元日の早朝、新聞記者から電話でコンファームを求められて、井上はわが耳を疑った。

「読売新聞の一面トップに、三菱銀行と第一銀行が合併するという記事が出てますが、事実ですか」

「そういう動きのあることは承知していますが、わたしは反対だし、白紙に返される公算のほうが大きいんじゃないですか」

「しかし、両行の首脳間で合意したと読売に出てますよ」

「まだ新聞を見てないので、読んでみないことには……。とにかくわたしは、三菱との合併には反対です。酒井相談役も反対してます」

「井上会長が反対していると書いてよろしいですか」

井上は、返事に詰まった。活字にされるとなると、話は別である。

取締役会長が正面切って反対しているとなると、相当刺激的だ。社会的信用機構の銀行だけになおさらである。

「内部にも反対論がある、ぐらいのところでどうですか」

「わかりました」

時刻は七時ちょっと前だが、井上は電話を切るなり、パジャマを普段着に着替え、その上にコートをひっかけて家を飛び出した。

読売新聞は自宅で購読していなかったので、大崎駅へ買いに行かなければならない。駅までゆっくり歩いても七、八分のはずだが、自然急ぎ足になり、井上は売店の前で息を切らしていた。

厳しい冷え込みだが、躰はカッカッと熱かった。

井上は新聞を買って呼吸を整えながら、その場で一面をひろげた。

〝三菱、第一銀行が合併〟

〝両首脳合意で、夏にも実現〟

〝預金高、世界第五位に〟
〝政府も支援惜しまぬ〟
衝撃的な大見出しが踊っている。

三菱銀行（頭取田実渉氏、資本金三百六十億円）と第一銀行（頭取長谷川重三郎氏、資本金二百四十億円）は、このほど両銀行首脳間で合意に達した。早ければ一月上旬、大株主などの了解を得て、合併などの協議にはいり、五、六月ごろにも合併が実現する見通しになった。都市銀行の合併は戦後初めてで、両行の合併が実現すると預金高は三兆六千億円と〝百億ドル銀行〟が初めて日本にも生まれ、アメリカ、イギリスの有力銀行についで世界第五位の銀行になる。これにより金融界の再編成が急速に進み、さらに三菱、第一両行の系列企業を中心に産業界の全面的な再編成が早急に進展する可能性が強まってきた。

リードのあとに本文が続くが、井上の眼はそれを飛ばして、福田蔵相、田実頭取、長谷川頭取の談話に移った。

福田蔵相の話「両銀行が合併することは金融再編成のうえで、きわめて好ましいことだ。支援を惜しまない。これでほかの金融機関も、本格的に再編成に取り組むきっかけができたと思う」

田実三菱銀行頭取の話「いま具体的なことは言えないが、いろいろ話があるのは事実だ」

長谷川第一銀行頭取の話「金融再編成の時期にあるだけに、いろいろなケースを検討しているし、田実氏とも率直に意見を交換している。有力取引先、株主などの意思統一をはかることが先決だ」

両頭取の談話に、合併契約に調印した、という字句がなかったのがせめてもの救いだが、福田蔵相の談話は、三菱、第一両行の合併を既成事実としてとらえているニュアンスが汲み取れる。

井上はしかめっ面で新聞をたたんで小脇に挟んだ。

帰りは、もっと速足になっていた。

井上は、家に着くなり、コートを着たままで読売新聞社編集局経済部長の河村隆宅へ電話をかけた。もちろん、河村とは面識がある。

河村は夜勤明けで、寝入り端《ばな》を家人に起こされたため、電話に出るまで三分ほど要した。

井上は沸騰する気持ちを制御しかねた。

「もしもし、お待たせしました。河村です。明けましておめでとうございます」

「きみ、ひどいことしてくれるじゃないか」

井上は、いきなり斬りつけるように言って、ニュース・ソースを明かすように迫ったが、河村が応じるわけはなかった。

せめて三菱サイドか第一サイドかだけでも教えてもらえないか、と頼んだが、河村は「勘弁してください」を繰り返した。

「読売の記事は結果的に誤報になると思いますよ」

「どうしてですか」

「この合併話は潰れるからです。いや必ず潰しておみせする」

河村には捨てぜりふに聞こえたかもしれないが、井上は自信があった。

「株主総会で否決されたら、それまでじゃないですか。わたしが知ってる限り、第一の株主で三菱との合併に賛成しているひとは一人もいません」

井上は、河村との電話を切って、直ちに長谷川邸のダイヤルを回した。お手伝いさんから、長谷川に替るまでの数秒が妙に永く感じられた。

挨拶のあとで、井上が言った。

「さっそくだが、読売新聞の記事はどういうことですか」

「わたしも困ったことになったと思ってるんです」

「きみがリークしたんじゃないんですか」

「そんな、言いがかりですよ」

「それじゃあ、田実さんですか」

「違うと思います。田実さんがリークするとしたら日経でしょう。田実さんの女婿は日経の記者ですから」

「きみはニュース・ソースを知ってるんでしょう」

「とんでもない」

「既成事実をつくって突っ走ろうと考えてるとしたら、甘いと思うな。三菱サイドが流したにせよ、きみの周辺がリークしたにせよ、約束が違う。こういうことは信義にもとるんじゃないのかね」

井上は語気を荒げた。躰中の血液がたぎっていた。

井上は、二日前の十二月三十日の夜、酒井と二人がかりで長谷川を説得して、合併の発表を急がない旨の言質《げんち》を引き出していたのである。長谷川に近い前副頭取の水津も交えた四者会談で、長谷川はこのことを明言したのだ。

しかも、いまからわずか八時間ほど前、除夜の鐘が鳴り終った直後に、井上は心配になって長谷川邸に電話をかけ、念を押したばかりだったのである。

そのとき、長谷川は「わかってます」と、うるさそうに答えた。

しかし、井上は、いくらなんでも長谷川サイドがリークするだろうか、と半信半疑だった。

事実は、長谷川側近の某常務が長谷川の意を体して、読売新聞の記者にリークしたのである。

長谷川は、田実から合併の発表を急ごうとせっつかれて、一月七日発表の線で合意していた。しかし、井上と酒井から執拗《しつよう》に反対され、板挟みになっていたのである。側近常務のリークは、井上などの反対論を封じ込めたいとする狙いによる。政府の強い支援も得ている合併話をひと握りの反対勢力に潰されてなるものか、と長谷川は思っていた。

いくら井上でも公然と反対運動に乗り出せるわけがない。そんなことをすれば、井上は袋だたきにあう。鉾《ほこ》を納《おさ》めるはずだ、と長谷川は読んでいた。

長谷川がいら立った声を返してきた。

「なんと言われようと、わたしはリークしてません」

「田実さんでもないとすると、誰がリークしたんですか」

「合併話を知っている人は、何十人といるでしょう。あなた自身、あっちこっちに反対して回ってるじゃないですか」

「それは事実だ。しかし、第一の大株主で三菱との合併に賛成している者は一人もいません。反対している者が、新聞にリークしてどんな得があるんですか」

「………………」

「おととい田実さんに会ったが、契約不履行で第一を訴えるようなことはしないと言っていた。速《すみ》やかに白紙還元すべきだと思う」

「そこまで言われる筋合いはないんじゃないですか」

「わたしがきみに電話したのは、いまから八時間ほど前だ。そのとき、きみは、読売に記事が出ることを知っていたはずだね。きみの談話が出ていたのだから、知らないわけはない。なぜそのことをわたしに話してくれなかったんですか。それよりもなぜ読売を押えなかったんですか」

井上は待った。五秒、十秒、二十秒。長谷川はさすがに電話を切るような真似はしなかったが、意地でも返事をしないつもりだろうか。

井上は、しびれを切らして呼びかけた。

「もしもし……」

「なんですか」

いやいや押し出した声である。

井上は仕方なしに少し折れた。

「読売のきみの談話は、事実ですか」

「…………」

「あの談話が事実とすれば、有力取引先や株主などの意見を尊重するということになると思うが、ということは合併を強行しない、まだなんにも決定していないわけだね」

「まあ、そうですね」

めんどくさそうに、長谷川は返してきた。

井上は、長谷川との電話が終ったあとも、しばらく電話機の前に立ち尽くしていた。

新聞に書かれる前に、なぜ長谷川君は、合併を断念してくれなかったのか――。

えらいことになった、と井上は思う。

この十日ほどの間、井上は、ずいぶんいろんな人に会った。三菱との合併に反対して欲しい、と頭を下げて歩いたのだが、誰に会うにも、長谷川執行部の眼がうるさいから秘書まかせにはできない。すべて自分でアポイントメントを取る仕儀となる。

銀行では、電話が盗聴されているふしもあったので、自宅の電話を使った。

常務陣は、全員合併推進派だから、なにを話してもムダだったが、せめて取締役には起《た》ちあがってもらいたいと思って、井上は、筆頭取締役で調査部長を委嘱されている村本周三に協力を求めたときも、夜、自宅から村本の家に電話をかけた。

村本を会長室に呼びつければ済むことなのに、それでは村本を傷つけないとも限らないので、莫迦莫迦しいと思わぬでもないが、気を遣って然《しか》るべきであろう。

「わたしが三菱との合併に反対しているのを聞いていると思いますが……」

「存じてます」

「きみは、三菱に吸収合併されていいと思いますか。古河系企業も、川崎系企業も反対しています。きみは長谷川君に近いし、論客で通ってるんだから、きみの意見には長谷川君も耳を傾けると思うが、いちど話してみてくれませんか」

「わたくしは、三菱との合併に賛成でも反対でもありません。ですから、長谷川頭取に意見を言ったこともありませんし、言おうとも思いません」

「つまり中立というわけですか」

「はい。どっちにしても銀行を二つに割るようなことがあってはならないと思うのです。中立の立場を押し通すのが筆頭取締役の責務だと考えております」

「しかし、好むと好まざるとにかかわらず、二つに割る結果をまねくんじゃないですか。中立というのは、あり得ないようにも思いますがねえ。わたしの反対論を感情論と思いますか」

「いいえ。そうは思いません。しかし、あくまで中立を守り通したいと思います。これは、わたくしの信念です」

「そう。きみが反対論に反対しないということだけでも、めっけものと思わなければいけませんかねえ」

井上は、皮肉を言ったつもりはないが、村本にはそう聞こえたかもしれない。

毎日の通勤以外、井上はどこへ出かけるにもタクシーを利用した。

昭和四十四年一月当時、第一銀行の大株主上位十社は朝日生命（所有株式の割合三・九パーセント）、第一生命（三・五四パーセント）、日本生命（三・一三パーセント）、川崎製鉄（三パーセント）、石川島播磨重工業（二・六七パーセント）、神戸製鋼所（二・三五パーセント）、川崎重工業（一・六七パーセント）、東洋紡績（一・六七パーセント）、古河鉱業（一・六七パーセント）、古河電気工業（一・六七パーセント）だが、井上はこれらの会社のトップを丹念に回って、合併問題について意見を交換した。慎重に一般論から入り、相手の本音を引き出すようにつとめたが、驚くべきことに、長谷川は、まったく根回しをしていなかった。

井上が第一の筆頭株主である朝日生命の春山定会長、数納清社長、藤川博相談役ら首脳に会ったのは十二月二十日の午後だが、三人とも合併話は初耳だった。

それがトップシークレットだとしても、すでに合併契約に調印している事実に照らせば、迂闊千万《うかつせんばん》ではないか。いや、長谷川の過信と言うべきであった。

川崎重工業社長の砂野仁などは怒り心頭に発し、長谷川頭取と対決するとまで言い切った。

砂野に会うためには神戸へ出向かなければならない。

井上は、東京駅まで新幹線の切符を自分で買いに行った。出張旅費や宿泊費を銀行に請求するわけにもいかないので、身銭を切るしかない。

もちろん、そんなことはたいしたことではないが、井上がひたすら隠密行動に終始したのはマスコミに知られたくなかったからだ。

第一は帝国銀行で合併後遺症に悩まされ、深く傷ついたが、井上は、それが身に滲みたところでわかっていた。だからこそマスコミに嗅ぎつかれる前に、契約を破棄する以外にない、と思っていたのである。

それだけに読売のスクープは痛かった。

福田蔵相の談話ではないが、政府の支援を取りつけて突っ走ろう、という底意が見えるだけに、井上は身をよじりたくなるような焦躁感《しょうそうかん》にとらわれていた。

雑煮を食べる気にもならなかったが、食卓につく間もなく、酒井から電話がかかった。

酒井は、戦闘的だった。

「ひどいもんだな。こうなったら、正々堂々とやろうじゃないの」

酒井は、相談役に退いたとき北側の物置きのような小部屋に追いやられた。「人の気持ちがわからんやつだ」と、酒井はＯＢに長谷川の心ない仕打ちをこぼしたことがある。こうしたことが酒井の心象風景に影響を及ぼしていたともとれる。

「井上君が反対派のリーダーなんだから、マスコミに対しても、どんどん発言してくれよ」

「しかし、それで傷つくのは第一銀行ですからねえ」

「合併を壊すことによってこうむるダメージよりも、三菱に吸収合併されるマイナスのほうがどれほど大きいかわからんよ」

「ＯＢで合併反対同盟を結成しようなんて息まいているのもいる。とにかく、こうなったら後へは引けない。約束を破ったのは長谷川君のほうなんだから、遠慮することはないさ。きみは記者会見でもなんでもして、三菱との合併反対論をぶちまくってくれよ」

井上は、酒井の剣幕にたじたじとなった。

4

元日の午後一番で、第一銀行横浜支店長の篠木達夫が井上邸におっとり刀で駆けつけて来た。

篠木は、井上の頭取時代に秘書課長として仕えたことがある。井上にとって側近中の側近だが、バンカーには珍しく、熱血漢で肚に溜《た》めておけず言いたいことを言うほうだ。

「読売に誰がリークしたか知りませんが、こうなったら、読売の記事を逆手に取って大いに反対運動を盛りあげようじゃないですか」

一杯ひっかけていることも手伝って、篠木は威勢がよかった。

「わたしは三菱との合併に反対するためには、手段を選んでいる場合ではないと思います。読売以外の新聞はスクープされて皆んな頭に血をのぼらせてますから、反対の方向で煽《あお》ってもらいましょうよ。帝銀という恰好《かっこう》のサンプルもあるんですから、マスコミに反対論が台頭したとしてもおかしくないんです。管理職、組合、ＯＢ、大株主、取引先を総動員して、三菱との合併をなにがなんでも潰そうじゃないですか。そのためにはマスコミの力も借りる必要があると思うんです。わたしは合併反対に命を懸けて闘います」

「まるで特攻隊じゃないの。あんまり張り切らんでくれ」

「燃えているのはわたしだけではありませんよ。本田なんか、支店長の血判状を集めて回るとまで言ってました。いや、本田のことだから、ほんとうに血判状を長谷川頭取に突きつけるくらいのことはやるんじゃないですか」

本田圓郎は、藤沢支店長である。本田が電話をかけてきて、支店長たちの血判状を集めるつもりだ、と思い詰めた口調で言ったのは早朝のことだが、篠木は、それに感動した。事実、本田は、元旦早々、血判状を集めに駆けずり回ったが、篠木は後刻それを知って、再び心をゆさぶられることになる。

井上が静かな口調で言った。

「血判状とは穏やかじゃないねえ。しかし、気持ちはわかるよ」

「皆んな、心の底から三菱との合併が厭で厭でならんのですよ。それなのに長谷川頭取は合併を強行しようとしている。第一の従業員や関連企業の人たちを不幸にする権利が長谷川頭取にあるんですか。いったい何様のつもりですか」

篠木は激昂《げっこう》した。

井上がそれを宥《なだ》めるように低い声で返した。

「長谷川君には、さっきも電話でよく話しておいたが、あとでもう一度電話をかけておくよ。長谷川君を翻意させるのは僕の役目だし、その自信もある」

「会長からそれを聞いて安心しました」

「うん」

「わたしは本部（本店）の部次長、課長連中とも連絡を取り合って、反対運動を推進します」

「ことが大きくならんうちに、長谷川君が旗を降ろしてくれるといいんだが……」

井上は、懸命に気持ちを抑制していたが、篠木以上に燃えていた。誰がなんと言おうと、第一は、三菱と合併してはならない。長谷川はなにを考えているのか——。

第一銀行従業員組合の今村洋太郎執行委員長は、元日の夕刻、在京執行委員六人を新宿三丁目の寿司屋の二階に集めて、三菱との合併問題をどう受けとめるか、いかに対応すべきかについて意見を聴取した。いわば緊急執行委員会ということができる。この段階で、明確に合併反対を打ち出したわけではないが、仕事始めの四日に中央経営協議会の開催を経営側に要求し、長谷川頭取と労務担当の清原常務から説明を聞き、事実関係を確認したうえで、組合としての態度を決めることで合意した。

今村は、井上会長らに反対論の存在することを承知していた。反対論を踏まえて、組合として現段階で明確に合併反対を表明すべきではないか、とする強硬論もあったが、今村は「役員会が合併を決め、株主総会がそれを承認したら、組合が反対したところで問題にならない」と水をかけた。

銀行という信用機構の枠組の中で、当初から、経営側と対決的姿勢をとるべきではない、と考えたからこそ、今村はあえて慎重論を弁じたのだが、本音を言えば、もちろん合併には絶対反対であった。

今村が、合併反対で従業員組合をリードするのは四日以降のことだ。

〝緊急執行委員会〟の面々が侃々諤々《かんかんがくがく》の論議を終えて、家路に着こうとしていた夜十時過ぎ、井上は長谷川を電話口に呼び出した。

「けさは失礼した。しかし、わたしのやむにやまれぬ気持ちはわかっていただけたと思う。何度も言うが、わたしは感情論で三菱との合併に反対しているわけではない。きみが少しでも株主や取引先、そして行員たちの声に耳を傾けてさえくれれば、わかるはずです。一万一千人の行員がけさの新聞を読んで、どんな気持ちになったか、少しは考えてくれましたか。三菱に吸収されてよいなどと考えている行員は一人もいないはずです」

「わたしは、対等合併であることを支店長会議でも組合に対しても懇切丁寧に説明するつもりです。吸収合併と頭から極めつけてますが、偏見です。第一の経営責任を持たされているわたしが対等合併だと言い切ってるじゃないですか。何度同じことを言えばいいんですか」

「どうしてそんな詭弁《きべん》を弄するのかね。わたしは合併に反対しているわけではない。合併の相手を考えてほしいとお願いしてるんです」

「三菱は、合併相手としてベストです。ベストの選択をしたとわたしは確信しているし、役員会もわたしの判断を支持してくれました」

「きみの判断は間違っている。おととい酒井さんと水津君を含めて、取引先、株主の了承が得られない限り合併を強行しないときみは約束してくれたが、その点は大丈夫ですね」

「ええ」

しかし、長谷川は、二日の午後、熱海の〝石亭〟で田実と密会し、当初の方針どおり国家的要請、社会的要請にこたえて、三菱、第一両行の合併を推進することを確認し合っている。さらに両頭取は三日の午後、茅ケ崎《ちさき》の〝パシフィック・ホテル〟で静養中の福田蔵相を訪問し、両行合併の方針を正式に報告した。そして同日夜には〝ホテルオークラ〟で、宇佐美日銀総裁にも会って、同様の報告を行なっている。福田と宇佐美が全面支援を約束したのは当然である。長谷川が井上との電話を無視してこうした行動に出たのは、田実が長谷川の動揺を見て取り、それに歯止めをかけようとして持ちかけたからであろう。

一月四日の朝、第一銀行従業員組合は直ちに中央経営協議会を開催して、長谷川頭取から説明を聞きたい、と要求したが、経営側は中央経協の開催には応じたものの、多忙を理由に長谷川は欠席し、清原常務が一時間にわたって合併問題の経緯を説明、組合の協力を求めるにとどまった。

長谷川が記者会見に応じたのは午前十一時過ぎだが、この中で反対論のあることを率直に認めたため、会見終了後、記者たちが井上からも取材したいと言い出して、会議室から会長室へぞろぞろ行きかけた。

「ここへ井上さんを呼んで来ますよ。バラバラに行くよりもそのほうがいいでしょう」

村本が記者たちを制して、会長室へ向かった。村本は、清原と共に長谷川の記者会見に立ち会ったのである。

清原は、長谷川と一緒に退席しかかったが立ちそびれて、井上の記者会見にも同席することになる。当然のことながら長谷川と井上の意見は真っ向から対立、頭取が合併推進の決意を披瀝《ひれき》する一方で、会長が絶対反対を表明する前代未聞の事態となった。

朝日新聞は一月六日付朝刊の社説で〝大型合併には国民の利益を考えよ〟と題して、三菱と第一の合併に疑問を投げかけたが、これは反対派の意気を高揚させて余りある結果をもたらした。

一月六日は月曜日だった。長谷川執行部は、合併推進に向けて懸命に内部固めを試みてもいるが、盛り上がらないことおびただしく、清原ら常務陣が出席した母店・幹事店長会議は、午前十時から午後六時までの長時間会議となったものの、経営執行部にとって期待した成果は得られなかった。

清原らは三菱との合併のメリットを力説し、感情的な反対運動に耳を貸さず、長谷川頭取を信じて冷静に行動するよう呼びかけたが、母店長、幹事店長たちは、逆に合併のデメリットを言いたてる始末であった。

同会議と併行して、午後三時には組合執行部に対する頭取説明が行なわれた。

長谷川は、座談も演説も得手ではない。声に抑揚がなく、ぼそぼそした口調だから、論旨は明快なのに説得力に乏しく、損をしている。その長谷川が珍しく顔面を朱に染めて、熱弁をふるった。

「日本経済は、いまや国民総生産が米国に次いで世界第二位になるほど発展しました。産業界は大型化、国際化の方向に進んでいますが、それに対して銀行の対応が遅れています。

銀行も経済の大型化に対応していかなければなりません。米国の巨大銀行の対日進出意欲は極めて旺盛ですが、こうした動きに対抗していくためにも、日本の銀行は合併による大型化、国際化を真剣に考えなければなりません」

「統一経理基準の実施が進み、配当の自由化も予想されるなど、銀行界を取り巻く環境は一段と厳しくなろうとしています。だからこそ銀行も合併によるスケール・メリットの追求が必要なんです。合併は早ければ早いほどベターです」

「三菱銀行との合併では吸収されてしまうという意見もあるが、断じてそんなことはない。わたしは、田実頭取との間で、財閥色を排除して新しい銀行づくりをするという点で完全に意見が一致しています。あなたがた第一銀行の行員も吸収されてしまうような人たちではないでしょう。わたしは、第一の行員の力量を信じて疑いません」

同日午後二時過ぎに一通の文書が第一銀行本店の関係者に配布された。

〈合併問題について〉

本店次課長有志をもって合併問題につき種々懇談いたしたくご参集お願いいたします。

日時　昭和四十四年一月六日午後三時

場所　審査部会議室

世話人　審査第一部中島

本日ご参集いただくのは別紙二十名です。

業務部＝玉川次長、大黒企画課長

審査第一部＝中島次長、青木企画課長

審査第二部＝小野次長

外国部＝平賀次長、高橋業務課長

経理部＝坂本資金課長

業務部＝尾後貫次長

総務部＝今井企画室次長、井沢主計課長

管財部＝村瀬不動産課長

人事部＝井口次長、高田企画課長

調査部＝小川調査課長

営業部＝望月次長、佐藤次長

営業融資部＝福田次長

営業第二部＝佐賀第一課長

外国営業部＝森第一課長

朝日の社説に意気あがる青年将校たちが一堂に会したわけだが、このことは反対運動が長谷川執行部の足もとに及び、半ば公然化したことの証左であろう。

この会合に出席できなかった者の中では営業融資部の石黒次長も合併反対に起ちあがった。

支店長クラスでは横浜支店長の篠木、兜町支店長の山崎、藤沢支店長の本田などの動きが目立った。

この日の夜七時過ぎには京橋の割烹《かっぽう》〝蜻蛉《あきつ》〟に五十人近い関係者が参集し「三菱との合併に絶対反対」で気勢を揚げている。

第一ＯＢ、神鋼電機社長の湊静男と専務の小田切晃男が幹事役となって、有力ＯＢに参加を呼びかけたのだが、なんと現役まで出席し、会を盛りあげた。監査役の上西実、兜町支店長の山崎政吉、横浜支店長の篠木達夫らである。

もちろん井上も出席した。長谷川に、東亜ペイントに追いやられた島村道康の顔も見える。

島村はこの夜、日誌に「旧帝銀分離の時のアトモスフィアの再現」と書いた。

この夜の会合は、さながら合併反対派の総決起大会のおもむきを呈したが、こうした動きを長谷川は知らなかったわけではない。

本店の部長クラスにも、支店長の中にも合併賛成者が存在しないわけはないから、長谷川にご注進に及んだ者がいたとしても不思議はなかった。

翌七日午前十時から開かれた常務会で、長谷川は少なからず感情を顔に出して発言している。

「昨夜、反対派が集まったらしいが、現役の支店長が何人か出席したそうじゃないの。こんなことを放っておいていいのかね。その会合で合併反対の文書を全国の支店長に郵送することを決めたようだが、わたしから支店長会議でよく説明しようじゃないの。それから、きみたちは取引先、株主に対して少しは手を打っているのか。さっそくきょうからでも手分けして主要なところに当たってもらいたいな」

同常務会で、一月十日午前十時に全国支店長会議を開催することが決定した。

5

副頭取の峰岸俊雄は、十日の朝九時過ぎに頭取室に入った。峰岸は、全国支店長会議の司会役である村本から、「井上会長にも発言の機会を与えたいので、事前に長谷川頭取の了承を取りつけてもらいたい。このことは支店長有志のたっての希望である」という趣旨の話を持ち込まれていたのである。

峰岸は、頭取室のソファで長谷川と向かい合って、こわごわ切り出した。

「実は、支店長会議で井上会長の出席をおゆるしいただきたいのですが……」

長谷川が、厭な顔で訊いた。

「井上さんが言ってきたの」

「いや、村本君からです。支店長有志の希望らしいんです」

「有志って誰と誰」

峰岸は、一瞬言葉に詰まった。

「山崎とか篠木あたりだろう。そんなの無視していいよ。だいたい会長が支店長会議に出席する慣例はないいんだから」

「そうもまいらないと思います。会長は組合から説明を求められて、組合の会議にも出席してますから」

井上が組合執行部の求めに応じて、三菱との合併に反対する理由を説明したのは八日の午後である。

「山崎君と篠木君だけでもないらしいんです。昨夜十人以上の有力支店長が丸の内ホテルで会合したそうです。組合が直接会長の話を聞いているのに、支店長会議が聞かないのは不公平だと村本君に言ってきたようですが、至極もっともだと思います」

長谷川は、じろっとした眼で峰岸をとらえた。

「賛成できないな」

「それではカドが立ちませんか」

「悪例を残すことになる。なにも直接聞かなくたって、新聞が井上さんの発言をおもしろおかしくいろいろ書いてるじゃないの」

頭取にここまで言われたら、引き下がるしかない。

峰岸は、長谷川の意向を村本に伝えるしかなかった。

ところが、村本は強硬だった。

「支店長たちが井上会長の出席を求めるのは、もっともだと思います。それが公平というものでしょう。公平が保てないんでしたら、わたしは司会を降ろさせてもらいます」

峰岸は、村本に押し返されて、再び頭取室へ行かなければならなかった。

「頭取と会長から直接見解を聞いたうえで、支店長会議として判断したいということですし、定例ではなく臨時会議でもあるんですから、了承してあげてください。あくまでノーということですと、いらざる反発を招くことになると思います」

それでも長谷川はイエスとは言わなかった。

峰岸が妥協案を出した。

「それでは、会長には昼食時間に話していただくということでいかがでしょう」

長谷川はぶっきらぼうに返した。

「しょうがないな。しかし十分ぐらいにしてもらうんだね」

「はい」

峰岸は、ホッとした。これだけ言って、断わられたら、村本を説得するしかないと思っていたのである。


井上は、峰岸の話を聞いて眉をひそめた。

「十五分やそこらでなにが話せるんですか。しかも昼休みだなんて意地の悪いことを……」

「多少の延長はよろしいと思います」

峰岸は、長谷川から十分と言われていたことを井上に伝えていない。十五分でも、井上は顔色を変えているのだから、勝手に五分延長してよかったと思った。

全国支店長会議が始まった。

村本は、長谷川が会場にあらわれたとき、さりげなく近づいて、小声で言った。

「頭取、スピーチをされるときに、中央の誰かを見て語りかけるようにゆっくり話してください。同じことを話すにしても、そのほうがずっとアピールすると思います」

「ありがとう」

長谷川の表情がほぐれた。

しかし、村本がスピーチの仕方について注意したにもかかわらず、長谷川の単調な語り口はアピール度が不足し、聴衆側は鳴りをひそめ、話し終えて降壇してゆく長谷川に対する拍手はごく散発的なものに過ぎなかった。質問一つ発せられなかったのである。

峰岸副頭取が第一銀行の経営状態について数字を上げて説明したときも拍手はまばらであった。

正午過ぎに登壇した井上は、雄弁で、十五分の予定時間が三十五分も延長され、五十分に及んだ。

村本は、ときおり腕時計に眼を遣《や》りはしたが、井上のなすがままにまかせ、クレームをつけるような野暮な真似はしなかった。村本は最後の最後まで中立の立場を守り抜き、合併反対とは、ひとことも言わなかったが、この時点で実質的に反対票を投じたことになるのではあるまいか。

昼食時間だから、途中で席を立たれても文句は言えないが、誰一人として中座する者はいなかった。支店長たちは空腹を忘れて井上の話に聴き入った。井上は、要点事項を書いた一枚のメモを用意していたが、メモに眼を遣ることもなく、熱っぽく訴えかけた。

帝銀時代の苦労を語り、三菱との合併が吸収合併以外のなにものでもないことを訴え、合併後に予想される第一銀行系企業の厳しい立場に思いを致した上で、井上は声を励まして結んだ。

「たとえ長谷川頭取が合併を強行しようとして、株主総会に諮《はか》ったとしても、合併の特別決議に必要な三分の二以上の賛成を得ることは不可能と思われます。こうした見通しにある以上、合併問題を白紙に返すことが賢明な選択ではないでしょうか。いまや、第一銀行の百年になんなんとする歴史の中でも一度あるかないかの決定的瞬間を迎えようとしています。諸君、どうか慎重に考慮して、悔いることのない結論を出してください。本日は私にこのようなチャンスを与えていただいて、ほんとうにありがとうございました」

井上が深々と頭を下げたとき、嵐のような拍手が湧き起こった。

井上はこみあげてくる熱いものを制しかねた。

昼食を挟んで支店長会議は幹事店単位で十二ブロックに分かれてディスカッションに入

り、六時過ぎに村本がブロック会議議長を集めて、ブロック会議ごとの結論を聴取した。ブロック会議の議長の一人である篠木は「支店長会議は圧倒的多数をもって三菱との合併に反対の結論を出しました。この事実を正確に長谷川頭取に伝えてください」と、村本に念を押した。

村本は夜七時過ぎに田園調布の長谷川邸へ向かった。

「そう」

村本の報告を聞いて、長谷川は放心したようにぽつっとこたえた。

この日の日記に村本は「終夜眠れず」と書いたが、ウイスキーを浴びるほど飲んでも頭が変に冴《さ》えかえって、一睡もできなかったのは、長谷川も然《しか》りである。この日の朝、八十島から涙ながらに「命がけのお願いだ……」と言われたことが頻《しき》りに思い出される。田実の渋面も眼にちらついた。「相手が三菱では絶対反対です」とくどいほど繰り返した井上の声が耳鳴りのように、耳の中に響きわたり、長谷川はグラスを呷った。

翌十一日の午後五時から行なわれた中央経営協議会で、組合側は「三菱との合併問題に組合員は白紙還元を望む声が強い」とのアンケート結果を経営側に報告した。

この段階で長谷川は白紙還元を決意し、十三日午前九時からの役員懇談会で、冒頭この旨を表明、各役員の了承を得た。

その報告を村本から聞いたとき井上は、厳しい表情を変えずに念を押した。

「白紙還元はけっこうなことだが、条件はついていないでしょうね」

「はい」

「そうですか」

井上は表情を変えずに返した。

〝三菱第一銀行〟は幻に終った。しかし、すべてはこれからである。合併問題で揺れ動いた第一銀行のゆくえに思いを致すとき、背筋に戦慄《せんりつ》が走るほどの緊張感を覚えた。

第四章　頭取復帰

1

昭和四十四年一月十二日の日曜日の昼下がりに、井上薫は、東横線の田園調布駅に近い岡田貢助宅を訪問した。

もちろん、電話で岡田の在宅を確認してのことだが、用件は折り入って相談したいことがある、としか伝えていなかった。

川崎製鉄副社長の岡田は、第一銀行のOBである。入行年次は昭和六年で井上より二年後輩だが、比較的早い時期に、川鉄へ転出した。

井上がわざわざ足を運んでくるからには、相当重要な用件と考えなければならない。

「わたしのほうからお宅へお伺いしますよ」

電話がかかったとき、岡田は強く申し出たが、井上は自分から出向くと言ってきかなかった。

岡田は、井上の用向きについてあれこれ考えてみたが、思いつかず、よけいに緊張感を募らせていた。

グレーのスリーピースに身を包んであらわれた井上は、にこやかに挨拶した。

「お休みのところ申し訳ありません。岡田君とゆっくり話したかったものですから、ご無理をお願いするようなことになってしまって……」

「井上会長にお出でいただくなんて畏《おそれ》多いですよ。呼びつけてくだされればお伺いしましたのに」

岡田が手で井上にソファをすすめながら返した。岡田はワイシャツの上にブルーのセーターを着ていた。

室内は、暖房がほどよく利いている。

夫人は茶菓の仕度を終えるとすぐに引き下がった。湯呑《ゆの》みに手を伸ばしながら、岡田が水を向けた。

「よくぞ白紙還元に持ち込みましたね。従業員組合と支店長会が井上会長の反対論を支持したそうですが……」

「長谷川君がなぜ三菱との合併に固執したのか、僕にはよくわからないんです。あとで島村君から聞いた話だが、僕があくまで反対するようなら退職金は出せない、とまで長谷川君は言っていたらしいですよ。相当執念を燃やしてたようだが、僕は、最悪の場合は臨時株主総会を開催して、長谷川君の解任を決議してもらおうと考えてました」

井上は、こともなげにたんたんと話しているが、岡田は息を呑む思いだった。

「百人の株主のうち十人が臨時株主総会を開きたいと言えば開催できるんです。僕はこの件で朝日生命の数納さんと、つき詰めた話をしましたよ。臨時株主総会で数納さんが長谷川君の不信任案、解任案を動議してくださることになってました。少しドラスティックかもしれないが、三菱との合併を阻止するためには、最悪の場合そこまで考えなければいかんだろうと……」

「その切り札を長谷川さんにちらつかせたんですか」

「いや……。もっとも、頭のいい人だから察知してたかもしれませんね。銀行のイメージが傷つくことですから、われわれもなんとか回避したいと思ってましたが、土壇場で長谷川君がおりてくれたので、切り札を切らずに済んだのです」

「…………」

「しかし、今度のことでイメージが傷ついたことはたしかでしょう。傷ついたイメージを払拭するために、微力を尽くさなければならないと思ってます」

井上は表情をひきしめて、岡田を凝視した。

「真っ先にやらなければならないことは経営陣を立て直すことです。長谷川君の後任をどうするか、次の頭取をどうするかが当面の最大の課題だと思います」

「井上さんがなられるのがよろしいんじゃないですか」

岡田は、世辞を言って気を引いたつもりはなかった。

長谷川ワンマン体制から脱皮するには、井上の頭取復帰しかない、と本気で思っていたに過ぎない。

「それは駄目です」

井上は、即座に首を振った。

「どうしてですか。合併騒ぎで混乱している行内を取り仕切れるのは、井上さん以外にいませんでしょう。いくらなんでも、長谷川頭取に盲従して、三菱との合併に賛成した常務クラスから頭取を出すわけにもいかないじゃありませんか」

「連日連夜押しかけてくる新聞記者諸君にも、僕の頭取復帰はあり得ないと明言してます。それじゃなくたって、長谷川周辺は、井上は自分が頭取になりたいから合併に反対したんだ、なんて吹聴しているくらいですからねえ」

「井上さんに、そのお気持ちがないとして、ほかに心当たりがあるんですか」

「ええ」

井上は、湯呑みを口へ運び、ぬるくなった煎茶《せんちゃ》をひと口すすった。

「水津君あたりですか」

「水津君には副頭取に復職してもらうのがいいと思いますが、もうひとつ躰が本調子ではないようです。水津君に頭取を押しつけるのは可哀想《かわいそう》ですよ」

井上は、湯呑みをセンターテーブルに戻して、岡田をもう一度まっすぐ見返した。

「僕は、岡田君に頭取になってもらいたいと思ってます。あなたならOBも現役も納得するでしょう」

「まさか……」

岡田がうわずった声でつづけた。

「冗談じゃありませんよ。銀行を辞めて十五年にもなるわたしに、そんな大役が務まるはずがないじゃないですか」

井上は優しい視線を岡田に注いだ。

「あなたは銀行に残っていたら、頭取になっていた人です。銀行を辞めて何年になろうが、第一銀行のことはよく分かっているはずだし、実力もさることながら、お人柄も立派です。

とにかく僕にまかせてください」

「井上さんの眼鏡《めがね》にかなって、そんなにまで言っていただいて、光栄ですけれど、あんまり唐突過ぎます。お受けするわけにはまいりません」

「きょうこの場で返事をいただくわけにもいかんでしょう。僕は、大森会長にも、藤本社長にもお願いするつもりです。僕が相当な決意で臨んでいることを忘れないでください」

井上は、なんとしても岡田を引っ張り出したいと思っていた。この男なら後事を託すに足る。そう確信していた。

2

長谷川頭取、峰岸副頭取、清原、八木、日下、小竹の四常務が井上会長に辞表を提出したのは九日後、一月二十一日火曜日のことである。

この日の午後、村本取締役が会長室に顔を出し、井上に報告した。

「頭取はあす二十二日から信濃町の慶應病院へ入院したい、と申されてました。不整脈でも出てるんでしょうか。持病の心臓のほうがよくないようです」

「入院しなければならないほど悪いんですか」

村本はどっちつかずにうなずいてから、返した。

「新聞記者がうるさいですから、この機会にしばらく静養したいということもあるかもしれません」

新聞記者に夜討ち朝駆けをかけられているのは井上も同じだった。疲労困憊《こんぱい》の極に達している。静養したいのは俺も同じだ、と井上は言いたいところだが、もちろん口には出さなかった。

村本が退室したあと井上は、酒井相談役と水津取締役に会長室へ来てもらった。

「長谷川、峰岸、清原、八木、日下、小竹の六人の辞表をあずかっていますが、どう処理しましょうか。それと、長谷川君は、心臓病が悪化したので、あすから慶應病院へ入院したい、とのことです」

酒井が水津のほうへ眼を遣《や》りながら言った。

「長谷川君は全銀協の会長職の任期を残しているから、辞表をすぐ受理するというわけにはいかんだろう」

水津がうなずいた。

「長谷川君もさすがに参ってるんでしょう。当分病気療養に専念してもらうのがいいんじゃないですか」

「長谷川君の頭取辞任は、遅くとも五月までには認めるということでどうでしょう」

「そうですね」

水津が井上の意見に賛成してから、発言した。

「峰岸、清原、八木の非常勤取締役への降格は立場上仕方がないとして、日下と小竹はすぐ辞めなればならん、というほどでもないんじゃないですか」

「いいでしょう。水津君、副頭取復帰を受けてもらえますね」

井上に顔を覗《のぞ》かれて、水津は小さくうなずいた。

井上、酒井、水津の三者会談を踏まえて、この役員人事が正式に決定するのは、二十三日の臨時取締役会である。同取締役会は併せて長谷川重三郎頭取名で、次のような挨拶状を二十四日付で関係各方面へ送付することを決めた。


謹啓　きびしい寒さの続く今日このごろでございますが、あなたさまにはますますご清栄のこととおよろこび申しあげます。

平素は格別のお引き立てを賜わり、ありがたく厚くおん礼申しあげます。

さて、本年元日早々より新聞等によって報ぜられました当行と三菱銀行との合併問題につきましては、何かとひとかたならずご迷惑をおかけいたしましたことと存じ、ここに衷心よりお詫《わ》び申しあげる次第でございます。

三菱銀行との合併問題は、このたび同行と円満な話し合いにより白紙還元の了解に達しました。ここに謹んでご報告申しあげますとともにみなさまがたのあたたかいご理解をいただけますようお願い申しあげる次第でございます。

当行は今後とも従来同様、株主並びにお取引先のみなさまのご繁栄のために、全店全力をあげてご奉仕する決意でございます。なにとぞいっそうのご理解とご支援を賜わりますよう伏してお願い申しあげます。

まずは略儀ながら書中をもってご挨拶申しあげます。

敬具

3

井上は、二月に入ってすぐに、神戸市葺合《ふきあい》区北本町通の川崎製鉄本社に大森尚則会長と藤本一郎社長を個別に訪問して、岡田の頭取就任を懇請した。

大森は、「井上さんにここまで見込まれたら冥利《みょうり》に尽きると思わなくちゃあねえ。なんとか岡田を説得してみましょう」と言ってくれたが、藤本は難色を示した。

岡田には何度か会って懸命に口説いたが、色よい返事をもらえなかった。

時間はどんどん経過してゆく。井上は焦った。岡田以外に、候補者は見当たらない。一月二十三日付で常務に引き上げた村本を一挙に頭取に引き上げることも考えぬでもなかったが、あまりにも性急過ぎる。

村本は、つい最近まで筆頭とはいえ取締役だったのだ。三階級の特進に、若い村本が耐えられるかどうか——。

トップ人事に十年近い空白が出来てしまったのも、合併問題の後遺症である。

三月中旬の某日午後に井上は、川鉄の麻布寮で、藤本と会った。

もうこれ以上は待てない。きょう中になんとしても藤本の了承を取りつけなければ、と井上は悲壮な決意で藤本と対峙《たいじ》した。

「長谷川君が頭取を辞任するのを見届けて、わたしも相談役に退くつもりでしたが、岡田君の頭取就任をおゆるしいただけるようでしたら、会長としていましばらくバックアップさせてもらおうと思っています。藤本さん、なんとかお聞きとどけ願えませんか」

「岡田君は、酒井さんの頭取時代に、第一の若手エース格ということで出してもらったんです。大森もわたしも岡田君を手塩にかけて育ててきたつもりです。わたしどもとしては、どうしても岡田君を手放すわけにはいきません。ご希望に添えなくて申し訳ないが、この話はなかったことにしてください」

「最終的なご返事ですか」

「ええ。きょうは、はっきりお断りするつもりで神戸から出て来ました」

「……………」

「井上さん、僭越ながらこの際はっきり申しますが、井上さんご自身が頭取に復帰するのがいちばんいいと思いますよ。砂野（川崎重工業社長）さんとも相談したが、砂野さんも同じ意見でした。忌憚《きたん》なく言わせてもらいますと、井上さんにはその責任もあると思うんです。合併問題の後遺症を取り除いて、名門の第一が昔日の栄光を取り戻すために、あなたは身を挺《てい》して頑張るべきなんです。わたしに言わせれば、相談役に退くなんて、とんでもない話ですよ。無責任きわまりない、と言ってもいいくらいです」

気魄《きはく》を込めた藤本の言葉に、井上はたじたじとなった。

なにか言い返さなければ、と思いながら、言葉が出てこなかった。

「たしかに、井上さんが目をつけただけのことはあって、岡田君なら第一を取り仕切れるかもしれませんが、井上さんよりも適任かどうかということになれば、ノーと言わざるをえません」

「会長に退いた者が頭取に復帰したなんていう前例もありませんし……」

藤本は、おっかぶせるように切り返してきた。

「この際、前例のどうのこうの言っていられる場合ではないでしょう。会長が頭取になってどこが悪いんですか」

井上は、きょう藤本に会うまで、自分が頭取に復帰するなんて夢にも思わなかったが、いまは心が複雑にゆれていた。

「西園寺さんあたりの意見を聞くのもいいんじゃないですか」

「藤本さんは本件で西園寺さんと話したことがおありですか」

「井上さんが悩んでるくらいのことを話した記憶があります」

西園寺実は、第一銀行の元副頭取で、ＯＢの長老格である。

井上は、さっそくあくる日、西園寺に会った。

「岡田貢助君を長谷川君の後任にと思っていたのですが、断られてしまい、困っています」

「きみ、かれが断るのは当然だよ。荷が勝ち過ぎる。いま頭取として第一を切り盛りできるのは、きみしかいない。ＯＢで異論を唱える者もおらんと思うね。やったらいいよ」

西園寺は、いともあっさり言ってのけた。しかも、井上の胸中を読んでもいるかのように、うがったことを言った。

「井上君、正直に言ってどうなの。きみにも乃公《だいこう》出《い》でずんばの気持ちがないわけでもない

はないと思うんです」

「うーん。複雑ですねえ。ほんとうに困っています。わたしは、二度とやりませんと公言してるんですよ。仮りにそういう気持ちがあったとしても、ありませんと申しあげるほかはないと思うんです」

「人がなにか思いやせんかなんて考える必要はないよ」

西園寺は現役時代から歯に衣《きぬ》着せずずけずけものを言うほうだったが、銀行をリタイアしてから一層その傾向が増幅したとも見受けられる。

「長谷川君から、なにを言われるかわかりませんよ。それじゃなくても、合併に反対したお陰で脅迫状や脅迫電話に家内などはノイローゼ気味で、わたしに早く辞めるように言っているくらいなんですから」

「長谷川君は魔が差したとしか思えんな。だいたい、会長のきみや、酒井相談役の意見も聞かないで、三菱との合併を進めるとは、あきれてものが言えんよ」

西園寺は吐き捨てるような言いかたをしたが、西園寺が、元専務の川瀬雅男らと第一銀行に乗り込んできて、当時の峰岸副頭取に「中立的な立場を伝統とする第一銀行が、財閥系の三菱銀行と合併するのは断じて容認できない」と反対を表明したのは、一月八日のことである。

「わたしは、やむにやまれぬ気持ちで、合併に反対しましたが、ある意味ではバンカーとしてあってはならないことをしたのかもしれません。その上、頭取に復帰するなんて、恥の上塗りみたいなことができるわけがありませんよ」

「仮定の話をしても始まらんが、きみがいなかったら、多分第一は三菱と合併していただろう。井上君は、ほんとうによくやってくれたと思う。われわれOBも、現役の若い連中も、株主も取引先の人たちもみんなきみに感謝してるんだ」

西園寺のいつにないしんみりした口調に、井上は胸が熱くなった。

「きみは恥の上塗りと言ったが、いいじゃないの、恥の掻《か》きついでに、もう一度恥を掻くつもりで頑張ったらいいんだよ。合併反対にあれだけのエネルギーを出したことを考えれば、頭取に復帰するくらい朝めし前だろう」

「…………」

「ひとになんと思われたっていいじゃないの。言いたいやつには言わせておけばいいんだよ。きみが合併に反対したのも使命感からだろうが、頭取に復帰することも使命と考えるべきなんじゃないのかね」

西園寺に励まされて、頭取に復帰する肚《はら》を固めた井上が、行内の役員間の根回しを始めるのは、四月に入ってからだ。

旧長谷川執行部が井上の頭取復帰に反発したのは当然である。ただ、長谷川が辞任に際して一切条件をつけないことを確約しているため、正面切って反対するわけにはいかなかった。

「一度会長に退《の》いた人が頭取に復帰するのは筋としておかしいのではないか。これでは頭取になりたいがために、三菱との合併に反対したと言われても仕方がない」

旧執行部は誰もがそう思った。

新聞記者に対して、あからさまに不満をぶちまける者がいたとしても不思議ではない。

井上の頭取復帰に釈然としなかったのは、旧執行部にとどまらなかった。

「井上会長は固辞すべきだ。頭取を受けることは晩節を穢《けが》すことになる。三菱との合併反対に起《た》ち上がったのは立派だし、そのお蔭《かげ》で三菱に吸収されずに済んだことは認めるが、だからといって頭取に復帰するのはあまりにも節操がなさ過ぎないか」

部長、支店長クラスの中にもこう考えて、首をかしげる向きが少なからず存在した。

中には「人がいないなんていうのは詭弁《きべん》だ。十数年も前にリタイアした岡田貢助を担ぎ出そうとしたのはゼスチャアに過ぎない。岡田が受けないことは初めからわかっていた。井上さんが復帰するくらいなら、村本さんを引き上げたほうがましだ」と言い出す者まであらわれる始末である。

しかし、井上の耳には聞こえてこなかった。

「いまの第一には、井上さん以外に適任者はいない。井上さんにとって頭取復帰はさぞや辛い選択だったろう。非難されるのを承知で敢《あ》えて辛い選択をしたのは、内心期するところがあるからに違いない。めぐり合わせとしか言いようがないが、井上さんは帝銀の分離、三菱との問題とスクラップのほうは二度もやってのけた。今度こそビルドのほうを自身の手でやり遂げなければ男が廃《すた》ると考えるのは自然ではないか。われわれは井上さんを信じて従《つ》いてゆくしかないと思う」

こんな言い回しで常務の村本周三が行内懐疑派の説得に努めたらしい。

第五章　二人の仲介者

1

四月二十四日の取締役会で、井上の頭取復帰が正式に決定した。同日付で長谷川は頭取職を辞任し相談役に退いた。

その何日か前、品川の井上邸が大勢の新聞記者たちに押し寄せられて、大騒ぎになったことがある。

狭い応接間から食出《はみだ》した記者が廊下と玄関にあふれ、人いきれでむせかえるほどの混雑ぶりを呈した。

井上の頭取復帰説を聞きつけた新聞記者たちに夜回りをかけられたのである。

「絶対に頭取にならないと言い切っておきながら、それはないんじゃないんですか」

「合併に反対して、長谷川頭取を退陣に追い込んだ井上さんが頭取に復帰するのは、バランス上おかしいんじゃないですか」

「厚顔無恥、鉄面皮と言われてもしようがないでしょう。頭取にカムバックしたくて合併に反対したと思われても仕方がないですね」

「第一には、そんなに人材がいないんですか」

「大蔵省の澄田次官は、井上さんを頑迷固陋《がんめいころう》な老人と言ってますが、大蔵にも日銀にも井上さんの頭取復帰に強いアレルギーがあるみたいですよ」

「合併問題をめぐる騒動を井上さんと長谷川さんの権力闘争ととらえる向きもあるが、喧嘩《けんか》両成敗が筋とする考えかたについて、どう思いますか」

記者たちは、意地悪い質問を次から次へと井上に浴びせかけてきた。もう、つるし上げに近い。

日本経済新聞経済部記者の池内正人は、大蔵省詰めから日銀詰めに替って間もなかったので、質問の中に入るわけにもいかず、記者団の後方で黙って聞いているしかなかったが、苦渋に満ちた表情で質問の集中砲火にじっと耐えている井上に同情した。

井上は、いちいち質問に答えたわけではない。「わたし自身、頭取復帰などという思いがけない結果になって当惑しています。しかし、お受けしたからには微力を尽くすのみです」と言葉少なに語ったに過ぎなかった。

いつしか潮が引くように夜回りする記者もいなくなり、井上家は平穏に戻ったが、そんな中で、池内だけは一週間に一度ぐらいの割合いで顔を出した。

とくにニュースなどあるわけではないのに夜九時過ぎにあらわれて一時間、二時間と雑談するだけで帰ってゆく池内に、ときとして井上は申し訳ないような気持ちになったが、池内の夜回りはとぎれることはなかった。

九月に入って間もない頃、井上がぽつっとこんなことを言った。

「僕は頭取に復帰して、みなさんから節操がないようなことを言われたが、こんなにつらい思いをしたことはありません」

「そんな気にすることはないですよ。適任者がいなかったんですから、仕方がないじゃないですか」

池内は、心にもないことを言ったわけではなかった。少なくとも、井上が頭取になりたいがために、三菱との合併に反対したなどという見方は、あまりにもひねくれている——。

「岡田君が受けてくれれば、恥を掻くこともなかったんです」

「……………」

「だいたい僕は第一の頭取になりたいと思ったこともないんですよ。副頭取で退任するつもりでした。頭取の器ではないし、もっとゆっくりやりたかったんです。あれは昭和三十六年の五月でしたかねえ。酒井頭取から専務になるように言われたとき、長谷川君と同時昇格でなければ厭《いや》だと条件をつけたことがあります。余計なことを言うなって酒井さんにえらく叱られたのを憶《おぼ》えていますよ」

「どうしてそんな条件を付けたんですか」

「長谷川君は大器です。第一の頭取として申し分ない識見も備えている。酒井さんの次に長谷川君がなるべきだと僕は思っていました。それで僕は、酒井さんじゃ埒《らち》が明かないと思って、澁澤敬三さんのお宅にお邪魔して、お願いしたんです。澁澤敬三さんは大きな人で人事などで影響力も保持していましたから……」

井上は、往時を偲《しの》ぶように細めた眼をさまよわせた。

井上が澁澤敬三に、自分の昇格問題で直訴したのは、昭和三十六年五月上旬のことだ。当時、澁澤は三田に住んでいた。自邸を財産税として物納したため、元運転手の住居になっていた離れを私邸にしていたが、客間は書物と書類の山で事業家というよりも文人墨客の雰囲気を漂わせていた。

足の踏み場もないような部屋になんとか座布団を敷いて、二人は向かい合った。

「酒井頭取は専務になれとおっしゃいましたが、長谷川君と一緒にしていただきたいと申しあげたところ、余計なことを言うなと叱られました」

「それは酒井さんが怒るのも無理ないねえ。酒井さんにまかせたらいいじゃないの」

「いいえ、長谷川君との同時昇格をお願いします。将来、長谷川君が頭取になり、わたしが副頭取として補佐するということでもいっこうに構いません」

「きみ、本気か。長谷川の下で副頭取で甘んじているなんてプライドがゆるさんだろう」

「そんなことはありませんよ。長谷川君とは入行年次でわずか三年の違いじゃないですか。ずっと友達づきあいをしてきましたから、抵抗感はありません」

「ふうーん。そんなものかねえ」

澁澤は、腕を組んで天井を見上げた。

「長谷川は第一銀行を背負《しょ》って立てる男なのかね」

「もちろんです。立派に第一の頭取がつとまると思います」

「ものには順序ということがあるからなあ」

「順送り人事に拘泥《こうでい》する必要はないと思います」

澁澤の視線が天井から降りてきた。

「きみら、長谷川が青淵《せいえん》（澁澤栄一）の血筋をひいてるからって、むきになって担いでるんじゃないだろうね」

「とんでもない。そんなつもりはさらさらありません。かれは第一の頭取ぐらいでは勿体《もったい》ないような大器なんじゃないでしょうか」

「きみがそこまで言うんなら少し考えてみようか」

澁澤は、ふたたび懐手で天井を見上げた。

二日後の朝、井上の自宅に澁澤の秘書から電話がかかった。

「いま澁澤先生が井上常務のお宅へ伺いました。三十分ほどでそちらへお邪魔すると思います」

「それはまずい。わたしがそちらへ伺います」

「もう出かけましたので、どうかよろしくお願いします」

井上は、澁澤を出迎えるべく頃合いを見はからって外へ出た。

家の前は一方通行だが、澁澤に足労をかけて恐縮する気持ちと、通路が狭いので門前まで車をつけられるかどうか心配になったのだ。

案の定、澁澤の専用車は、井上邸から百メートルほど先のカーブを曲がり切れずに立ち往生していた。井上を見かけた澁澤が車から降りて手を振った。

井上は、小走りに澁澤に近づいた。

澁澤は杖《つえ》を突いて、こっちへ歩いて来る。

「少し早いが、きみの出勤前にと思ってねえ」

「わざわざお出でいただいて恐縮です」

「いいんだ。僕はひま人だから」

井上は、澁澤に並びかけてことさらにゆっくりと歩いた。井上は下駄履きだが二人とも背広姿だ。

応接室で煎茶《せんちゃ》を喫《の》みながらの話になった。

「井上君、あの話ねえ……」

「はい」

井上は居ずまいを正した。

「酒井さんともそれとなく話したんだが、なかったことにしてくれないか」

「…………」

「きみと長谷川君の同時昇格はやっぱり不自然だよ。酒井さんも認められないと言ってたが、わたしも同感だ。酒井さんは遠からずきみにバトンタッチしたいような口ぶりだった。できるだけ早い機会に副頭取になってもらいたいとも言ってたが、わたしにも異論はない」

「それは困ります」

「ちょっと待て」

澁澤が強い調子でさえぎった。

「長谷川のことを気遣っているとしたら考え過ぎだぞ。とにかく、この話はこれで打ち切りだ。わたしに免じて、昇格の話を黙って受けてもらいたい」

井上は口をつぐむしかなかった。

それでなくても澁澤敬三ほどの男が、こうして訪ねてきてくれた重みに思いを致さなければならない。

三十六年五月三十日付で専務に昇格した井上は、わずか半年後の同年十一月二十九日付で副頭取になり、そして半年後の三十七年五月三十日付で頭取に就任することになる。

井上は、四年後の昭和四十一年三月、会長に退き、長谷川に後事を託したが、何故、長谷川ほどの男が三菱との合併に固執したのか、いまもってわからなかった。

「あのとき、澁澤さんは躰《からだ》の調子が思わしくなかったと思うんです。それを押して僕の家まで来てくださった」

池内を見る井上の眼が潤んでいる。

「澁澤敬三さんが亡くなったのはいつですか」

「昭和三十八年十月二十五日ですから、もう六年になるんですねえ」

「…………」

「僕は指揮官タイプではないんです。ほんとうに頭取にはなりたくなかった。その僕が心ならずも二度も頭取になるなんて変なことになってしまって、皆さんの顰蹙《ひんしゅく》を買ってるんだから世話はありません」

「それにしても、三菱との合併をめぐる井上さんと長谷川さんの確執を権力闘争とする見方がマスコミだけではなく、第一銀行の内部にもあるのにはびっくりしました」

池内の皮肉っぽい口調に、井上はかすかに眉をひそめた。

「行内にも、そんなふうに見ている者がいますか」

「ええ」

「だとしたらまことに残念です。長谷川君の経営手腕をいちばん評価していたのは僕ですよ。権力闘争なんて見方がどこを押したら出てくるんでしょうねえ。三菱との合併だけは絶対に容認できなかった。それだけのことです」

「頭取は、ほんとうに相手が三菱だから反対したんですか。合併そのものに反対なんじゃないですか。金融再編成反対論者のような気がしないでもないんですけど」

池内は井上をじっと見据えた。

「とんでもない。本音も建前も金融再編成に賛成です。第一がいまのままでいいなどとは思ってません」

井上は言葉を切って、レモンティをひと口すすった。

「三菱との合併を壊したことの責任は感じていますか」

「だからこそ恥を晒《さら》してまで頭取に復帰したんです。問題は責任の負いかただと思っていますよ」

池内はなにかぴんとくるものがあったが、無表情で訊《き》いた。

「相手次第で合併もありうるということですね」

「そうです」

「財閥系がどうしても厭だとすれば、三菱、住友、三井は除外しなければなりませんね」

「ええ」

「たとえば、合併の相手が勧銀だったらどうですか」

「仮定の質問に仮定の答えをするのもどうかと思うが、もし長谷川君が勧銀との合併を進めていたとしたら、双手《もろて》を挙げて賛成していたと思います」

「井上頭取の時代に勧銀との合併が実現しないとも限りませんねえ」

池内は冗談ともつかずに言ったが、眼は井上のそれをとらえて放さなかった。

井上が視線を外して返した。

「三菱との合併問題が片づいて一年にもならないんですから、まだそこまで考える余裕はありませんよ」

「でも勧銀側からアプローチしてきたらどうしますか」

池内はねばっこく食いさがったが、井上はそれには答えず、センターテーブルのティカップに手を伸ばした。

「勧銀の横田頭取とは親しいんですか」

「もちろん存じあげてますが、とくに親しいというほどではありません」

「井上頭取のほうから横田頭取にアプローチする気はありませんか」

池内は質問を少し変えて話を蒸し返したが、井上はどっちつかずに首をかしげるだけで、やはり返事をしなかった。

池内は、日を置かずに西麻布の勧銀頭取公邸に夜討ちをかけた。

横田が夜十一時前に帰宅することは少ない。

その夜、池内が十一時を回った頃、頭取公邸の門の近くにハイヤーを止めて待っていると、四十分ほどで横田の専用車が門前に止まった。

横田はゆるめていたズボンのベルトを締め直しながら、車から降りて来た。

「こんばんは、日本経済新聞の池内です」

池内は、小走りに接近して、声をかけた。

ドアを閉めながら運転手が咎《とが》めるような眼を向けてきたが、横田は機嫌よく迎えてくれた。

「やあ。どうしたんだ」

「第一の井上頭取にお会いしたんですが、そのことでちょっと……」

「ふうん」

横田は腕時計に眼を遣《や》りながら、考える顔になった。池内を家に上げるかどうか迷ったのである。

「十分でけっこうですから」

池内は厚かましく玄関へ向かって歩き始めた。

門前の立ち話では意を尽くせない。十分で済むわけはないが、つかまえてしまえばこっちのものだ。

「しょうがねえやつだなあ」

背後から横田のつぶやきが聞こえたので、池内は肩をすくめた。

職業がら強引なのは仕方がないが、人なつっこいところのある池内は憎めない記者だった。

広い応接間のソファで向かい合うなり、せかせかした感じで横田が訊いた。

「井上さん、元気だったかい」

「ええ。合併騒動の後遺症もやっと取れたんじゃないですか」

「井上さんがどうしたって」

「勧銀と合併したいみたいなことを言ってましたよ」

しれっとした顔で池内が答えた。

横田は、一瞬こわばらせた表情を、にやりとくずした。

「冗談を本気にするやつがあるか。第一は内部を固めるのに汲々《きゅうきゅう》としてて、それどころじゃないだろう」

「でも、もうあれから八ヵ月経ちますからねえ。だいいち、井上さんはまじめな人ですから、そんな冗談は言いませんよ。長谷川君が勧銀との合併を目指していたら賛成してたろう、って話してましたが、僕は本音だと思います」

「三菱よりは勧銀のほうがいくらかましだという程度の意味だろう。第一と勧銀なら対等合併で、吸収されることにはならんからな」

「いや、もっと積極的な意味があるんじゃないですか」

「そうだとしたら、きみに話すわけがないだろう」

横田に軽くいなされて、池内はちょっと頬をふくらませたが、気を取り直して質問した。

「井上さんから合併したいと言われたらどうします」

「そのときになってみなければわからんが、ま、井上さんがそんなことを言ってくると思えんな。合併なんて、そんな簡単なものじゃないよ」

「頭取は、金融再編成反対論者ですか」

「勉強が足らんねえ。僕はもう何年も前に、金融再編成必要論を唱えているよ。全銀協の一般委員長をやっていた時代に、協会誌に書いているから、調べてみたまえ。僕が熱烈な合併賛成論者であることがわかるはずだ。単純に考えても都銀と称される銀行が十五行もあるなんて多過ぎて、まことに非効率的じゃないか。ただし、大銀行の合併を実現するためには、大変なエネルギーが必要だ。戦時中の第一と三井の帝銀みたいに政府の命令でもあれば別だがね」

「横田頭取が、合併反対論者ではないと聞いて安心しました。第一と勧銀なら大いに可能性はあると思いますよ。横田さんと井上さんならウマが合うんじゃないですか。横田さんと長谷川さんの取り合せだとちょっと首をかしげたくなりますけど」

横田が時計を見たので腰をあげたが、池内はひとりで勝手に興奮していた。

目下のところ雲をつかむような話だが、なんだか第一と勧銀が合併に向けて動き出すような気がしてしかたがなかったのである。

2

丸の内の第一銀行本店旧館三階の頭取室のソファで井上と八十島親義が向かい合って、にこやかになにやら語らっている。昭和四十四年十月八日午後のことだ。

もちろん、井上のアポイントメントを取って、八十島が訪ねて来たのである。

「行員の諸君のモラールはどうですか。三菱あたりは今度のことをずいぶん宣伝に利用しているようですから、守るほうは大変でしょう」

雑談の延長のような口ぶりだが、八十島は本題に入ったつもりであった。

「若い人はよくやってくれてますよ。いっとき士気の停滞もあったようですが、みんなやる気になってくれてます。三菱に吸収合併されずに済んだんですから、頑張ってもらわないとねえ」

「井上さん、正直なところ……」

八十島は二拍ほどおいて、表情をひきしめてつづけた。

「第一はこのままではいかんと思うんです。恐れながら、わたしの考えを言わせていただければ、日本勧業銀行と合併するのがいっとういいんじゃないか、そんな気がするんです」

井上は、どきっとした。つい最近、池内の口から勧銀の固有名詞が出たばかりだったので、井上は余計びっくりした。

「勧銀の横田頭取は、わたしの慶應の後輩ということもありますが、わたしの弟と幼稚舎から一緒で、子供の頃から存じあげてますから、お人柄もよくわかっています。それから、同和石油社長の前田勝朗君は、わたしが第一の営業部にいたときに若干取引がありまして、いまだにつきあってますけれど、この前田君が横田さんと非常に親しい間柄なんです。よくよく横田さんとは縁があるんですよ」

「………」

「勧銀は財閥系ではありませんし、中立かつ中位行で、行風、銀行の規模などからみても、第一に最も近いんじゃないか、と思うんです。わたしは古巣の第一のことが気懸りでならんのですよ」

「あなたが、三菱とのことでもいろいろ心配して、骨を折ってくださったことはよくわかっています。第一は八十島さんのようないいOBを持って幸せですよ」

井上は追従など言えるほうではない。長谷川への対応を含めて心底から八十島に感謝していた。

八十島がセンターテーブルに上体を乗り出すようにして言った。

「このままでは第一はジリ貧です。三菱とのことで、大きな深傷《ふかで》を負ったことは間違いないんです。たしかに、三菱と一緒にならなかったほうが第一の行員にとっては幸せだが、このままでは不幸なことにならんとも限りません。結論から先に話してしまいましたが、わたしなりにいろんな銀行との組み合せを考えた結果、勧銀しかないと思うに至ったわけです。しかも横田頭取なら、お互い気心も知れている仲です。僭越《せんえつ》ながら、これは、わたしの出番じゃないかと……」

八十島は、夢中でしゃべりつづけて喉の渇きを覚え、湯呑《ゆの》みを口に運んだ。

誘われたように、井上も湯呑みに手を伸ばした。

井上の頬に朱が差している。八十島の話を聞いていて、気持ちが高揚しないはずがなかった。

「僭越なことばかり申しあげて申し訳ありません。いっとう初めに、井上さんのお気持ちをうかがうべきでした。合併のご意思があるかどうかをお聞きするのが筋ですが、その点いかがでしょうか」

「もちろん、そのつもりです。最良の相手をさがすのがわたしの最大の仕事であり、責務だと考えています」

「勧銀はどう思われますか。これ以上の相手はめっかんないんじゃないですか」

八十島の母方の祖母は、深川育ちの江戸っ子だが、そのせいか深川の茶屋をひいきにし、自ら〝辰巳《たつみ》のヤーさん〟と称していた。「めっかんない」とは、八十島らしい表現でもあった。

「八十島さん、ありがとうございます。きょうはどういうご用向きかと思っていたんですが、願ってもないお話を承って、ほんとうに感謝感激です」

井上は、率直に礼を言って頭を下げた。

池内の童顔が眼に浮かんだが、新聞記者でもあるので、あえて八十島には伏せておいた。

「わたしは、酒井さんから堀さんを紹介していただき、大変親しくしていただいたせいか、昔から勧銀さんには近親感を持っていたんです」

勧銀頭取から日銀政策委員に転じた堀武芳は、前年他界した。

「井上さんのお気持ちがよくわかりました。わたしは、井上さん、横田さんお二人共通の友人として喜んで仲介の労を取らしていただきますが、前田君は信頼できる男ですので、前田君には相談相手になってもらいたいと思うのです」

「けっこうです。あなたにおまかせしますが、こういう話は、外に洩《も》れたらおしまいと考えるべきだと思います」

「おっしゃるとおりです。極秘のうちにすすめさせてもらいますが、井上さんは、行内でどなたか相談相手を……」

「誰にも相談しないつもりです。三菱のことがあって、みんなナーバスになっていますから、とりあえずわたし一人の判断でやらせてもらおうと思います」

井上はわが胸に言いきかせるように表情をひきしめた。

八十島の意を体して、前田が内幸町の勧銀本店に横田を訪問したのは、五日後のことだ。

前田は、横田とは腹蔵なくなんでも話せる仲である。

「資金ショートでも起こしたか。事情によっては相談に乗らんでもないぞ」

横田はそんな冗談を言いながら、ソファに腰をおろした。

「カネの話なんかじゃないよ。八十島親義さんがあなたに会いたがってるが、会ってもらえないかなあ」

「八十島さん、俺にどんな用があるんだろう」

「会えばわかるよ。第一銀行の井上さんと相談したとかなんとか言ってたから、なんかそんな話じゃないかな」

「お目にかかるのは、いっこうに構わんよ。八十島さんは学校の先輩でもあるし、バンカーの先輩でもあるしねえ」

横田は、思案顔になった。池内が飛び込みで持ってきた話と一脈通じているかどうかわからなかったからだ。

「ところで日経新聞の金融担当で池内という記者がおるが、知ってるか」

「いや、知らんな」

唐突な横田の質問に、前田は怪訝《けげん》そうに首をひねった。

「別にどうってことはないんだ。ちょっと先走ったことを言ってきたんでねえ」

「八十島さんは、極秘事項だと何度も念を押していたよ。だから僕もあんまり深入りしたくないね」

「わかった。池内君のことは、あんまり気にしなくていいよ。あすにでも八十島さんに電話をかけるように言ってもらおうか」

「じゃあ、そうさせてもらうよ」

前田から電話で連絡を受けた八十島が、横田に電話をかけたのは十月十四日火曜日の昼前である。

挨拶のあとで八十島が切り出した。

「さっそくお聞き届けいただいてありがとうございます。近日中にお目にかかりたいと思ってるんですが……」

「けっこうですよ。ただ、今週は出張などもありますので、来週でよろしいですか」

「はい。いつでもけっこうです」

「来週の水曜日、二十二日の午前十一時にいかがでしょう」

「ありがとうございます。それでは、二十二日水曜日の午前十一時に伺わせていただきます」

八十島は、井上に電話を入れ、二十二日に横田と会うことになったので、当日午後、その結果を知らせる旨を連絡した。

その日、八十島は単刀直入に本題に入った。

「井上さんとも相談して参ったのですが、第一と合併する方向で考えていただけませんか」

「つまり、それは井上さんの意向でもあるわけですね」

「もちろんです」

「わたし個人としては充分受けて立つつもりはあります。中位行というものは再編成していくべきだと思っていますが、具体的にどういう銀行とどんなかたちで手を握るかとなりますと、まだ白紙の状態です」

「どうでしょう、いちど井上さんと三人でお会いする機会を与えていただけませんか」

「井上さんは金融界の大先達でもありますから、いろいろお話をうかがうのは大変有意義なことだと思います。ただ、わたしは全銀協の会長職にあって、そっちのほうでけっこう時間を取られるので、井上さんと時間を合わせるのが難しいかもしれませんが……」

「こういうことは拙速は通用しません。時間をかけて、じっくりやろうじゃないですか。わたしは比較的ひまなほうですから、お忙しいお二人の調整役というか、使い走りをやらせていただきますよ。なんとか年内ぐらいには一度、三人でお会いしたいものですね」

「そうですね。それにしても三菱とのことで井上さんは慎重になられて、とても合併なんていう発想はないと思っていたんですが……」

真実、横田は、井上のほうから、こんな早い機会にボールを投げてくるとは想像だにしなかった。

八十島という仕掛人が存在するにせよ、池内に焚《た》きつけられたにしても、三菱との合併騒動の傷も癒え切れないうちに、勧銀と合併したい、という発想にゆきつくとは意外というほかはない。

唐突とはいえ、池内の話に横田が気持ちを動かさなかった、と言えば嘘《うそ》になる。井上の胸中を打診してみたい、と思っていたことも事実であった。

「井上さんは、三菱とのことで、逆賊とまで言われてるんですよ。汚名を晴らしたいと思わないわけがないんです。きっと勧銀と合併したいと言いたくて仕方がなかったんじゃないですか。もっと言えば、勧銀との合併を実現するために恥を忍んで、頭取に復帰したんです。それができるのは井上さんを措《お》いていませんもの。わたしは、ただそのきっかけをつくってさしあげただけです」

「八十島さんがいてくれて助かりましたよ。あなたは第一のOBだけれど、ニュートラルの立場でものごとが見えるひとです。行司役としても、うってつけですよ」

「横田さんから、そんなに言っていただければ本望です」

八十島は、大いに気をよくして、横田のもとを辞し、その足で第一銀行に井上を訪ねた。

「どうでした」

井上に、顔を合わせるなり訊かれて、八十島は微笑を洩らした。井上がどんなに、首尾のほどを案じていたか察して余りある。

「年内に三人で会おうということになりました。よろしいですか」

「ありがとう。恩に着ますよ」

「顔見知りのお二人をお引き合せするというのもなんだか変ですが、ゆきがかり上、そうさせてもらいます。横田さんに、行司役としてうってつけだと言われましたが、立会人としてわたしが同席するようにしたほうが都合がいい面もあると思います」

「そういうことでけっこうです。八十島さんに間に入っていただければ、僕も心丈夫です」

　井上はうれしそうに眼を細めた。


　八十島が、電話で井上と横田の都合を聞き、十二月十七日水曜日午後六時に、六本木の〝明石〟で会食することになった。

　この日、井上は朝からそわそわして落着かなかった。何度時計を見たかわからない。横田とは業界の会合で何度も会っているのに、まるで恋人との逢瀬《おうせ》でもあるかのように胸がときめいて仕方がなかった。

　井上が、〝明石〟に着いたのは約束の時間より十分早かったが、幹事役の八十島はすでに来ていた。

　横田があらわれたのは、六時ちょうどだ。井上は、畳に手を突いて丁寧に横田を迎えた。

「本日はお忙しいところをご無理をお願いしまして恐縮です。横田さんにお会いできるのを楽しみにしておりました」

横田も鄭重《ていちょう》に挨拶を返した。

「ご丁寧に恐れ入ります。わたしもきょうが待ち遠しくて……」

八十島が二人を前に、あらたまって挨拶した。

「横田頭取、井上頭取、暮れのお忙しい中をお運びいただきまして、ありがとうございます。しかも、わたくしごときがお二人をお呼び立てするようなことになってしまいまして、ほんとうに申し訳ございません。ごらんのとおり大銀行の頭取をお呼びするようなところではなく、汚いところで恐縮ですけれど、ここなら、新聞記者にめっかることもありません。秘密保持には絶対安全ということで、あえてこのような場所を選ばせていただきました」

実際、八十島が言い訳したくなるほど〝明石〟は歩行中廊下がきしむような、古びた旅館であった。

八十島は、内輪のマージャンなどで〝明石〟を使っていたが、料理は旨《うま》いし勘定のほうも良心的な店なので重宝していた。

一階の奥の座敷に案内されて入ってくるとき、横田はついじろじろあたりに眼を遣《や》ってしまったが、八十島には世辞を言った。

「八十島さん、いいところをご存じですねえ。なかなか風情があっていいじゃないですか」

「六本木にこんなお店があるとは知りませんでした。八十島さん、本日はありがとうございます」

井上が、八十島の労をねぎらった。

横田はまったくの下戸だし、井上も下戸に毛が生えた程度だったので、猪口《ちょこ》に日本酒をたらし、乾杯の真似事《まねごと》だけして、煎茶で会席料理を食べながらの話になった。

井上は、横田が驚くほど率直で、気取ったところがなかった。

「三菱銀行との合併がご破算になりまして、わたしは肩身が狭い思いをしております。金融再編成の流れに逆らって合併に反対したのですから、批判は甘んじて受けなければならないと思いますし、帝国銀行では銀行史上例のない分割というようなことに与《くみ》したわけですから、二重にも三重にも第一銀行に対しまして責任を感じております。いま、わたしは苦境に立たされておるわけですけれど、もともと金融再編成は必要だと考えておりましたし、財閥系ではない同じような性格の銀行、その中でも勧銀さんなら申し分ありませんので、八十島さんからお話があったときに願ってもないことだと申しあげました。若い行員にも部長、支店長たちにも支持されることは百パーセント確信致しております」

なんどもうなずきながら井上の話を聞いていた横田が、おもむろに話し始めた。

「勧銀は戦後、特殊銀行から普通銀行に転換しまして、悪戦苦闘したすえ、なんとか中位銀行の地位を確保しましたけれど、大蔵省の銀行行政は非常にシビアで、貸し出し枠にしましても店舗新設にしましても、上位と中位の差は歴然と区分されております。いくらわれわれ中位銀行が努力しても、ひとりで上位に上がることはできません。スケール・メリットを追求するには、合併以外にないことは、わたしもかねがね考えておったことなんです。ですから、わたし個人としては受けて立つにやぶさかではないし、基本的な方向についてはまったく異論はございません」

横田が煎茶をすすり、話をつづけた。

「井上さんと前向きにお話しできることが、きょう確認できたわけですが、わたしが全銀協の会長をやっている間は、人の眼もうるさいし、なにかとわずらわしい問題もありますのが、来年四月以降、具体的に話を詰めるということでいかがでしょう」

「けっこうです」

横田が井上から八十島のほうへ視線を向けながら言った。

「必ず八十島さんに同席していただくようにしたらどうでしょう」

「賛成です」

「よろこんで同席させていただきます」

八十島がにっこり微笑《ほほえ》んだ。

横田が井上のほうへ首をねじった。

「来年の四月までお目にかからないというのもなんですから、月に一度ぐらいはお会いしましょうよ。三人で食事をするだけでもいいじゃないですか」

「ぜひそうお願いします」

「いいですね」

八十島もうなずいた。

井上は、横田との夜の席は初めてだが、うちとけた気分に浸れるのが不思議に思えた。

3

昭和四十四年十二月十八日の朝、日本勧業銀行副頭取の西川正次郎が、頭取室に顔を出した。

「昨夜はいかがでした」

ソファに腰をおろしながら、西川はさっそく水を向けた。

横田郁《たかし》はデスクからソファへ移動して、西川と向かい合い、煙草《たばこ》に火をつけた。

「井上さんは実に率直だったよ。勧銀と合併したいとはっきり言っていた。僕は、三人の初めての顔合せだから、めしを食うだけで終るんじゃないかとタカをくっていたが、ご両所とも積極的なのには驚いたよ」

横田は、西川にはなんでも相談する。西川の意見を聞かずに独断でことを決するようなことはまず考えられない。

副頭取時代に、武田満作頭取の意を体して、都民銀行の工藤昭四郎頭取と両行の合併問題について話し合ったことがあるが、そのときも常務の西川から事前に意見を聞いたものだ。

都民銀行と合併するとなれば、両行の規模からみて明らかに勧銀の吸収合併となるが、営業時間の違いや、都民銀行は東京都が大口株主である点などがネックとなり、実現するまでに至らなかった。もっとも、都民銀行は、合併の相手として小さ過ぎるので、横田はあまり気乗りがしなかった。

気乗りがしなかったと言えば、北海道拓殖銀行との合併話のときもそうだ。

勧銀の某常務が拓銀に大学時代の友人がいるので、アプローチしてみたいと言い出し、一応話してみようということになったが、話は進展せず横田が乗り出すまでもなかった。

大和銀行、協和銀行とも接触した。いずれも四十三年頃のことだが、当時、金融再編成は時代の趨勢《すうせい》で、大蔵省が再編成方針を明確に打ち出していただけに、各行とも船に乗り遅れまいとして合併相手を懸命に探し求めた。

横田は、大和銀行との合併に執心した。大蔵省銀行局長の澄田智に面会し、意見を聞いたこともある。

「澄田さんだから率直に申しあげるが、大和銀行の信託部門には魅力があります。仮に大和と合併したとして、信託事業の兼営は認めていただけますか」

横田が澄田にこうした質問をぶつけたには、それなりの理由がある。

田中角栄が蔵相時代に、大和の信託部門を分離すべきだと発言して物議をかもしたことがあった。事実、田中は当時の大蔵省銀行局長の高橋俊英を通じて、大和に分離を促《うなが》したが、大和が反発し、分離は回避された。

せっかく大和と合併しても、合併を契機に信託部門を分離させられるようなことになっては、魅力が半減する。そこで横田は、澄田に念を押したわけだ。

「それは絶対に保証します。ただ、あれ以来大蔵省と大和の関係が気まずくなって、大和の情報が入ってこないんで、大和首脳陣が再編成についてなにを考えているか、さっぱりわからないんです。しかし、せっかくのお話ですから、大和の寺尾頭取の意向をなんとか打診してみましょう。ただ、大和は大阪府の指定金融機関ですが、この扱いがどうなりますかねえ。大蔵省から地方自治体にどうこう指図するわけにはいきませんが、合併後の銀行が府の指定金融機関となるように、アドバイスするぐらいはできると思います」

澄田から大蔵省の支援が得られそうだとの感触が得られたので、勧銀の江口練太郎常務が大和の古川進常務と接触した。しかし大和が合併銀行の本店所在地で大阪に固執していることが明らかになるなど障害が多く、結局立ち消えになった。東京に本店を持つ勧銀が、大阪本店を受け入れられるわけがない。

澄田銀行局長は、勧銀に合併志向があると知るや、横田に対して協和銀行との合併を打診してきた。

横田は充分検討に価する、と前向きの姿勢を示したが、両行の首脳部が接触するまでもなく、大蔵省の打診の段階で答えはノーであった。乙種外国為替銀行から甲種外国為替銀行への移行に傾注していた協和にとって、合併どころではなかったのである。

勧銀は、都民銀行、北海道拓殖銀行、大和銀行、協和銀行と、合併相手を模索してきたが、これらの各行から振られ続けてきたことになる。あるいは、いずれも勧銀の意に染まなかったということもできるが、横田は、諦めずに太陽銀行にもアプローチした。

大蔵省出身の同行の塩谷忠男常務に、声をかけたのだ。

横田は、あるパーティの立ち話で、塩谷に話した。

「ウチと一緒になるつもりはありませんか」

「莫迦《ばか》に唐突ですねえ」

「場所柄もわきまえず申し訳ないが、真面目な話ですよ」

「悪い話じゃないですね」

塩谷は、気をもたせる言いかたをして、躰を横田にぐっと近づけてきた。

「勧銀さんなら願ってもない相手なんでしょうねえ」

「僕は本気だよ」

「横田さんから声をかけていただいて光栄ですよ」

「ダメモトでもいいから、検討だけでもしてみない？」

「ただ急場の話だと、ちょっと……」

「どうして」

「格差があり過ぎますよ。行員の資質も違いますでしょう。ウチの銀行は都銀に転換したばかりで、士気が上がっているときに勧銀さんと合併すれば、行員はフラストレーションを起こします。ですから、いますぐというのは難しいと思います。せめて二年か三年、時間を貸してくださいよ」

「二年も三年も待たされるんじゃあ、ちょっとねえ」

横田は、脈はないと読んだ。

官僚出身のソツのなさで、正面切ってノーだとは言っていないが、体よく断られたのと同じである。

横田も西川もそうだが、自行より図体のでかいところと合併するつもりはさらさらなかったから、対象は限られてくる。

適当な合併相手を探しあぐねていたときだけに、三菱と第一の合併ニュースは、勧銀首脳陣にとってショックであった。

しかし、井上会長らの反対で、元旦の読売新聞のスクープ後わずか二週間足らずで、両行の合併は白紙還元されることになった。

横田は、なにかしらホッとしたのを憶えている。

「僕が井上さんの立場だったら、やっぱり躰を張って反対していたと思うな」

横田は、誰とはなしに述懐したものだ。

女性秘書が運んできた緑茶をひと口すすってから、西川が言った。

「井上さんがそこまではっきり合併を口にするとは意外ですねえ。第一は三菱とのことで懲りてますから、ほとぼりが冷めるまでもうちょっと時間がかかると思っていたんですが、その点はわたしも読み違えていました」

「井上さんは、名誉挽回《ばんかい》のためにも勧銀との合併を実現させたいような口ぶりだった。失敗は二度とはゆるされないから、背水の陣というか不退転の決意で勧銀との合併をすすめたい、と考えているようだ」

横田が煙草の煙を吐き出して、話をつづけた。

「あの人は、ごうごうたる非難を浴びながら頭取に復帰したが、責任を取るつもりで受けたんだろう。普通なら逃げるところだが、そうしなかった。大変な精神力だと思うなあ。責任の取りかたにもいろいろあるが、勧銀との合併を実現することによって、その答えを出したいんだろうねえ」

「…………」

「きみ、どう思う。井上さんのほうの気魄《きはく》が凄《すご》いから、僕のほうはなんとなく受身になっているんだが……」

西川は、湯呑みを口へ運んで、三秒ほど間を取った。

「もちろん賛成です。相手が第一なら文字どおり対等合併ですし、日本一の銀行になることのメリットは少なくないですからねえ」

「井上さんも言っていたが、勧銀も第一も中位行の悲哀を託《かこ》っているから、スケール・メリットを追求する意味でも、たしかに利害は一致するし、三菱みたいな財閥系じゃないのでアレルギーも少ないだろう。わたしも腰を据えて井上さんと話してみようと思うんだ。もっとも全銀協会長の任期中は、そうもいかんだろうが、井上さんとならウマが合うような気もしてるんだ」

「それが一番大事ですよ。トップの気持ちがかよわないことにはどうしようもありませんもの」

「相手が長谷川さんだったら、どうだったかなあ。僕の対応も違っていたかもしれん。それと八十島さんには行司役というか調停役というか、緩衝材というか、そんな役割をやってもらおうと思っているんだが、案外重宝することになるんじゃないかな」

「それはけっこうですが、日経の池内記者と八十島さんは連絡を取り合っているんでしょうか」

日本経済新聞社経済部記者の池内正人が「第一の井上頭取が、勧銀と合併したいと話していた」と、横田に伝えてきたのは二、三ヵ月前のことだ。西川は、横田からこの話も聞いていたので、気を回したのだ。

「いや、どうも筋が違うらしいなあ。偶然の一致らしいぞ」

「池内記者に合併話をスクープされる心配はありませんか」

「池内君が、井上さんと僕の気持ちを合併の方向へ向かわせようとしていることは事実なんだし、ある意味では新聞記者の立場を離れて客観的に眺めようとしてくれている面もあるわけだから、功名心だけでスクープするとは思えんな。ま、いちど井上さんとも相談してみるが、池内君には協力してもらえるんじゃないかな。だいたい、勧銀と第一が合併できるかどうかわからんうちに心配しても始まらんだろう」

横田は、池内の存在についてとくに拘泥《こうでい》している様子はなかった。

第六章　秘密協定

1

書類から眼をあげると、デスクの前に池内が立っていた。

「ちょっといいですか」

「いいよ」

鶴田卓彦は、経済部長席の脇にしつらえられたソファのほうを手で示した。

四月上旬の夕刻だが、編集局の大フロアは閑散としていた。

経済部長席の周囲に人が少ないことを見はからって、池内は席を立ってきたのだ。

池内は日銀詰めのキャップである。

「第一と勧銀が合併するんじゃないですか」

ソファに向かい合うなり池内の放ったひと言で、鶴田の顔色が変った。

「ほんとか！」

「ええ。井上さんと横田さんは、合併する方向で交渉を始めたようです。いや、交渉に入ったというべきかな」

「事実だとしたら大スクープになるなあ」

「去年の暮に両頭取の顔合せがあったようですが、今年に入ってすでに二、三度トップ会談をやったことは間違いありません。この点は井上さんからも横田さんからも裏を取ってます」

正確には二月二十日と三月二十五日の二回で、いずれも八十島が同席していた。場所は築地の〝美佳《みよし》〟である。

〝美佳〟は築地の料亭街から外れた築地小学校の近くにあり、目立たない門構えで、密談するにはもってこいの場所であった。

女将《おかみ》の気風《きっぷ》のよさが気に入って、横田が贔屓《ひいき》にしている店だ。

二月二十日のときは、横田が井上と八十島を招待するかたちで行なわれたが、次の三月二十五日は、井上が幹事役になった。井上も〝美佳〟がいたく気に入り、「三者会談はここに定《き》めましょう」ということになったのだ。

鶴田が頬をさすりながら訊《き》いた。

「ほかに嗅ぎつけてるところはないんだろうねえ」

「百パーセントないですよ。日経の中でも僕だけです。部長に話したのが初めてですが、ほかのデスクには話しておいたほうがいいですかねえ」

鶴田は即座にかぶりを振った。

「しばらく二人限りにしようや。頃合いをみて、俺から話すが、きみは引き続き両頭取を徹底的にマークしてくれ。ハイヤーの伝票はいくら切ってもいいからな。それにしても、きみはこんな凄《すご》いネタがよくつかめたなあ」

「僕が井上さんと横田さんを焚《た》きつけたんですよ。二人の頭取の間を行ったり来たりして、その気にさせた面もあるんじゃないかなあ。もっとも、井上さんに言わせると、初めから勧銀以外に考えていなかったことになりますが、僕の助言が動機づけにはなったと思ってるんですけど。それと、第一のＯＢで澁澤倉庫の社長をしている八十島という人が、去年の秋頃、井上さんに勧銀との合併話を持ちかけたそうです。しかし、僕のほうが先ですよ」

池内は自信たっぷりに言って、にやっと眼もとをくずした。

「大蔵省はキャッチしてないのか」

「ええ。まだ大蔵に話せる段階じゃないと思います」

「どんなテンポで進むのかねえ」

「早くて今年の秋、まあ十月頃までに基本的な問題点が頭取間で煮詰まるんじゃないかなあ。対等合併であることは間違いないけど、行名とか、トップ人事とか、本店所在地とか……」

「三菱と第一の二の舞いになるようなことはないのか」

「絶対にないと思います。三菱と第一の合併が壊れたのは、明らかに両行の力に格差があったからでしょう」

「うん。第一と勧銀の合併をなんとか実現させたいねえ。そのためには、日経としてもできるだけ応援しようじゃないの」

鶴田は、ワイシャツの袖をたくしあげながら語調を強めた。

昭和四十五年四月末の時点で、池内ほど第一と勧銀の合併を強く確信していたジャーナリストはいないだろうが、両行の合併をあり得ると見ていた金融担当記者は、何人か存在したのではあるまいか。

たとえば、当時、東洋経済新報社の金融担当記者だった高柳弘は、その可能性を予感した一人である。

同年四月三十日付で発行された週刊東洋経済臨時増刊『金融と銀行（昭和四十五年上期版）』は、〝地ならし完了か、都銀大合併〟の見出しで、本社・金融記者座談会の記事を掲載しているが、この中に〝第一、勧銀との仲は？〟の小見出しに続いて、以下のようなくだりがある。

A　各行が秘密潜行戦術をとっている事情はよくわかったが、一般論ばかりいってもしようがない。ズバリ見合い中、あやしい仲（？）などをしゃべってくれないか。
B　せっかくの良縁がまとまらなくなる（笑）。
A　まず三菱と別れた第一銀行から、話の糸口をほぐして欲しい。
B　まあ、筋からいうと勧銀との合併話が起こる可能性がある。昨年の一月に両行間で小切手の現金代払いについての提携を発表したし、九月には統一規格の小切手を発行したりしている。カードでもユニオン・クレジットに仲よく顔を出しているし、仲はいい。
D　資金量、行員数などからみても完全に対等でいけるし、行員の気質も違和感はなさそうだ。
C　もし合併すれば、店舗も、かなり補完的になるから、いわば理想的なマンモス都銀になるね。

Ｂ　ホンの感じだが、井上頭取はその辺を断行してから引退するのじゃないかと想像している。井上さんの場合、三菱との合併ご破算後、川鉄の岡田貢助副社長を口説いたが、川鉄側が承知せず、結局、自分が頭取へカムバックしてしまった。もちろん村本周三、浅川正治の二人を専務に引き上げ後継者として育成するハラだろうが、その前に合併をひそかに考えている気がする。

Ｃ　ずいぶん大胆な推測だが、可能性はあるね。第一と勧銀とでは、そう抵抗感はないし……。

Ｂ　つい最近でも、こんな話がある。勧銀が青山支店の代替として四日市支店廃止を打ち出した。何しろ四十六億円の預金量をもつだけに、その後ガマをねらって地元の百五銀行や三重銀行が懸命に勧銀を口説いたらしい。ところがあっさり第一銀行へ譲渡した。百五銀行は三菱、三和と親しいし、三重銀行は住友一辺倒ということもあったにせよ、ともかく勧銀、第一の親しさを証明した事件だった。

Ｂは、高柳弘である。高柳は、第一と勧銀の合併が実現したときに、先見の明を大いに誇ったものだ。

2

〝東洋経済〟に誘発されたわけでもあるまいが、鶴田が池内を昼食に誘い出したのは五月中旬のことだ。

二人は、一時過ぎに新聞社の近くにある蕎麦屋《そばや》へ入った。

天ぷら蕎麦を頼んでから、鶴田が言った。

「杉田には話しておいたほうがよくはないか。そろそろ大蔵幹部の耳に入っているとも考えられるから、大蔵をマークする必要があると思うんだ」

「そうですね。第一と勧銀から洩《も》れる可能性よりも大蔵省から洩れる可能性のほうが高いかもしれないし、どっちみち杉田には取材でも協力してもらわないと」

杉田亮毅は、大蔵省詰めの記者で、記者クラブのキャップである。

「俺は近藤さんに会おうと思ってるんだが……」

「会ってどうするんですか」

「合併を成功させるために、大蔵省と〝秘密厳守協定〟を結ぶ必要があると思うんだ。あるいは日経がスクープするためにと言い替えてもいいがね」

鶴田はにやっと笑いかけた。

近藤道生は、大蔵省銀行局長である。

澄田智は昭和四十四年六月に銀行局長から事務次官に昇進した。

「大蔵省で、第一と勧銀の合併話を知ってるのは澄田さんと近藤さんぐらいだろう」

「まだ聞いていない可能性もありますよ。だとしたら、わざわざ知らしめる必要があるかなあ」

「ある」

鶴田は断定的な言いかたをしてから、話をつないだ。

「大蔵の再編成志向は変らんだろう。金融再編成は金融政策の基本でもあるから、都銀の合併はなんとしても実現させたいところだ。だからこそ澄田さんは三菱と第一の合併が失敗に終ったあと、無念な気持ちを〝頑迷固陋《がんめいころう》な老人〟とまで井上さんをこきおろすことによって表現したんだろう。われわれも第一と勧銀の合併は成功させたいと願っている。いわば大蔵との利害は一致していると言えるわけだ。われわれは大蔵と両行のパイプ役の機能を担えるんじゃないのかねえ。澄田さんや近藤さんが合併の動きをまだ知らんのなら、かえって好都合じゃないの。それを伝えることによって多少は恩に着てくれるかもしれないからな」

「なるほど。大蔵の首脳に合併話を伝えているとしたら、横田さんでしょうねえ。井上さんは、大蔵は鬼門でしょう。横田さんは澄田さんと割合い親しいから、井上さんと話し合いに入ってるぐらいのことは報告してるかもしれませんね」

「去年の十二月から頭取間の交渉が始まってるとすれば、かれこれ半年経つわけだから、澄田さんの耳に入っていると考えたほうが当たってるんじゃないか」

「ところで、部長はいつ近藤さんに会われますか」

「早ければ早いほどいいな。すぐ杉田に話してくれよ。杉田からアポイントメントを取ってもらうのがいいと思う。夜自宅にお邪魔するのがいいだろう」

鶴田、池内、杉田の三人が杉並区堀ノ内の近藤邸を訪問したのは、翌日の夜九時を回った頃だ。

「お揃《そろ》いでなにごとですか。日経の経済部長が見えるというので、そんな大事なことがあったかなあって、あれこれ考えてみたんですが思い当たるふしはありませんねえ」

近藤は、三人を応接間へ案内しながら軽口を叩《たた》いたが、ソファに坐《すわ》るなり鶴田から訪問の理由を聞かされて、顔色を変えた。鶴田はこんなふうに切り出したのである。

「第一と勧銀がいよいよ動き始めましたね」

「なんですって！」

近藤は調子の外れた声を発してソファから飛びあがった。

茶菓をセンターテーブルに並べ終え、退室しようとする夫人を近藤がうわずった声で呼び止めた。

「もしもし……」

池内と杉田が顔を見合せた。鶴田も思わずくすっとやってしまった。

女房をつかまえて「もしもし……」はない。

「はい。なんでしょうか」

夫人は近藤のほうをふり返って、はにかんだような顔を見せた。

「水を一杯ください」

近藤は、そのことに気づいていないらしい。

「ご存じと思いますが井上、横田両頭取は第一と勧銀の合併に向けて具体的に話し合いに入っていますが、われわれは、合併が成功するようにサポートしたいと思ってるんです」

池内が、ソファから身を乗り出して、鶴田の話を引き取った。

「去年の四月に、井上さんが第一の頭取に復帰しましたが、その頃から、わたしはなにかと相談に乗ってきたつもりです。ですから、井上さんと横田さんが交渉していることは、とうに知っています。合併銀行の名称は〝第一勧業銀行〟に内定したみたいですねえ。井上さんは初めは遠慮されて〝勧業第一銀行〟でもいいじゃないかって、言ってたみたいですけど……」

近藤は舌を巻いた。

つい最近、澄田から極秘事項として、第一と勧銀の合併話が進行しているらしい、と耳打ちされたばかりだった。

井上、横田、八十島の三者会談で合併銀行の名称問題は揉《も》めた部類に入る。

新しい名称にしよう、という話も出た。〝新日本銀行〟〝昭和銀行〟なども候補にあがった。

実際は、まだ〝第一勧業銀行〟に内定したとは言えないが、横田が「〝勧業第一銀行〟よりは〝第一勧業銀行〟のほうがおさまりがいいんじゃないですか」と、言ったに過ぎない。横田は井上に花を持たせた恰好《かっこう》だが、もう少し考えてみようということでペンディングになっている。

名称で合意が得られるのは八月以降である。

横田と八十島の二人が箱根へゴルフをしに行って、箱根観光ホテルのレストランで食事をしながら話しているときに、どちらからともなく「名称をどうしようか」という話になった。

「第一も勧銀も、皆んないまの銀行名には郷愁というか誇りというか、思いを持ってるんじゃないですか」

「まあ、そうですね。とくに先輩連中はそれが強いかもしれないなあ」

横田は、思案顔でつづけた。

「いまの銀行名を残すんなら〝第一勧業銀行〟しかないでしょう。略して〝第一勧銀〟、もっと詰めれば〝一勧《いちかん》〟になる。井上さんは、〝勧業第一銀行〟でもいいって言ってくれたけど、語呂《ごろ》が悪いですよ。やっぱり〝第一勧業銀行〟のほうが坐りがいい。ただ、ちょっと長ったらしいけどねえ」

「北海道拓殖銀行もあるし、日本長期信用銀行もあるじゃないの。わたしは長ったらしいとは思いませんよ」

「そうですか」

横田は嬉《うれ》しそうに眼を細めた。

八十島は、テーブルに指で〝第一勧業銀行〟と書いてみた。

「決して悪くないですよ」

「それなら、それでいきましょう」

横田の声が高くなったが、周囲にこっちを気にしている視線はなかった。

「今晩中にも井上さんに電話をかけておきます」

「お願いします。お陰で少し気持ちがすっきりしました。名称が決まらないと、なんだか落着かなくていけない」

「わかるわかる」

八十島は微笑《ほほえ》み返した。

むろん井上に異論はなかった。


近藤夫人が水と氷を入れたコップを運んできたので、話が途切れた。

近藤は喉が渇くとみえ、さっそくコップを口へ運んだ。

池内が、緑茶をすすって、話をつづけた。

「井上さんは、頭取として合併銀行のリーダーシップを取りたいところでしょうが、年齢の順序からいっても井上会長、横田頭取のほうに説得力があるんじゃないですか。対等合併ですから、資本金の少ない第一が勧銀と同じ資本金まで増資するのは当然です。名称、トップ人事、対等合併とここまではっきりしてるんですから、そのつもりならすぐにでも記事に出来るわけですよ」

池内が鶴田のほうへ視線を移した。ちょっと言い過ぎたかな、と思ったのだ。

「冗談じゃありませんよ。わたしの知っている範囲ではまだ名称どころかなんにも決まっていないはずです。日経さんが書いたら、この合併話は確実に壊れますよ。サポートするどころか、足を引っ張るようなものです」

「もちろん、われわれもいま記事にする気はありません。池内はアクセントをつけて言いましたが、つまりわれわれはそこまで知り得ていると言いたかったんです。実を言いますと、わたしは三月に経済部長になった直後に池内からこの合併話を聞いたんですが、ほんとうに飛び上がりました。びっくり仰天ですよ。池内はよくぞつかんだと思います」

鶴田は、三月に本社編集局経済解説部長から経済部長に代ったばかりである。

「井上さんのお宅に、もう三十回はかよってると思います。そのぐらいのことがあっても、不思議じゃないですよ」

杉田が口を挟んだ。

「わたしは、池内さんからきのう聞いたばかりです。昨夜は興奮してよく眠れませんでした」

「井上さんと横田さんの話し合いが始まったと聞いたときは、僕も相当興奮したよ」

杉田のほうへ向けた池内の頬が上気して朱に染っている。

「それで、今夜お邪魔した理由ですが……」

鶴田が近藤をまっすぐとらえた。

「われわれは、第一と勧銀の合併をぜひ成功させたいと願ってます。ですから話が固まるまで記事にはしません。他紙が嗅ぎつけたらそうもいきませんけど、近藤さんにお願いしたいことは、秘密厳守に協力していただきたいということです。他社からサウンドなりコンファームがあったときは〝聞いていない〟で通してください。徹底的に否定していただきたいんです。そのかわり、われわれが知り得た情報は細大洩らさずお教えします」

近藤は腕組みして考える顔になった。

「つまり、日経さんはプライオリティを主張していることになりますねえ」

「スクープしたい気持ちは当然ありますが、それによって合併が壊れるようなことにだけはしたくないと思ってます。当分の間、日経ではわれわれ三人限りにとどめるつもりです」

杉田が近藤に訊いた。

「大蔵省で澄田さんと近藤さん以外に、合併話を知っている人はいるんでしょうか」

「いないと思いますよ」

「でしたら、お二人から下へおろさないでください。お願いします」

杉田が、近藤に向かってお辞儀をした。

「それはお約束できると思いますよ。次官からも極秘だとくどいほど念を押されています。それなのにあなたがたが知っていたんで、びっくりしたんです。油断も隙《すき》もない人たちだ」

近藤は冗談ともつかずに言って、残りの水を飲み乾した。

池内が鶴田の顔を覗《のぞ》き込みながら、言った。

「これで大蔵と日経の〝秘密厳守協定〟が成立したことになりますね」

「次官と一度相談してみましょう」

近藤が苦笑まじりに返した。

鶴田は、近藤との話を踏まえて一週間後に井上と横田を個別に訪問した。

五月下旬の某日昼下がりに、井上は第一銀行の頭取室で、にこやかに鶴田を迎えた。

「池内がいつもお世話になってます」

「いやあ、お世話になっているのはわたしのほうですよ。池内さんには感謝しています」

「第一と勧銀のことで、井上さんと横田さんにサジェッションしたようなことを言ってますが、多少は池内もお役に立ってるんでしょうか」

「ええ。動機づけの一つになっていることは、たしかです」

「われわれが最も恐れているのは、両行の合併シナリオが他社に洩れ、活字にされることです。交渉の途中で記事になりますと、合併がご破算になると考えるべきだと思うんです」

井上が厳しい表情でうなずき返した。

「まったく同感です。ですから、わたしも横田さんも、慎重の上にも慎重に行動しているんです。日経さん以外にキャッチしているところは絶対にありませんから安心してください。ほかの新聞にスクープされる心配はないと思いますよ」

鶴田が居ずまいを正した。

「日本経済の自由化、国際化が進展する中で金融機関の経営基盤強化は、緊急の課題だと思います。第一と勧銀の合併は、金融再編成の強力な引き金になると思いますし、ひいては日本経済の発展にとっても重大な意味を持つわけですから、両行の合併はぜひとも成功していただきたいと願ってます。ですから、われわれ日経が秘密を厳守するのは当然です」

「ありがとうございます」

「両頭取間で合意が成立し、発表の段取りが決まるまで絶対に記事にしませんが、そのかわり合併の話し合いの内容は逐一教えていただきたいのです。つまり相互信頼関係を万全にしたいと考えているわけですが、そのためには嘘《うそ》をつかないと約束してください」

井上は、苦笑気味に表情を動かして、煙草《たばこ》を咥《くわ》えた。

「ただし、この合併話が他の新聞社に洩れた場合は、日経は即刻記事にさせてもらいます」

井上が煙草の煙を吐き出しながら、渋面で返した。

「合併ができるかどうかわからないのに、そんな約束をしろと言われてもねえ」

鶴田は井上を強く見返した。

「井上さんと横田さんなら間違いなくまとまりますよ。第一と勧銀の合併は必ずや実現すると思います」

「あなたに保証してもらってもねえ。相手のあることですから。横田さんは何と言っているんですか」

「これからお会いします」

「…………」

「この場で約束しろと言うのも乱暴かもしれませんね。十日ほどしたらまたお邪魔します」

鶴田は、この日は無理をせずに引き下がった。

横田も、鶴田の申し入れに対して「わかった」とは言わなかった。

ょう」

「うーん」と唸《うな》って、天井を見上げたきり、返事をしないのである。

「われわれは両行の応援団のつもりです。意のあるところはわかっていただけますでしょう」

天井から降りてきた横田の眼が笑っている。

「井上さんがOKするかな」

「してくれると思います」

「考えとくよ」

「よろしくお願いします」

次に鶴田が両頭取と会ったとき、二人とも「いいだろう。鶴田さんを信頼するよ」と〝秘密厳守協定〟の遵守《じゅんしゅ》を受け入れてくれた。

鶴田は、社へ帰って、東京本社編集局長の新井明に、初めて合併話と〝秘密厳守協定〟について詳細に報告した。

「そんなことになっていたのかねえ。驚いたなあ。三菱と第一のようなことにならなければいいね」

「大丈夫でしょう。第一と勧銀の合併が実現する確率はひかえ目に見ても五割以上あると思います。そして日経がスクープできる確率も五割はあるんじゃないですか」

「大いに期待してるよ」

「池内と杉田に二人の頭取と澄田次官、近藤局長を完璧にマークさせます。ハイヤーの使用量が多くなりますが含んどいてください」

「けっこうだ」

「それと、澄田さんと近藤さんとの連絡はホテルの個室を使います。それも……」

「わかった。すべてきみにまかせるよ。頑張ってくれ」

新井の呑《の》み込みは速かった。

3

三者会談は進行していた。

八十島を仲介役に加えたことが、好結果をもたらした。八十島は、二つのものを結合させる恰好の触媒役を果たしていた。

四十五年に年が改まって初めて顔を合わせたとき、八十島は、井上と横田にクギを刺した。

「わたしはよろこんでメッセンジャー役を務めますけれど、そのかわりと言っちゃあなんですが、お二人だけで直接対話することは絶対にやめていただきます。お二人で直接対話されると、あとでしこりが残ったときにほごすのがめんどうですから、失礼ながらなにか言いたくなったときはわたしに話してください。わたしは第一のOBですが、厳正中立を旨として、第一と勧銀の合併交渉の黒子役に徹するつもりです。日程の調整もわたしにやらせていただきます。井上さん、横田さん、そういうことでよろしいですか」

「よろしくお願いします」

井上が、八十島に向かって低頭した。

「どうかよろしく」

横田もあわてて頭を下げた。

横田は下戸で、井上も弱いほうだから、アルコール抜きである。

〝美佳〟の二階の小部屋で、八十島が坐る位置は定《き》まっていた。

幹事つまり勘定を持つほうが下座で、一方が床柱を背にして坐ることになるが、八十島は両者を左右に見る恰好で、三方から食卓を囲むわけだ。人払いはもちろんで、料理と茶を運ぶ以外は女将も顔を出さない。

飲みものは渋茶と焙《ほう》じ茶。近くの仕出し屋やら鰻屋《うなぎや》やらから取り寄せた料理を食べながら、まるで世間話でもするように合併話をすすめる。

横田は酒は駄目だが健啖家《けんたんか》で、ビーフステーキをたいらげたあとで、鰻重を食べることもある。そら豆を甘辛く煮つけたのや、卯《う》の花《はな》に野菜や油揚げを煮込んだものが横田の好物で、手をかけた小鉢物は〝美佳〟でこしらえた。

横田は、いつもそうだが座ぶとんに腰をおろすやいなや「失礼します」と断って、ズボンのベルトをゆるめる。

口角泡を飛ばしたり、侃々諤々《かんかんがくがく》の議論などがあったためしは、ただの一度もなかった。しかし、いつも和気藹々《あいあい》と談笑しているとは限らない。ときには部屋の空気がぴーんと張り詰めることもある。

本店をどこに置くか──。この問題を詰めるときは三人とも緊張した。

「日本の金融街ともいうべき丸の内に本店を置かない手はないと思いますが、横田さん、いかがでしょう」

井上はやんわり切り出したつもりだが、表情はこわばっていた。

横田があっさりＯＫするはずはない。それがわかっているだけに、井上は緊張せずにはいられなかった。

「内幸町も悪くありませんよ。官庁街には近いですし、丸の内以上に発展するんじゃないですか」

果たせるかな、横田は切り返してきた。

「第一の本店は、丸の内の中でも一丁目ですから、いいところですよ」

「勧銀も内幸町一丁目です。角地で、スペースが第一さんの本店よりもずいぶん広いんじゃないかなあ」

「しかし、東京本部とか、いろいろ名称は考えられますよ。名目上の本店は、やはり丸の内のほうがよろしいでしょう」

「わたしはそうは思いません」

横田はいつになくきつい口調で返した。

「ちょっと、わたしに発言させてください」

八十島が俺の出番だとばかりに割って入った。

「わたしも本店所在地の問題は、いっとう難しい問題だと思っていました。この場で結論を出せるような問題ではないと思うんです。今夜はここまでにしましょう。わたしなりに考えてみたいこともあるんです。それからおふたかたも、面子《メンツ》にこだわっているとは思いませんけれど、〝第一勧業銀行〟のゆくすえについて、もう一度じっくり考えたうえで、丸の内がいいのか、内幸町のほうがベターなのか判断してください」

横田が照れ笑いを浮かべて言った。

「わたしは面子なんかにこだわっているつもりはないんですけどねえ。面子にこだわりだしたらきりがありません。たとえばの話、〝第一勧業銀行〟の名称にしても、わたしは虚心坦懐に受けとめたつもりです」

井上が無表情で湯呑みを口へ運び、ぬるい焙じ茶をごくりと飲んだ。

なんとか横田の譲歩を引き出す手はないものか、と井上は考えていた。

その夜、井上が帰宅したのは十時近かった。

「こんばんは」

背後から出し抜けに声をかけられたが、相手が池内であることはわかっていたので、驚かなかった。

池内は一週間に二度は夜回りにやってくる。時間は九時から十時にかけてのことが多い。井上の帰宅が遅いときは外で待っている。道路が狭いので、ハイヤーは大崎駅の近くに待機させているらしい。

「十分か十五分よろしいですか」

「うん」

井上は、気のない返事をした。

今夜は気分が重く、池内と話すのがうっとうしい。しかし、池内の熱意にほだされていたし、協力的なこともたしかなのだから、厭な顔をするわけにもいかなかった。というより行内に相談相手をつくらない井上にとって、池内は、有難い存在というべきであった。

「なんだか元気がないみたいですね」

応接室のソファで向かい合ったとき、池内が心配そうに言った。

井上は急いで微笑を浮かべた。

「そんなことはないよ。至って元気です」

「それならいいですけど……。今夜はどうでした」

「今夜、横田さんに会ったことを知ってたんですか」

「やっぱりそうですか。そんな気がしたんです」

「そうでしょうねえ。銀行では誰にも話してないのに、きみが知ってるのはおかしいと思ったんですが……」

「話がうまく運んでないんですか」

「いや」

井上の返事が一拍遅れ、しかも強い否定ではなかった。

池内にはぴんとくるものがある。

合併という大事業が、そうとんとん拍子に進むわけがないのだ。

「人事問題ですか。会長、頭取はいいとして、それ以外の……」

「違います」

「そうすると、本店所在地の問題かなあ」

池内はつぶやくように言って、井上を見つめた。

あきれるほど勘のいいやつだ、と井上は内心うなった。池内には隠す必要もないので、井上は逆に質問した。

「きみなら、丸の内と内幸町とどっちを選択しますか」

「ちょっとお答えしようがありませんけど、丸の内のほうが格は上なんでしょうねえ」

井上は、わが意を得たりという顔で声を弾ませた。

「そう思うでしょう。大手町を含めて、丸の内は日本の金融街だと思うんですけどねえ。銀行倶楽部《クラブ》だってあるし」

「横田さんは、内幸町に固執してるんですね」

「うん。本店所在地の問題はまだ話が始まったばかりなのでゆっくり詰めますが、多分横田さんはわかってくれると思いますよ」

「そうすると、本店所在地の問題はあと回しですか」

「とくにそう決めているわけでもないが、詰めなければならない問題はいろいろあるからねえ」

「本店の問題で暗礁に乗り上げるようなことはないでしょうか」

「そんな莫迦《ばか》な。絶対にありません」

井上は、〝絶対に〟にやけに力を入れて返した。

三者会談で本店所在地問題がとりあげられた翌日の午後、横田は八十島に電話をかけた。

「ゆうべは失礼しました。さっそくですが、本店はやっぱり内幸町がいいと思うんです。これは面子とかなんとかじゃない。合併銀行のゆくすえを真剣に考えた結果のことです」

「電話じゃなんだから、これから伺いましょうか」

「そうしていただけるとありがたいですねえ。来客が一つ入っているので、一時間後ということでよろしいですか」

「けっこうです。じゃあ、あとで」

八十島は、本店所在地については、井上の主張に説得力があると思っていた。しかし、迂闊《うかつ》に口に出すべきではない。自分が第一のＯＢだけに、調停者としての意見を持ち出すタイミングには悩むところである。

「丸の内の敷地はいかにも手狭です。日本一の銀行の本店として、千七百坪くらいじゃしょうがないでしょう」

横田は高飛車な言いかたに気づいたのか、少し声量を落した。

「西川君とも相談したんだが、この問題は八十島さんから井上さんを説得してもらうしかないと思うんです」

「ここは何坪あるんですか」

「二千四百坪です」

「七百坪の差ですか」

横田がむすっとした顔で訊き返した。

「八十島さんは、丸の内のほうがいいとでも思ってるんですか」

「いやあ」

八十島はどっちつかずな返事をして、考える顔になった。

「井上さんは丸の内に固執してるようでしたねえ」

「だからこそ八十島さんに井上さんを口説いていただきたいんです」

「あなたのほうが譲歩する気はないんですか」

「そんな気持ちはさらさらありません。十年先、二十年先のことを考えたら、内幸町のほうがいいに決まっているんです」

七百坪は小さくはないとしても、丸の内を否定し切れるほどの差だろうか、と八十島は思ったが、口には出さなかった。

「井上さんと話してみましょう。井上さんが頑張るようだと困るなあ」

横田がなにかを決断したように、ぐいと顎を突き出した。

「まだ誰にも話してないんだが、八十島さんのお耳に入れておきたいことがあるんです」

「なんですか」

「隣接地を買収できそうなんです」

湯呑みに伸びかけた八十島の手が止まった。

「朗報ですねえ。井上さんに、話していいんですか」

「いいですよ。どうせわかることですから。こんな話をしなくても、わかってもらえると思っていたんですが。それに、まだ確定しているわけでもないので、伏せておくほうがよかったんだが、八十島さんも丸の内のほうに思いがあるようだし……」

横田は、にやっと笑った。

八十島は、苦笑いを浮かべるしかなかった。

「隣接地はどのくらいあるんですか」

「千六百坪です。合わせれば四千坪ですから、日本一の銀行の本店として相応《ふさわ》しいとは思いませんか。それに整然としていて、地形がいいですよ」

「四千坪と千七百坪じゃ勝負にならないか」

「そういうことです」

だが、井上は簡単には引き下がらなかった。「名目上の本店所在地は丸の内であるべきだ」と主張してやまなかったのである。

八十島は、三日ほど悩み抜いたすえ、調停案を考え出し、まず横田にぶつけてみた。

「十年ぐらい先には地上三十階か四十階の本店ビルを建てる必要が生じるんじゃないですか」

「そうなると思いますよ。丸の内じゃ、建築規制があって、そうはいかんでしょう」

「ええ」

「わたしが内幸町がいいと言っているのは、まさにそういうことなんだ」

「日本一の偉容を誇る本店ビルとなると、相当な期間が要るんじゃないですか。ヘタをすると十年かかるかもしれない」

「………」

「新しい本店ビルができるまで、本店所在地を丸の内ということにしたらどうですか」

「うーん」

横田が脚を伸ばして天井を見上げた。

「どうです。先輩である井上さんの顔も少しは立ててあげなさいよ」

「一日だけ考えさせてください」

「一日とは言いません。二日でも三日でも、構いませんよ。この案をひねり出すのに僕は三日三晩考えたんだから」

「恐れ入ります」

横田は、西川副頭取の意見も聞いて、八十島の調停案に賛成すると回答してきた。それを受けて、八十島は井上のもとへ走った。

「名目上の本店は丸の内がいいんじゃないかと思っていたんですがねえ」

「井上さんがいつまでも丸の内に固執するようですと、合併はできませんよ」

八十島は心外そうに返した。井上が二つ返事で了承するとばかり思っていたのである。だいたいこれ以上の調停案は考えられない。

八十島の突き放したような口調に、井上はあわて気味に返した。

「わかりました。あなたの言うとおりです。そういうことでけっこうです」

「どうも……」

八十島が深い吐息を洩らした。

4

池内が西麻布の勧銀頭取公邸へ夜討ちをかけたのは、本店所在地問題が解決した直後である。そのことはまだキャッチしていなかった。

「まさか合併が壊れることはないでしょうねえ」

「大丈夫だろう。いいところへきているよ」

「でも本店問題で、横田さんも井上さんも突っ張ってるそうじゃないですか」

横田がにやにやしながら言った。

「僕はひとつも突っ張ってなんかいないぞ」

「それなら丸の内で譲歩してあげたらどうですか」

「譲歩するさ」

「えっ！」

池内が素っ頓狂な声を発した。

「地獄耳で鳴る池内君もまだ聞いておらんのか」

「じらさないで教えてください」

「本店所在地は丸の内に決まりだ。多少揉めたことは事実だが、丸の内に決定したよ」

「信じられません」

池内は大仰に首をかしげた。

「俺がきみに嘘を言ったことがあるか。井上さんに会ってないのか」

「三日前にお会いしたばっかりなんです。条件はなんですか」

横田はにやっと笑いかけた。条件付と考えるあたりはさすがである。

「五年先か十年先かわからんが、内幸町のほうは取り壊して新しいのを建てる。スクラップ・アンド・ビルドだな。そのときに本店を内幸町に移せばいいだろう」

「なるほどねえ。それならよくわかります」

池内は興奮を抑制しかねたが、努めて平静を装った。

「ついでにお訊きしますが、会長、頭取以外の役員構成はどうなってますか」

「欲の深いやつだなあ。今夜はこれで充分だろう」

「難航してるんですか」

「莫迦な」

「たとえば、武田会長や長谷川相談役の処遇はどうなるか、けっこう難しい問題だと思いますけど」

「どこが難しいんだ。第一には酒井さんと長谷川さんと二人の相談役がいる。武田さんを含めて三人とも相談役になってもらうが、二人と一人ということもあるから、武田さんは取締役相談役になってもらう。そういうことで井上さんもＯＫしているよ」

「副頭取と専務はどうなりますか」

「二人ずつでいいじゃない」

「ということは、合併するまでに、井上さんは村本さんを副頭取に昇格させるわけですね」

「うん。井上さんは年内にも副頭取に引き上げたいような口ぶりだったな」

　横田が煙草を灰皿にねじりつけながらつづけた。

「おい！　そんなこと書くんじゃないぞ」

「わかってます。すべてオフレコですよ。ウチは〝秘密厳守協定〟を遵守してます」

　池内は、三鷹の自宅へ帰るハイヤーの中で胸をときめかせながらメモを取った。

　井上に会うときも、横田から取材するときも取材ノートを出したことはない。メモなどを取れば相手が心理的に圧迫されて、すらすらしゃべってくれないとも考えられるから、いつもハイヤーの室内灯を点《つ》けて、聞いたばかりの話をテークノートすることにしていた。

深夜帰宅した池内の興奮ぶりは、酒量に出る。いつもならウイスキー二、三杯の寝酒が五、六杯に増えるのだ。妻の早苗には、顔色でも読めるが、果たして飲みっぷりが違う。

「いいことがあったんですか」

「うん」

「例のことですね」

「そう。どうやらヤマを越えたらしい。ちょっと心配してたんだが……」

「大きなスクープができるのね」

「まだまだ先だよ。山で言えば八合目っていうところかな」

「じゃあ、そんなに遠くないわ」

「しかし、なにが起きるかわからないからな。油断できないよ」

「毎日そんなに緊張してて、躰《からだ》のほうが持つのかしら。緊張感って、そんなに続くものなの」

「極限状態じゃあるまいし、ほどよい緊張感っていうとこだよ」

「電話はいいんですか」

早苗がリビングルームの時計を見上げた。

「十二時二十分過ぎかあ。ちょっと遅いけどまだ起きてるだろう」

池内は、帰宅してから、よく電話をかける。

相手は同僚の杉田であることが多いが、鶴田だったり、ときには近藤のときもある。

近藤が大蔵省銀行局長であることは、早苗にもわかっていた。

池内は、近藤を電話口に呼び出した。

「こんな時間に恐縮です。いままで横田さんと話してたんですが、やっと本店が決まりましたよ」

「ほう。気を揉んでたんですが、どっちになりました」

「丸の内です」

「内幸町じゃないんですか。われわれはそう予想していたんですが……」

「違います。ただ、何年か先に新本店ビルを内幸町に建設することになってるそうです」

「それだったら理解できますねえ」

池内は、もちろん役員構成の問題も近藤に話した。

「ありがとうございました。〝池内課長〟と、〝杉田総括班長〟にまかせておけばいいんですから、われわれは気楽なものですよ。今後ともよろしくお願いします」

「年内に覚書に調印できるといいんですけど」

「このぶんなら大丈夫でしょう。少し楽観的過ぎるかな」

「名称、首脳部の人事構成、合併比率、本店所在地と、基本線は全部クリアしたんですから、年内になんとかなりそうな気がするんですけど」

「大蔵省としても、そうなることを期待しています」

池内は、十一月上旬の十日間、アメリカに出張したが、留守の間も第一、勧銀の合併問題がずっと気になっていた。

杉田に、毎日のように国際電話をかけたし、井上と横田に旅先から何通か絵葉書を出した。

末尾に必ず「例の件、他紙に洩れることのないようくれぐれもよろしくお願いします」と付け加えたものだ。

池内の出張中は、鶴田がカバーした。経済部長が夜討ち朝駆けというわけにもいかないので、昼間、第一と勧銀の本店に両頭取を訪問した。

「順調に進んでるようですね」

「ええ、お陰さまで」

「池内からしっかりフォローするようにくどいほど念を押されてますが、急進展することはありませんか」

「まだまだかかりますよ。乗り越えられない障害はありませんけど、支店の問題とか、いろいろあるんです」

井上が言う支店問題の中で、大型店舗の大阪支店をどっちにするかは、本店問題ほどではないにしても結論を出すまでに時間を要した。

例によって、〝美佳〟における三者会談で議題にのぼった。

井上は、第一の大阪支店を合併銀行の大阪支店にすべきだと主張し、横田は勧銀のほうがベターではないか、と言って意見が対立したのである。

八十島は〝美佳〟では意見を述べなかったが、後日、第一銀行本店に井上を訪ね、二人だけで話した。

「井上さん、大阪支店長を経験した僕の意見を聞いてください」

「ぜひ聞かせてください」

「第一の大阪支店の場所は、御堂筋じゃないから駄目なんです」

「どうして駄目なんですか」

「昔の第一国立銀行なら黙っていてもお客さんが来てくれました。われわれの先輩は気位が高かったが、そういう感覚ではいかんのです。勧銀大阪支店は日銀大阪支店の向かい側ですから、裏通りとはずいぶん違います」

「またまた譲歩しなければいけませんか」

井上は皮肉っぽく言った。

八十島はわずかに表情をしかめた。

「本店の問題はちっとも譲歩していませんよ。とりあえず丸の内に決まったじゃありませんか」

「とりあえずはね」

井上はちょっと厭な顔をした。井上にしてみれば、譲歩したつもりである。

八十島は、ひたと井上をとらえた。

「井上さん、それこそ大阪支店では譲歩してください」

「建物は第一のほうがずっと立派だし、勧銀は一部テナントになっているんじゃないですか」

「たしかに建物は第一のほうが立派だし、勧銀のほうは駐車場もよくないけれど、なんたって場所がいいですよ。僕は大阪支店長時代、御堂筋に出たくって、あっちこっち探したけど適当なのがめっかんなくて……。そのかわり神戸支店は、第一のほうにしてもらいましょう。大阪ではどうしても譲ってもらいます。井上さんはどう思ってるか知りませんが、本店の問題では、横田さんは横田さんで、清水《きよみず》の舞台から飛び降りたような気持ちなんですよ。譲歩したつもりなんです」

八十島にここまで言われたら、井上は折れるしかなかった。

第七章　最後の三者会談

1

　井上薫は、ドアの前で一揖《いちゆう》した村本周三に目礼を返してから、思わず呼び止めたが、すぐに手を振った。

「きみ、ちょっと……」

「いや、いいです。失礼した」

　村本は怪訝《けげん》そうにかすかに首をかしげたが、もう一度会釈して退室した。

　村本の姿がドアの向こうに消えたとき、井上は吐息を洩《も》らしていた。

　井上はたったいま村本を頭取室に呼んで、副頭取への昇格を伝えたところである。

　村本が専務から副頭取に昇格したのは昭和四十五年十一月二十七日だから、その何日か前のことだ。

第一、勧銀両行の合併に関する横田郁、八十島親義との三者会談は、回を重ね、合併条件の基本事項については合意に達していた。

せめて村本ぐらいには打ち明けるべきではないか、と井上が思ったとしても不思議ではない。

だが、ここまで部下に相談せずに一人で進めてきたのだから、ここは辛抱すべきだ。いくら用心してもし過ぎることはない、と井上はわが胸に言いきかせた。

水臭い、と言われればそれまでだが、井上は、長谷川重三郎に聞こえることをひどく惧《おそ》れていた。

村本ほどの男が、長谷川にご注進に及ぶなどということがあろうはずがない。しかし、長谷川仮にそうであったとしても、人情として責めることはできないとも思う。万々一、長谷川の知るところとなれば、反対運動に執念をたぎらせるだろうと考えるのが神経過敏とは思えない。ふと迷うことはあっても、合併覚書を交わすまでは行内の誰にもしゃべるまい、という結論に到達するのがいつものことだったが、きょうはなぜか気持ちがふっきれず、井上は、村本が引き取ったあとも、しばらく考え込んでいた。

井上は、この日午後六時半に〝美佳《みよし》〟で横田と八十島に会うことになっていた。

〝美佳〟に行くことは、秘書役の吉川寛は多分承知しているだろう。しかし、誰と会食するかはわかっていないはずだ。場所も明かしていないが、運転手から聞いているとも考えられるし、後日、請求書の処理で判明することにもなる。いや、「ちょっと築地方面へ出かけます」と伝えてあるから、先刻承知していると思わなければなるまい。

およそ艶《つや》ばなしには縁のない井上だが、案外〝気に入った女でもいるのではないか〟と勘繰られているかも知れぬ。

「今夜はマージャンですか」

エレベーターの前で吉川に訊《き》かれたとき、井上はあいまいな笑いを浮かべているきりだった。返事のしようがない、というほうが当たっている。

マージャンなら相手の名前が明かされていて当然だから、マージャンでないことはわかり切っている。

ここでも井上は気が咎《とが》めた。

側近中の側近である秘書役にさえ、勧銀のカの字も、横田のヨの字も口にしていないのだ。

女房役の村本にも吉川にも秘匿していることの苦痛は、筆舌には尽くし難い。

この気持ちは誰にもわかるまい、と井上は思う。

〝美佳〟で、横田と八十島の明るい顔に接して、井上は救われたような思いがした。

番茶を飲みながら横田が言った。

「けさ澄田さんから電話があって、年内に合併の発表をできないか、と言ってきたので、とても無理だと答えておきましたよ」

井上が深くうなずいた。

「そのとおりです。年内なんてとんでもない。まったく冗談じゃありませんよ」

「なにかネックになっていることでもあるのかと訊かれたから、そんなものはないって答えたら、だったらなぜ愚図愚図してるんだとくるんです」

八十島が横田のほうへ首をねじった。

「大蔵省は気が楽ですね。われわれの気持ちも知らないで、年内に発表しろなんて、無茶ですよ」

横田が湯呑《ゆの》みをテーブルに戻した。

「六月に出された金融制度調査会の答申とのタイミングを考えているんでしょう。それと澄田さんは新聞にスクープされて話が壊れやせんかと心配しているんです。年内が無理なら一月はどうかって、たたみかけてきました」

「一月は困ります」

井上は、横田がびっくりするほど珍しく強い語調で返したが、すぐに表情を和ませた。

「一月は三菱との合併が壊れた月ですから、縁起が悪いじゃないですか。いろいろ根回しも必要ですから早くて三月でしょう。わたしは四月でもいいんじゃないかと思っています」

「そうでしたね。四十四年の元旦に読売新聞がスクープして大騒ぎになったんだ」

「横田さんは高みの見物だったでしょうが、井上さんも僕も火事場騒ぎで大変だったんですよ」

「高みの見物なんてそんなことはないですよ。えらいことになったと深刻に受けとめました。三菱と第一の合併が壊れて、大蔵省は残念がったが、いちばん悔しい思いをしたのは三菱でしょう。お陰で〝第一勧業銀行〟が誕生することになったわけです。金融制度調査会の答申にも沿うものだが、合併を壊した井上さんが今度はまとめるほうに回るところに意外性もあるし、三菱と第一のとき以上に話題を呼ぶでしょうね」

「横田さんと八十島さんのお陰です」

井上は真顔で言って、頭を下げた。

大蔵大臣の諮問機関である金融制度調査会が、〝民間金融機関のあり方〟について〝国民経済的観点からみて規模の利益を生かすような合併は推進されることが望ましい〟と答申したのは、昭和四十五年六月中旬のことだ。

井上は、同調査会の委員であったが、答申がまとめられる前に特に発言を求め、二十分にわたって、「三菱と第一の合併に反対したのは例外中の例外で、わたしは再編成自体に反対するものではありません。むしろ再編成は大賛成です」と釈明した。

第一と勧銀の合併話が進行していることを踏まえて、伏線を張っておくべきだと考えたのである。

「大蔵省は、店舗の配置転換は百パーセント認めてくれるんでしょうねえ」

八十島の質問に、横田が間髪を入れずに答えた。

「大丈夫です。澄田次官は保証すると約束してくれました。金融制度調査会の答申もあることですから、その点は心配ないでしょう」

「ええ」

井上がひとうなずきして、つづけた。

「実はわたしもその点は心配でした。三井と第一が合併した帝銀で懲りてますし……。いくら時代が違うといっても安心できないので、金融制度調査会の席上で、大蔵省側の言質《げんち》をはっきり取っておこうと思いまして〝今後の合併については、店舗の配置転換は百パーセント認める、ということでよろしいですね〟と質問したところ、当時の澄田銀行局長が

〝けっこうです。よろしゅうございます〟と明言しました。これは記録に残っているはずです」

「なるほど。ただ、海外店舗の配置転換のほうはどうなんです。たとえばニューヨークの二つの店が一つにされてしまうようなことはないんですか」

井上は、八十島に微笑《ほほえ》みかけた。

「その点も心配ないと思います。わたしも八十島さんと同じように心配でしたから、金融制度調査会で質問しておきました。銀行局だけではなく国際金融局の所管でもあるわけですが、〝当然、国内に準じるべきと考えるので国金局に念を押しておく〟ということでした」

「配転の問題にとどまらず大蔵省は百パーセント応援してくれますよ。なんせ待望久しい都市銀行の合併が実現するんですからねえ」

横田が視線を八十島から井上に移した。

「それより、法律上の存続会社はどうしましょうか」

井上は、腕組みして考える顔になった。

「ううーん」

「対等合併だから、両行の本店を廃止して新銀行を設立することも考えられるが、登記関係も含めてえらく経費がかかるみたいですねえ。資産を登記し直すとか、清算の税金とか設立の税金とか相当な出費が伴うんでしょう」

「そのためには法律上、どっちかが存続会社として一方を吸収するという手続きをとらなくてはいかんわけですね」

「これは難問だ」

八十島は冗談ともつかずに言って、天井を仰いだ。

井上も横田も思い出したように食事にかかり、しばらく会話が途切れた。

八十島が、雰囲気を変えるように、笑いながら言った。

「難問なんて茶化すようなことを言いましたけど、たいした問題じゃないですよ、恨みっこなしのじゃんけんで決めたらどうですか」

「そうねえ」

横田がにこやかに応じ、井上も眼を細めた。

八十島が井上と横田にこもごも眼を遣《や》りながら言った。

「じゃんけんでもいいけど、ちょっとかっこつけて、お二人に籤《くじ》を引いてもらいましょうか」

「いいですね」

うが存続会社となる。

横田も井上も賛成し、女将《おかみ》を呼んで、抽籤《ちゅうせん》の用意をさせた。

封筒の中に入っているふたつの籤のうち、赤鉛筆で丸が書いてあるほうを引き当てたほうが存続会社となる。

「そうしましょう」

「どうぞお先に」

「齢《とし》の順でいきましょう」

二人は譲り合った。

「きょうは、横田さんが幹事ですから、横田さんからどうぞ」

「こういうことは、幹事は後に決まってます」

「それじゃあ、お言葉に甘えて」

井上は封筒の中に手を入れるとき、ちょっとどきどきした。横田が残りを取って、二人が同時に結んであった籤をほどいた。

当たり籤は横田の掌中《しょうちゅう》にあった。

「けっこうです。形式上は、第一が存続会社の勧銀に吸収されるということですね。横田さんは運の強い人ですから、これでいいでしょう」

井上は、いさぎよく横田に握手を求めた。

「恐れ入ります」

横田は悪びれずに、井上の手を握り返した。

八十島が黙って二人の手を両手で包んだ。

食事を終え、煎茶《せんちゃ》を喫《の》みながらの話が長くなった。

横田が神戸銀行の話を持ち出したからだ。

「報告するのを忘れてましたが、こないだ大蔵省銀行課長の佐上さんに会いましたよ。神戸銀行を含めた三行合併は考えられないか、って言うんです。石野さんの名代として、個人的にわたしに会いたいということなので、日曜日の夕方、わたしはゴルフの帰りだったんだが、東京プリンスホテルに部屋を取って二時間ほど話しました」

井上が煙草《たばこ》に火をつけながら横田に訊いた。

「佐上さんは、第一と勧銀の合併話が進行していることを承知していて、神戸を含めた三行合併を考えるように言ってきたのですか」

「ええ。もちろん知ってましたよ」

井上はかすかに眉をひそめた。

澄田事務次官や近藤銀行局長の大蔵省首脳部が三行合併を希望しているとなると、ことは複雑である。まして石野は、大蔵省のＯＢなのだ。もっとも、澄田は発表を急ぐようにせっついてきているのだから、話の整合性はつかなくなる――。

横田がすかさず井上の胸中を見てとって言葉をつないだ。

「しかし、佐上さんはあくまでも個人的な立場で私と会ったんですよ。石野さんから頼まれたら厭《いや》とは言えませんからねえ。石野さんは合併条件の一つとして、会長、頭取は第一と勧銀におまかせする、自分は副頭取で結構だ、とまで佐上さんに言ったそうですが、わたしは、はっきり断りました。神戸を入れてくれないかという話は……」

横田は、右手をぐるっと回しながらつづけた。

「この会ですでに出ていることで、明確に否定されているわけです」

「そうでしたね。砂野さんから神戸と合併してもらえないか、という話が、井上さんにも横田さんにもあって、それで三行合併の可能性についてこの会で検討したんでしたねえ。二行でも大変なのに三行ではもっと大変だって、お二人とも首を左右に振ったんですよ」

「佐上さんには、そのことをよく話しておきました。あんまり身も蓋《ふた》もないことも言えないので、まず第一と勧銀が合併して、体制が固まったあとで、石野さんにそのお気持ちがあるようなら優先的に考えてもいいですよ、と話しましたけど」

「佐上さんはなんて言ってましたか」

「よくわかりました、って言ってました。第一と勧銀の合併が成就するように祈るとも

「……」

「そうですか」

井上は愁眉をひらき、ゆっくりと煙草の煙を吐き出した。

神戸銀行の社外役員で、川崎重工業社長の砂野仁から、井上と横田が別個に神戸銀行との合併について打診を受けたのは、今年夏頃のことだ。

井上が煙草を灰皿に捨てて言った。

「わたしは、堀田さんから何度か食事に誘われて、口説かれたことがあるんですよ。三菱との話が壊れた後で〝三菱はダメでも住友ならいいだろう〟って」

堀田庄三は、住友銀行の会長である。

横田が引っ張った声で言った。

「堀田さんも相当なものですねえ。井上さんが財閥系は厭だって、あれだけはっきり新聞などで表明しているのに誘ってくるとは、たいした人ですよ」

「ほんとう。さすがは堀田さんだ。ちっとは脈があると思ったんですかねえ」

八十島も呆《あき》れ顔である。

「わたしの反対論は三菱に限定されたものと解釈していたんでしょう。かなり熱心でしたよ」

「勧銀にはどうでした。堀田さんから誘われませんでしたか」

「少なくとも、わたしにはありません」

横田は、八十島に返してから、腕時計に眼を落した。もう十一時に近い。

2

昭和四十六年一月末までに、井上、横田両頭取間で合併問題に関する基本事項は、完全に合意が得られたが、井上が行内の根回しに入ったのは二月下旬である。

井上は、村本と顔を合せるたびに、なにかしら、気持ちにひっかかるものを感じていた。合併問題を話してしまえば、どんなに気持ちがすっきりするかわからない。

一月中旬も、ひとつのきっかけがあり、井上はずいぶん迷った。

村本が、森永貞一郎《もりながていいちろう》（東京証券取引所理事長・元大蔵省事務次官）を団長とするASEAN投資ミッションに参加することになったときである。勧銀専務の江口練太郎も同ミッションのメンバーの一員であった。村本と江口は、東大経済学部を昭和十二年三月に卒業した同期で親しい間柄だけに、旅行中に江口から、合併話が出る可能性は充分あるとみなければならない。だとしたら、事前に話しておくべきではないか――。

しかし、井上は話さなかった。

江口は、旅行中に一般論として合併問題に触れたが、なにも知らない村本が反応を示すはずはなかった。

江口は、「村本は聞いてないな」とぴんときて、すぐに話題を変えた。口がむずむずしたが、井上から話すのが筋であり、差し出がましいことはすべきではない、と思ったままだ。

ただ、江口は、帰国してから横田と副頭取の西川正次郎に、このことを話した。

西川が低い唸《うな》り声を発してから言った。

「井上さんがこの時期にまだ副頭取にも話してないとは信じられませんねえ」

「三菱のことがあるからなあ。それにしても慎重というか、忍耐強いというか、僕にはとても真似《まね》ができないねえ」

「三菱と第一の合併が失敗した裏に、長谷川さんの根回し不足があったとみる向きもありますけれど、井上さんはあとで反発を買うことはないでしょうか」

西川が気を回すのも、もっともかも知れぬと横田は思い、〝三者会談〟で、さりげなく話題にした。

「井上さんは慎重ですねえ。江口がびっくりしてましたよ。村本君が合併のことを知らないらしいので、話の接《つ》ぎ穂がなくなったとか話してました」

もちろん非難がましい口調ではないが、井上はうしろめたいというほどではないにしろ、気が差した。

「そろそろ村本君に話そうと思っています」

「わたしもまだ西川と江口、それに秘書役にしか話しておらんのですが、役員には話してもいいんじゃないかと思っています」

「具体的には話してないが、一般論としては話してるんですよ。村本君も勧銀さんとの合併を望んでいると思います。ミドルクラスの人たちの意見もそれとなく聞いてますが、勧銀さんとの合併を望む声が圧倒的に多いのでわたしも意を強くしています」

　後日、合併話がオープンになったあとで、村本と江口はＡＳＥＡＮ投資ミッションのメンバーから、「きみらは役者だねえ。よくとぼけていられたものだ。二人から何も感じられなかったよ」と言われたが、とくに芝居をしていたわけではなかった。村本は、なにも知らなかったのだから芝居のしようがない。

　一月中旬の時点で副頭取の村本が合併話を承知していないはずはない、とみるのが常識的だから村本が「ほんとうに知らなかったんだ」と、いくら否定しても信じてもらえなかった。

二月下旬に井上が頃合とみて、役員たちに話そうと肚《はら》を固め、まっ先に頭取室に呼んだのは、もちろん村本である。

井上は、やわらかい眼差しを村本に注ぎながら切り出した。

「勧銀と合併したいと思います。名実共に対等合併ということです」

「横田頭取とお話しになっているわけですね」

「ええ。かれこれ一年になりますが、完全に合意に達しました」

合併話が始まろうとしているか、進行途中と村本が思うのは当然であろう。ところが合意に達した、と聞かされたのである。

一年もの間、俺にひとことの相談もなかったのは、俺を信頼していないからだろうか、と受けとめるのはごく自然とも思える。

だが、村本は冷静だった。

「僕は三菱との合併に反対して、歴史の流れに逆らう逆賊と指弾された。僕自身ひけめを感じていたことはたしかです。第一は、若い人たちが頑張ってくれていますが、このままではジリ貧でしょう。勧銀との合併はなんとしても実現したいと思っていました。それが行内世論でもあると思うが、あなたは賛成してくれますか」

「はい。合併相手として勧銀がベストであることは、シミュレーションの結果でも明らかです」

「ありがとう」

井上は合併条件について話したあとで、たんたんとした口調でつづけた。

「八十島さんが調停役になってくれたので、なにかと相談にも乗ってもらいましたが、銀行の中では敢《あ》えて誰にも話しませんでした。水臭いと思うかも知れないが、僕としては慎重を期したつもりです」

「………」

「浅川君以下の役員にも僕が話します。三月十八日に発表することになると思うが、それまで伏せておいてください」

井上は、村本に続いて専務の浅川正治に打ち明けた。二月中に話した相手は二人だけだ。

取締役総務部長の山崎政吉と秘書役の吉川寛の二人を同時に頭取室に呼んだのは三月一日の午後である。

五日までに、樋口善典、伊藤彰、安念正男、高田雄治、上杉一郎の五常務に個別に話した。すべての役員に話し終ったのは三月十日の午後である。

役員の中に、三菱との合併推進論者も存在していたが、勧銀との合併に反対した者は一人もいなかった。

日本経済新聞の取材班は、一月末時点で百パーセント取材を完了し、あとはスクープのタイミングだけが問題になっていた。

日経取材班が二月以降にしたことは、他社の動きを監視するぐらいである。しかし、これが結構きつい仕事であった。

朝日、毎日、読売、ＮＨＫ、共同通信などの記者が、夜回りをかけていないかどうかをチェックするために池内たちは連夜、井上邸と横田邸を見回らなければならなかった。

両頭取邸の近くに新聞社の社旗を立てたハイヤーが止まっていたら一大事である。社旗を立てているとは限らないので、両頭取邸近くに駐車しているハイヤーは、すべて怪しまなければならない。

井上邸の前の路地は、車一台通るのがやっとという狭さだから、高台一帯を丹念に見て回る必要があった。

当時、金融界と金融記者にとっての最大の関心事は、大銀行の合併問題であった。各新聞社とも合併想定図まで作って取材合戦に鎬《しのぎ》を削っていたときだけに、日経取材班としても油断できなかった。

いわば、第一と勧銀の合併ニュースは、いつ日経以外の新聞社に洩れても不思議ではなかったのである。

三月初めの深夜、西麻布の勧銀頭取公邸の近くで、駐車中のハイヤーを見かけたとき、池内の心臓は音を立ててへこんだ。社旗は認められないが、てっきり他社の夜回りだと思ったのである。

いつもなら、そのまま黙って引きあげるところだがそうはいかない。

池内は、深呼吸をして気持ちを鎮めてから頭取公邸のインターホンを押した。

「日経の池内です。横田頭取にお目にかかりたいのですが……」

二分ほど待たされて顔見知りのお手伝いさんがあらわれ、門があけられた。

「こんばんは。夜分恐縮です」

「頭取は、今夜はお疲れのご様子ですので、ごく短時間にしてくださいね」

池内は、咎めるような口調で言われたが、いつものことだから、さして気にもならなかった。

「どなたかお客さんじゃなかったんですか」

「いいえ。頭取は三十分ほど前にお帰りになったばかりです」

池内は、ハイヤーのほうを振り返りながら首をかしげた。

横田は応接間のソファで煎茶を喫《の》みながら新聞を読んでいた。

来客の気配はない。

表のハイヤーは、無関係ということになる。ひと騒がせなハイヤーだ、と池内は身勝手にもいまいましく思った。

横田に会っても格別訊き出すことはなにもなかった。

挨拶のあとで、池内は正直に話した。

「門の前にハイヤーが駐車していたので、新聞記者の夜回りかと思ったんです」

「それであわを食って飛び込んできたってわけか。日経を出し抜くところなどはないから安心しろ」

「心配で夜も眠れませんよ」

「きみは、井上さんと僕のところを見張ってるらしいが、よそが嗅ぎつけたら、ちゃんと教えてやるから、そんな無駄なことはよしたらどうだ」

「そうもいきません。それより発表を急いでくださいよ。根回しも進んでるんでしょう。他社に洩れる確率はどんどん拡大してます。気が気じゃありません」

「きみらが澄田さんを焚《た》きつけるものだから、澄田さんも早くしろ早くしろってうるさく言ってくる」

「杉田が毎晩十一時過ぎに澄田さんのお宅に電話をして、澄田邸に夜回りに来る新聞記者が感づいてないかどうか、念を押してるんです。澄田さんも閉口してるんですかねえ」

「きみらの熱意には、皆んな閉口しているよ」

横田は真顔で言ったが、すぐに眼もとを和ませた。

「ま、お互いもうしばらくの辛抱だな」


三月四日の朝、八十島は出勤するなり、澁澤不動産専務の中島武彦に電話をかけた。

中島は、第一銀行のOBで、入行年次は八十島より四年先輩である。

「至急お目にかかりたいのですが、いまからお邪魔してよろしいでしょうか」

「どうぞ。お待ちしています」

澁澤不動産の本社は堀留なので、茅場町《かやばちょう》市場通りの澁澤倉庫から車で五分とはかからない。十分後には、八十島と中島は応接室のソファで向かい合っていた。

「急に押しかけて申し訳ありません。昨夜からどなたにお願いしたらいいのかずっと考えていたんですが、けさ車の中で不意に中島さんの顔が眼に浮かんだんです」

「………」

「井上頭取から頼まれごとをしましてねえ」

八十島は、こともなげに言って、背広の内ポケットから取り出した一枚の原稿を、センターテーブルにひろげた。

「これを毛筆で清書していただきたいんです」

手もとに引き寄せて表題を黙読した中島の顔色が変った。

なんと〝第一銀行、日本勧業銀行合併覚書（素案）〟とあるではないか。万年筆で丁寧に書かれていた。

「これは……」

「井上さんが書いたんです。実は大蔵省に見せなきゃならんのですが、井上さんから清書するように頼まれましてねえ。僕は悪筆ですから、誰かにお願いしなければならないが、めったな人には頼めません。中島さんを思い出すとはわれながら褒めてやりたいですよ」

八十島は、ひとなつっこそうな笑顔を見せた。

「こんな大役を……。わたしでよろしいんですか」

中島の声が興奮を抑えかねて、うわずっている。

「余人をもって代えがたい、とはこのことです」

「喜んでやらせていただきます」

「よろしくお願いします。あすの朝にでも頂戴《ちょうだい》に参上してよろしいですか」

「いや、わたしがお届けします」

「それじゃ申し訳ないですよ」

「そうさせてください。それにしても驚きました」

「一年がかりで、井上さんと横田さんでまとめあげたんです」

八十島は、自分の役割りを明かすべきかどうか迷った。その思いがない、と言えば嘘《うそ》になる。

だが、相手が中島なら、差しさわりはないはずだ——。

八十島はぐっと堪《こら》えた。自分はあくまでも黒子に徹するべきだと思い直したのである。

「中島さん、第一と勧銀の合併をどう思われますか。賛成ですか。それとも反対ですか」

「大賛成です。想像だにしていませんでした。井上さんは立派です。凄《すご》い人ですねえ」

「それを聞いて安心しました」

「三菱との騒ぎから、わずか二年で、こんなことが……。まるで夢のようですよ」

中島は、原稿をゆっくり黙読し直した。

対等の合併、新銀行の名称、本店所在地、払込資本金を五百四十億円とする、役員の構成、両行従業員の引継ぎ、合併準備委員長の任命、合併時期（昭和四十六年十月一日を目途）、の八ヵ条と、新銀行の役員は原則双方同数、店舗の配置転換（一年間二十店程度、三年程度で完了目途）、両行の給与調整は引き上げの方向で調整、両行の融資方針は合併後も尊重——の四付属条項にまとめあげられてある。

三月八日月曜日の夜は、最後の〝三者会談〟になった。例によって場所は〝美佳〟である。いわば打ち上げ会と言ってよい。

上質な和紙に毛筆の楷書《かいしょ》で書かれた〝覚書〟を飽かずに三人で眺めていた。

井上も、横田も、そして八十島の胸中も、感慨無量としか言いようがなかった。

「見事な字ですねえ。八十島さんがお書きになったんですか」

横田が八十島の顔を覗《のぞ》き込んだ。

「とんでもない。僕の字はとてもお見せできるような代物じゃないですよ。さる信頼できる人にお願いしました」

井上が〝覚書〟の一ヵ所を指で示しながら言った。

「ここの表現が、ちょっと練れてませんねえ。自分で書いておきながら恥ずかしいが、せっかくですから書き直したほうが……」

字句の問題に過ぎなかったが、横田も八十島も書き直すことに賛成した。

「しかし、時間がありますかねえ。たしかあしたじゃなかったですか」

横田に言われて、井上も眉をひそめた。

八十島が井上のほうへ視線を移した。

「何時ですか」

「芝の東京プリンスホテルで二時からです」

「それなら間に合いますよ。ホテルへ僕が届けるようにしましょう」

「お手数をかけますが、二通お願いします。一通は大蔵省に出して、一通はわたしのほうで保管しておきます」

横田が八十島に軽く頭を下げた。

「ところで発表はいつになりますか」

八十島に訊かれて、井上と横田が顔を見合せた。

「十八日と二十三日と二案あるが、十八日は大安だから、十八日でよろしいんじゃないですか」

井上が横田の話を引き取った。

「そうすると、日経は十八日の朝刊で書くことになりますねえ」

「日経はどうしてもスクープしないと気が済まないんでしょうか。どこにもスクープされないのが、恨みっこなしでいっとういいですがねえ」

井上は、八十島のほうへ笑顔を向けた。

「そうもいかないでしょう。日経にはずいぶん協力してもらってますからねえ。この期に及んで裏切るわけにもいきませんよ」

「井上さんとわたしの家に、毎晩見張りを出してるくらいだからねえ。十八日の朝、日経に書かれるのは仕方がないとして、ぎりぎりまで明かさんほうがいいかもしれませんよ。十八日とわかっていれば、少しでも前に書きたくなるのが人情でしょう。とりあえず日経には、二十三日ということにしておきますか」

「忙しくなりますね」

「そう。要路には話しておかなければなりませんものね」

八十島も深くうなずき返した。

翌日、三月九日の午後二時十分過ぎに八十島は東京プリンスホテルで井上と会った。六階のスウィートルームを取ってあるが、この日は、大蔵省銀行局長の近藤道生に井上が〝覚書〟を手交する段取りになっていた。

両頭取が二人揃《そろ》って大蔵省に近藤を訪問するのが筋とも考えられるが、人目を憚《はばか》ったのである。

八十島は、ボーイに井上を廊下に呼び出してもらい〝覚書〟を渡した。

「ご足労おかけして申し訳ありません」

「もう一通はこの足で、横田さんに会って渡しておきます」

「よろしくお願いします」

「近藤さんは見えているんですか」

「ええ。佐上さんとお二人で」

「それでは、わたしは退散します」

井上は、八十島が引き取ったあと〝覚書〟に眼を通してから、スウィートルームに戻った。

3

日本経済新聞が三月十一日付朝刊で、第一と勧銀の合併をスクープしたため、両行は急遽《きゅうきょ》十八日の予定を十一日に繰り上げて発表せざるを得なくなったが、井上、横田両頭取が懸念した反対論は全く出なかった。井上が気にしていた長谷川周辺も沈黙を守り通したし、日経にスクープをゆるした各紙も冷静に合併を受けとめ、十二日付で各紙が一斉に掲載した社説で疑問符を投げかける論調は皆無であった。

日経の〝第一・勧銀合併の画期的意義〟の社説は当然だが、各紙とも好意的で、朝日は

〝中位都銀の合併に期待するもの〟、毎日は〝第一、勧銀合併の意味するもの〟、読売は〝金融界の再編成促進を〟、サンケイは〝銀行合併を歓迎する〟と社説に見出しを掲げた。

三月十二日の朝十時過ぎに、日銀考査局長から商工中金理事に転じた明石景明が、丸の内の第一銀行本店に井上を訪ねてきた。

明石は、元第一銀行頭取の明石照男の長男で、母親は澁澤栄一の長女である。

「このたびはおめでとうございます」

明石は、頭取室のドアを背に低頭した。

「ありがとうございます」

「ひとことお祝いを申しあげたくて参上しました」

「ご丁寧にどうも。どうぞ」

「失礼します」

井上にソファをすすめられて、明石が腰をおろした。

「母が大変な喜びようです。十一日付の日経新聞の切り抜きを仏壇に供えて、何度も拝んでいました」

「そうですか。お母さんがそんなに……」

「はい。嬉《うれ》しくて嬉しくてならないようです」

「…………」

「前の三菱のときはひどく不機嫌で、読売新聞を読みながらブツブツ言っていました。ですから合併が白紙還元になってホッとしたんじゃないでしょうか。それだけで終らず勧銀と対等合併して日本一の銀行になるんですから、こんな喜ばしいことはありません」

「いろいろアプローチはあったんですよ。住友の堀田さんからも誘われたし、三和の渡辺《わたなべ》さんにも……。実は、つい最近のことですが、三和銀行頭取の渡辺忠雄《ただお》さんから食事を誘われたんです。渡辺さんが合併話をしたがっていたことはわかっていたのですが、食事を断るわけにもいかないので受けたのですけれど、渡辺さんが風邪をひかれて流れてしまった。僕にはかえって都合がよかったが、渡辺さんは新聞を読んでびっくりしたでしょうねえ」

「相手が三和ですと、東西の店舗上のバランスは悪くありませんが、力関係はどうでしょう。対等という意味では、第一と勧銀以上の組み合せはない、と思います。井上さんはベストの選択をされたと思います」

「八十島さんがいろいろ骨を折ってくれたんですよ。八十島さんを抜きにして、この合併劇は考えられません」

明石は深くうなずいてから、しみじみとした口調で言った。

「泉下の祖父も父も喜んでいると思います」

井上の眼に、澁澤栄一と明石照男の顔が浮かんだ。連想的に澁澤敬三の面影も。敬三さんが存命していたら、なんと言ったろう――。

この日の午後、井上は、大蔵省で原安三郎《はらやすさぶろう》と会った。

原は、日本化薬の社長だが、関税率審議会会長などを歴任した財界の大御所的存在である。

井上も原も公認会計士審査会の委員を委嘱されていた関係で、同審査会で顔を合せたのだ。

原は、三歳のときに罹《かか》った熱病後の遊行性関節炎によって、右腕と左脚が不自由であった。その原が会議の前にわざわざ井上の席に躰《からだ》を運んできたのである。

背後から肩を叩《たた》かれて、書類から眼を上げると、原が立っていたので、井上はあわてて起立した。

「二年前の件では大いに言いたいことがあったが、今度は一言《いちごん》もないですよ」

「恐れ入ります」

「よかったですね」

原は笑顔でそれだけ言うと、もう井上に背中を向けていた。

自席へ戻って行く原を見送る井上の眼が潤んでいる。

井上は、着席した原に目礼を返してから、椅子に腰をおろした。

井上が公認会計士審査会に出席していた同時刻、第一、勧銀両行の従業員組合中央執行委員会委員長が赤坂プリンスホテルの一室で話していた。第一は増井靖正、勧銀は加藤陽一郎である。

丸の内界隈《かいわい》のホテルなら両行に近いので都合がよかったが、個人的に会うのだから、人目を避けようということになったのだ。

増井が加藤に電話をかけて面会を申し入れた関係で、まず礼を言った。

「ご無理をお聞き届けいただきまして、ありがとうございます」

「いえ、わたしもお会いしたいと思っていました」

「こんなに早い機会にお目にかかれるとは思っていませんでした。加藤さんが、どんなふうにお考えになっているか、早く知りたくて。わたしは、きのうの中執でなんとしてもこの合併が壊れないようにしたい、と本音を言いました。組合の委員長として少しく軽い、と思われても仕方がありませんけれど、それが正直な気持ちです。はしゃぐわけにもいきませんが、わくわくしているというか、気持ちが浮き立っています」

加藤が表情を和ませて返した。

「わたしも個人的にはまったく同感です。まだ機関決定をしてませんから、軽々には言えませんが、第一銀行さんとの合併について中執メンバーは時代の大きな流れと受けとめています。そうでなければいくら個人的といってもこの時期に増井さんとお会いしてませんよ。井上、横田両頭取の決断に敬意を表したい気持ちで一杯です」

肚のさぐり合いなどせずに、率直に話してよかった、と増井は思った。

「三菱とのときは、気持ちが滅入って仕方がありませんでした。組合ベースでも三菱側から何度か接触があったのですが、応じなかったんです。当時わたしは市銀連（市中銀行従業員組合連合会）に詰めてましたが、市銀連でさえそうだったんですから、こんなふうに委員長同士が会うなんて思いもよらなかったと思います。相手が三菱なので、いじけていたとも言えますけれど、なんとか白紙還元にならないかとそればかり考えていました。あのときは一週間ほど家に帰れませんでしたが、今度はそんなことはないみたいです。きのうも、ちゃんと帰宅しました」

「三菱と第一の合併が実現していたら、世の中はずいぶん変ってたでしょうねえ。少なくとも〝第一勧業銀行〟は誕生しなかったわけです。もっとも誕生するかどうかは、まだこれからですが」

「絶対に誕生しますよ」

増井が微笑を浮かべながらつづけた。

「ちょっと肩に力が入り過ぎてますかねえ」

「いや、わたしも流産することはないと信じてますよ」

加藤は微笑を返してから、表情をひきしめて言った。

「ところで、組合としてとるべき手続きがありますけれど、機関決定するに際して、両組合はなるべく歩調を合せたほうがベターと思います。その点はいかがでしょう」

「異議なしです」

増井と加藤は、その後も連絡を密接に取り合って、三月二十九日付で機関決定するべく組合をリードしていくことになる。

第一銀行従業員組合は、三月二十九日午前九時から丸の内の本社三階の講堂で代議員総会を開催した。合併問題に関する通過報告、執行部の見解表明、質疑応答と議事が進められた結果、午後五時十分前に採決の運びとなった。

採決の方法をめぐって、無記名投票とするか、挙手にするか意見が分れたとき、増井がとくに発言を求めた。

「本代議員総会は、いま正に歴史的な結論を下そうとしているわけであります。無記名投票では、無責任にならないとも限りません。代議員の一人一人が正々堂々と態度を表明するためにも、挙手によるべきと考えます」

「異議なし」

会場から声が飛び、拍手が湧き起こった。

増井は顔を紅潮させて声を励ました。

「それでは、本行と日本勧業銀行の合併に賛成のかたは挙手をお願いします」

約百五十人の代議員がさっと手を挙げた。

「ありがとうございました。それでは反対のかた、挙手をお願いします」

誰一人として手を挙げる者はいなかった。

増井が知る限り満場一致の機関決定は過去に一度もなかった。なんの問題に限らず、執行部の提案にはすべて反対するヘソ曲りが必ず存在したのに、なんと全代議員が合併に賛成の意向を表明したのである。

増井は胸が熱くなり、言葉を押し出せず、何秒間か壇上に立ち尽くした。

「第一銀行従業員組合代議員総会は、満場一致で、日本勧業銀行との合併に同意を決定しました」

拍手が鳴りやむまで、さらに十数秒を要することになる。

当然のことながら日本勧業銀行従業員組合も全支部オルグ、二回にわたる臨時大会を開催、討議した結果、同日合併に同意を決定した。

同組合機関紙の「波動」は、昭和四十六年三月三十一日付の〝主張〟欄で、〝第一銀行との合併同意にあたり〟と題して次のように書いている。


われわれは、勧銀従組二十有余年の歴史をふみしめつつ合併問題を歴史の流れの中で受けとめ、働く者の立場にたって労働条件との接点から十分組織討議を行ない、主体的に対処した。われわれは合併方針の発表当日、臨時経営協議会において、全組合員の身分と労働条件の維持向上の保障について確認するとともに、以後、合併対策委員会、オルグ、二度の全国一斉支部総会と臨時大会等で組合員の意向を結集し、徹底的な討議を行なった。

今日までわれわれの身分保障と労働条件の維持向上は、労働協約にもとづき組合が力強く諸活動を推進することによりはかられてきたが、この労働協約は合併後も新銀行に継承される。しかし、合併という重大な事態の発生に際し、われわれは労働協約の解釈および運用をより明確にするために身分と労働条件の維持向上等に関する覚書を締結し、さらにそのうえで組合活動を力強く推進していく時、身分保障と労働条件の維持向上について基本的に不安はないとの判断に達した。

また、組織と労働条件に共通性の多い第一従組との連携を強め組織の一体化をはかっていくならば、合併後労働条件をさらに積極的に向上せしめうると判断し、組合は合併に関する覚書締結を前提に合併合意の結論を下した。

十二日の夜、日本経済新聞東京本社編集局経済部長の鶴田卓彦は、次長（デスク）に昇格して間もない池内正人を食事に誘った。

二人は、八時過ぎに国鉄高円寺駅に近い中華料理店の隅のテーブルに向かい合った。

「ここならお互い自宅に近いから、いくら飲んでも大丈夫だよ。おまけに安上がりときているしな」

鶴田が照れ臭そうに言った。歴史的な大スクープをやってのけた池内をねぎらうには、ちょっとどうかな、と思わぬでもないが、経済部長とは言っても、交際費などは認められていないので、身銭を切るのだから勘弁してもらうしかない。

「こんなところで悪いな」

「いいところじゃないですか」

「うん。俺は家族連れで二、三度来ているが、料理は結構いけるよ」

二人は、コップを触れ合せ、ビールを一気に喉へ流し込んだ。

鶴田が池内のコップにビールを注ぎながら言った。

「永い間、苦労した甲斐《かい》があったなあ」

「ええ。考えてみたら、二年がかりですものねえ」

「社長賞はもちろんだが、新聞協会賞もいけるんじゃないかな。とにかく歴史に残る大スクープであることは間違いないよ」

池内は鶴田の手からビール瓶を取って、酌をして返した。

「二年前の読売のスクープは衝撃的でしたけど、合併が壊れちゃったから、新聞協会賞の対象にはなりませんでしたね」

「あのときはショックだったよ。俺は経済部の解説部長だったから、比較的ショックは少なかったほうだが、元旦の読売を見たときは息が止まりそうになった」

「なんか皆んなシュンとしちゃって、呆然《ぼうぜん》自失っていうのか、気を取り直すまで時間がかかりましたものねえ。あのとき、一発抜き返して、ムードを変えなければって思ったなあ。まさか二年もかかるとは思いませんでしたけど。井上さんと横田さんの合併交渉が進展したこの数ヵ月の間、ずっと興奮しっ放しですよ。お陰で酒が強くなりました」

「俺もきみから合併話を聞いてから、ずっとそんな感じだ」

ビールの大瓶を二本あけてから、紹興酒になった。

二人ともグラスをあけるピッチは速いが話に夢中で、料理がおろそかになりがちだった。テーブル一杯に、えびのチリソースやら、鱶《ふか》ひれスープやらが並んでいる。

「おとといの夜、僕と杉田とで井上さん、横田さん、澄田さんと電話でやり合ったときはどうなることかと思ったけど、十一日付の朝刊で見切り発車して、よかったですよ。〝約束が違う。鶴田さんを出してくれ〟って、井上さんからも食い下がられたけど、部長が電話に出たら押し切られていたかも知れませんね」

「そうだな。居留守を使ってよかったよ。結果はすべて良好ってとこか」

「部長が、整理部長に話したのはいつでしたっけ」

「月曜日、八日の夕方だったな」

「でしょう。僕は、印刷部門から洩れやしないかと気が気じゃなかったですよ」

鶴田が眼を眇《すが》めた。

「その点は心配なかったんだ。関口整理部長に、厳重に念を押しておいたからな。活字を拾わせるのに細かく分散して、なんの記事だかわからないようにしたらしいよ」

「なるほど。そこまで気を配ったんですか」

「整理部のプレッシャーも大変だったろうねえ」

鶴田は思い出したように大皿のえびをスプーンで取り皿に掬《すく》い取った。誘われて、池内も箸を持った。

「あのあと、井上さんと横田さんに会ったのか」

「ええ。きょうの昼前に会いました。二人ともご機嫌でしたよ」

「それはよかった。新井さんから、日経が主催して打ち上げ会をやるように、って言われたよ」

「へーえ。編集局長、そんなこと言ってましたか。しかし、それも悪くないですね。ずいぶん心胆を寒からしめましたから」

「きみ、さっそくアレンジしてくれ」

鶴田、池内、杉田たちが、井上、横田両頭取を囲んで〝合併スクープ打ち上げ会〟を赤坂の〝ふくでん〟で開いたのは、ひと月後の四月十三日のことだ。

第八章　ＣＩ戦略

1

昭和四十六年三月十一日に対等合併を発表した第一、勧銀両行の首脳部は、二日後の十三日には〝合併準備委員会〟を発足させる素早い対応をみせた。

村本周三、西川正次郎の両行副頭取が推進力になったことは言うまでもない。

十一日と十二日の二日間、二人は精力的に動いた。

井上薫、横田郁両頭取が華やかなスポットライトを浴びて十一日の夕方から深夜にかけて新聞社、放送局の対談、座談会に追われている間、西川と村本は、浅川正治（第一）、江口練太郎（勧銀）両専務らを含めて、合併準備委員会の方向づけに懸命な取り組みをみせた。

たのである。

十二日の朝、村本は内幸町の勧銀本店に西川を訪問した。大学で一年先輩の西川を立て

村本と西川はきのうの記者会見にも臨んだし、その前からひんぱんに電話で連絡を取り合っていたが、二人だけで顔を合せてゆっくり話すのは初めてだった。

副頭取室でソファをすすめながら西川が言った。

「お互い忙しくなりそうだな。通常の二倍働くつもりでおらんといけないんじゃないか」

「ええ。わずか六ヵ月で合併しちゃおうっていうんだから、相当なことですよ。われわれより部課長連中が大変でしょう」

「そりゃあそうだ。実務レベルは、それこそ寝食を忘れてもらわなければならんようなことになるだろう。いくら行風が似てると言ったって、歴史も文化も違う銀行が一緒になろうっていうんだからねえ」

「とくに難しい問題は、先送りというか、合併してからでも歩きながら考えればいいんじゃないですか。合併準備委員会の段階で、なにもかも決めておこうなんて不可能だと思います。たとえばコンピューターの問題もそうですが、合併前にすべてをクリアしておくなんて考えられないでしょう」

「そうねえ。なるべく整理しておくに越したことはないが……」

西川は考える顔で湯呑《ゆの》みに手を伸ばした。

「井上さんと話を始めたと聞いたとき、まとまればけっこうなことだとは思ったけど、正直なところフィフティ・フィフティかなと思っていた。井上さんは学者肌っていう感じでしょう。横田さんは、どっちかって言えばおおらかな感じがある」

「おおらかねえ」

「おおらかともちょっと違うが、かれの課長時代に僕は次席で仕えたことがあるが、机の上にいろんな書類を山のように溜《た》めちゃうんだよ。ところが、ツボの押えかたは抜群でねえ。肝腎なことはすべて頭の中に入ってて指示の出しかたは実に的確なんだ。部下に対する気配りも見事なものだった。基本的にあったかい人なんだねえ」

「僕の印象も、バンカーにしては珍しく豪放磊落《らいらく》な人という感じがしてました」

「そう思うだろう」

西川が湯呑みをセンターテーブルに戻して微笑を浮かべた。

「ところが見かけによらずセンシティブなところがあってねえ。井上さんと八十島さんの三者会談が続いているときに、夜眠れなくなって、睡眠薬を服《の》んだことがしばしばあったってご本人から後で聞いて、わかるような気がした。本店問題なんか井上さんが意外に頑固で……」

西川は冗談めかしてつづけた。

「ずいぶん揉《も》めたらしいからねえ。睡眠薬でも服まなければ眠れなかったんだろう。睡眠薬を服みながら、〝井上のバカヤロー〟ぐらい思ったに違いない」

西川が錠剤を服む真似《まね》をしたので、村本は思わず噴き出してしまった。

「それは井上さんも同じでしょう。〝横田のわからず屋〟って思った場面は一度や二度ではなかったんじゃないですか。どっちにしてもお二人ともねばりにねばって基本的な方向づけをしてくれたんですから、あとは、われわれが頑張らなくちゃあしようがないでしょう」

「きみと僕なら、大学時代からのつきあいでなんでも言いあえる仲だが、八十島さんという恰好《かっこう》な行司役がいたとしても、井上さんと横田さんはとくに親しい仲でもなかったのにねえ。性格も違うし……。井上さんは沈着にして冷静で、慎重居士というか……」

西川は、井上がつい最近まで副頭取の村本にさえ合併問題を伏せていたことに思いを致したが、口には出さなかった。なんだか村本が気の毒に思えたのだ。

「性格が違うから、逆によかったのかもしれないねえ」

「慎重居士というのはちょっと違うんじゃないかなあ。そうじゃなければ、三菱との問題で、あんなに燃えないでしょう。井上さんの闘争心は相当なものですよ。大蔵、日銀を向こうに回してあれだけ頑張ったんですから」

「それにしても、一度会長にリタイアした人がよく頭取にカムバックしたねえ」

「井上さんは、バツが悪かったと思います。いろんなところで、記者会見とか、役員会でもカムバックはあり得ないと言ってましたから」

「当然反対論もあったろう」

「ええ。それはまあ」

「失礼ながら僕らの常識では考えられんもの」

村本は思い出したように湯呑みを口へ運んだ。

数秒間、会話が途切れた。

「井上さんは、本気で岡田貢助さんを担ぎ出そうとしたんですよ。でも説得できなかった」

村本はこわばった表情でつづけた。

「頭取にカムバックするのは断腸の思いだったでしょう。しかし、井上さん以外にいないこともたしかだった。あなただから話しますけど、僕がウルトラCを使ったんです」

「なに、ウルトラCって」

「長谷川さんに〝井上さんが頭取に復帰しなければ世間も行内もおさまらない〟って僕が

進言して、役員懇談会で長谷川さんから発議してもらったんです」

西川が、まさか、と言いたげに首をかしげた。

事実関係はこうだ。

井上が、第一銀行から川崎製鉄に転じ同社の副社長になっていた岡田貢助に白羽の矢を立て懸命に説得し、根回しを始めたが、川鉄社長の藤本一郎の強い反対にあい、昭和四十四年三月十一日に〝岡田頭取〟を断念せざるを得なくなった。

三菱との合併話を壊した〝井上頭取〟を待望する声はOBを中心に強かったが、現役の役員、部支店長クラスから、一度リタイアした人がいまさらという反対論が出ないほうがおかしい。また、旧長谷川執行部が納得するわけがなかった。

井上以外に第一を取り仕切れる人はいないと思っていた当時筆頭取締役の村本は、長谷川に会った。

「岡田担ぎ出しは失敗に終ったようです」

「水津君がいちばん自然だが、健康がねえ」

「やっぱり井上さんしかいないんじゃないでしょうか。井上さんじゃなければ世間もおさまらないし、井上さん以外に行内を取り仕切れる人もいないと思います」

「うん」

長谷川は不承不承うなずいたという感じではなかった。

村本は、ここを先途と踏み込んだ。

「水津さんが、くどいほどしこりを残さないようにしてくれと言ってました。だとしたら、ここは長谷川さんに発議していただくのがよろしいと思います。長谷川さんから、井上さんが頭取になるべきだと発議してくだされば、誰も文句は言えません」

「わかった。やろう」

長谷川の信じられぬほどの恬淡《てぃたん》ぶりに村本は驚いた。驚愕《きょうがく》というより興奮し、感動したというべきかもしれない。

三月二十九日に開催された第一銀行の取締役懇談会で、長谷川が「井上会長が頭取に復帰されるのがよろしかろうと思います」と発議し、全員一致でこれを了承したのだが、思いがけない長谷川の態度に役員会議室は静まりかえった。反対する者がいようはずはない。

三菱銀行との合併問題をめぐってあれだけ激しく井上と対立した長谷川が、井上にいさぎよく兜《かぶと》を脱いだのである。井上復帰反対の声を封じ込めるに、これ以上のものはなかった。村本が「ウルトラＣ」と言うわけだった。

「ショートリリーフでイニングは少ないかもしれないが、全力を尽くします」という井上の挨拶があって、やっとわれに返った者もいた。初めて拍手が湧き起こった。

井上と長谷川は、目礼を交わしただけだったが、これで両者のわだかまりは氷解した、と受けとめた役員は一人や二人ではなかったろう。

じっと耳を傾けていた西川が「うーん」と唸《うな》り声を発したあとで、組んでいた腕と脚をほどいて、村本を凝視した。

「ひとつだけ訊《き》いていいかなあ」

「なんですか」

「それにしては、井上さんは、長谷川さんに第一と勧銀の合併話が洩《も》れることをひどく警戒してたみたいだが、どうしてだろう。忌憚《きたん》なく言わせてもらえば、副頭取のきみへの対しかたにしても、ずいぶん水臭いんじゃないかなあ」

「そのあと、いろいろあったんです。長谷川さん自身が仕掛けたわけじゃないんですが、ひどいことがありましてねえ。井上さんが、長谷川周辺に怒り心頭に発するのも仕方がないんです。合併問題でも慎重になって当然です。いくら西川さんでも、その先は勘弁してください」

村本は、長谷川周辺から井上個人を攻撃、中傷する脅迫まがいの文書、電報、電話などが井上邸に寄せられたことまでは、さすがに話す気になれなかった。

「うん。井上さんが頭取に復帰してなかったらどうなっていたのかねえ。仮定の話をしてもしようがないけど、長谷川さんと横田さんじゃあ、とても無理だったろう。長谷川さんは、昔の農工銀行なんて目じゃないと思ってたらしいし、井上さんが担ごうとした岡田さんでもそういうことになったかどうか。井上、横田、まあ八十島さんもそうだが、役者がそろってたんだねえ。歴史の綾《あや》というか、人の出会いの不思議さを改めて感じさせられたよ」

「ほんとうにそうですね。しかし、まさか長谷川さんは勧銀を目じゃないなんて考えてなかったと思います。それだけ田実さんの引力が強かったんですよ。長谷川さんなりのロマンがあったんでしょうか……」

村本は、長谷川を庇《かば》った。

西川が冷めた煎茶《せんちゃ》をすすったとき、ノックの音がきこえ秘書嬢がコーヒーを淹《い》れて運んできた。

「合併準備委員会の話に戻るが、横田頭取はきょうは無理でもあしたには発表できないか、と言ってたが、なんとかしなければいかんな」

「ええ。きょう中に大車輪でやりましょう。両行に委員会を置くとして委員長はどうします」

「副頭取のわれわれがやらざるを得ないだろう」

「そうですね。副委員長はおたくは江口専務で、ウチは浅川専務」

「うん。委員は常務連がなるとして、双方五人ずつになるね」

「委員長、副委員長、委員五人とすると、それぞれ七人で構成することになりますね」

「事務局はどうする」

「頭取とも相談したんですがウチは綾部に事務局長をやらせようと思ってます」

「ウチは阿部に決まりだ。頭取のご指名だが、僕も江口も同じ腹案だった。ついでに言うと、事務局の副は企画部長の牧野がいいと思ってる」

「ウチは藤森にやらせます」

合併準備委員会については、両行とも昨夜のうちにかなりの程度まで詰めていたので話は早かった。

両副頭取間で、確認された合併準備委員会の委員は、第一側は樋口善典、伊藤彰、安念正男、高田雄治、上杉一郎。勧銀側は堀正典、長松宗太、松本忠夫、喜谷禮二郎、萱谷秀夫。いずれも代表権をもった常務取締役である。

合併準備委員会事務局のメンバーは、第一は事務局長綾部立一（総合企画部長）、副局長藤森鐵雄（業務企画部長）、参事西川寿英、副参事今村洋太郎。勧銀は事務局長阿部喜夫（取締役業務部長）、副局長牧野東彦（企画部長）、参事役伊藤宏、事務局長代理坂本康の各四名。

事務局は、合併推進に関する基本方針の立案、両行間の連絡調整のとりまとめ、スケジュールの管理、申請書・契約書等の作成、対外折衝などの調整機能を担うことになるので、その仕事量は膨大なものにならざるを得ない。

当然ながらわずか四人でこれらのすべてに対処できるわけがないから、第一では総合企画部と業務企画部、勧銀では企画部と業務部の次長、課長、係長がバックアップすることになるのは言うまでもあるまい。

帰りしなに、さりげない口調で村本が言った。

「西川さんとなら、エモーショナルにならないでカッコつけずに話せるから気が楽ですよ。ときには利害の対立もあるだろうし、テクニックもあるかもしれないけれど、僕は、あなたには絶対嘘は言うまいと思ってます」

「まったく同感だ。僕もきみには嘘はつかん。言いたいことはストレートに話すよ」

村本はソファから腰をあげた。

ドアの前での立ち話になった。

「きみは、帝銀でも大変な経験をしてるんだから、いろいろ教えてくれよな。僕のほうはなんの経験もノウハウもないんだから」

「帝銀で思い出したが、昭和二十三年の分割のとき、僕は組合の委員長で、三井出身の野田利根夫君が副委員長だった。そのとき、どんな経験をたどろうが、どんな結果になろうとも二人の友情、信頼関係が損われるようなことだけはしないようにしようって、誓い合ったことがあるんです」

「いい話だな」

西川は、村本に微笑を返した。

2

十二日の夕刻、今度は西川、江口、阿部の三人が、丸の内の第一銀行にやってきた。阿部、綾部、藤森、牧野たちがひんぱんに連絡を取り合って、〝四人委員会〟を設置する方向で合意したことを踏まえての表敬訪問である。

四人委員会は、合併準備委員会の委員長、副委員長で構成されるが、合併推進上の最高方針に関する諮問、調整機関となる。

井上頭取も横田頭取も四人委員会の設置についてもちろん異論はなく、合併準備委員会、同事務局を含めて、両行とも十三日午前の常務会で正式決定した。

ついでながら両行本店の部門ごとに設置される下部構成の小委員会の名称と委員長、副委員長名は次のとおりであった。

第一銀行側

▽総合企画＝委員長村本周三副頭取、副委員長綾部立一総合企画部長
▽外国＝村本、篠木達夫取締役外国部長
▽人事＝浅川正治専務、日高邦雄取締役人事部長
▽事務＝樋口善典常務、下川瀁一事務部長
▽総務＝樋口、山崎政吉取締役総務部長
▽管財＝樋口、大槻公雄管財部長
▽審査＝伊藤彰常務、森隆太郎取締役審査部長
▽調査＝伊藤、上田連一郎調査部長
▽検査＝伊藤、久保正夫検査部長
▽業務渉外＝安念正男常務、岡村敬之業務渉外部長
▽経理＝安念、星野高麗雄取締役経理部長
▽業務推進＝上杉一郎常務、柿本香取締役業務第一部長、石黒義行業務第二部長、田中徳造業務第三部長

▽業務企画＝上杉、藤森鐵雄業務企画部長
▽経営くらし相談＝上杉、中山栄司経営くらしセンター所長

日本勧業銀行側

▽人事＝西川正次郎副頭取、辰野明取締役人事部長
▽検査＝西川、内山郁文検査部長
▽企画＝江口練太郎専務
▽調査＝江口、中村孝士取締役調査部長
▽経理＝江口、斎藤邦輔経理部長
▽業務＝堀正典常務、阿部喜夫取締役業務部長
▽業務第二＝堀、柳田元茂業務第二部長
▽外国＝長松宗太常務、篠崎繁取締役外国部長
▽業務推進＝松本忠夫常務、関根巖重取締役業務推進第一部長、小島信吾業務推進第二部長、小林粲業務推進第三部長、中谷誠業務推進第四部長
▽総務＝喜谷禮二郎常務、横山哲也総務部長
▽事務＝喜谷、鈴木善則事務部長

▽宝くじ＝喜谷、山田光雄宝くじ部長
▽融資企画＝菅谷秀夫常務、深谷光茂取締役融資企画部長
▽証券＝菅谷、竹田哲郎証券部長

　業務推進小委員会は、全国の各支店を所管する関係で、副委員長が第一は三人、勧銀は四人となった。

　十三日は土曜日だったが両行合併準備委員会事務局の八人は、昼前に揃《そろ》って日銀の金融記者クラブに挨拶を兼ねて顔を出し、四人委員会および合併準備委員会事務局を同日付で発足させた旨発表した。

　この日の夕刻、八人は参宮橋にある第一銀行の行員寮に集まった。第一回事務局合同会議でもあるが、酒が入っているせいもあって、明るい雰囲気の中で話が弾んだ。

　乾杯のあとで阿部が向かい側の綾部と藤森に眼を遣《や》りながら言った。

「きのう、頭取に牧野君と二人で呼ばれて、〝十月一日で大丈夫だろうな〟って念を押されたので、ご心配なく、と大見得を切っちゃったんですが、きついことはきついですねえ」

　牧野が隣の阿部のほうへ首をねじった。

「ひとつのヤマは五月下旬の定時株主総会ですが、これを越えればなんとでもなると思います。頑張るしかありませんよ」

「火事場のバカ力みたいなエネルギーを出さなければしようがないな。十月一日の合併となると相当大変だろう」

阿部は、牧野に返してから、両端の伊藤と坂本に眼を流した。

「僕も牧野も法律に弱いほうだが、伊藤と坂本は強いですからね。公取委との折衝とか手続きの問題でなにかと頼りになると思います」

第一側が幹事役だから、上座に勧銀の四人が坐《すわ》っている。

牧野が誰にともなく言った。

「三月十八日に発表するらしいってわたしの耳に伝わってきたのは十日ですが、十一日の日経のスクープで、十一日に発表になりましたでしょう。こんなことを言うと井上頭取と横田頭取に叱られそうですが、一週間早まったことは、事務局としてはありがたいですよね。一週間の差は大きいですよ」

「そうねえ。怪我《けが》の功名ってところかな」

阿部が皆んなを笑わせた。

綾部がやわらかいまなざしを阿部に向けた。

「さっき村本副頭取から難しい問題は先送りしてもかまわんから、拙速主義はとるなと言われました。一緒になってみなければわからんことはたくさんあるでしょうが、十月一日のゴールを考えると拙速主義はとるなと言われてもねえ」

藤森がビールを飲み乾して、上気した顔で言った。

「両行の合併はいいことずくめで、デメリットがまったくないとは言いませんが、他行に羨《うらや》ましがられるような合併なんですから、いまの阿部さんの話じゃないですけど、皆んなエネルギーを出してくれるんじゃないですか」

牧野が伊藤に訊いた。

「新日鉄の例は多少は参考になるんだろう」

「ええ。いろいろ勉強させてもらおうと思ってます」

八幡製鉄と富士製鉄の対等合併による新日本製鉄の発足は、前年昭和四十五年五月三十一日である。

伊藤が話をつづけた。

「〝第一勧銀〟の場合、新日鉄のような独禁法上の問題はありませんから、参考になるとすれば、人事面の問題でしょう」

「あそこは、永野会長の力が強過ぎるようだが、〝第一勧銀〟は、井上会長、横田頭取ということになっているけれど、実質的には二人頭取制というか、二頭政治にならざるを得ないんでしょうねえ」

「ええ」

綾部が阿部に返した。

藤森が向かい側の牧野のほうを見た。

「定款で会長と頭取の権限なり分担をどう規定するのか難しいですねえ」

「はい。悩むところでしょうね」

牧野と伊藤は、後日〝会長は取締役会を総理し、頭取は統理する〟などという苦肉の策をひねり出したが、結局定款には明文化されず、株主総会の議長には取締役会長が当たることだけが定款に明記された。

前後するが、新定款が内定したのは、両行がそれぞれ開催した四月二十八日の取締役会においてである。

酒量が多くなるに従って、若い西川、今村、坂本たちもどんどん発言するようになった。

「合併を待たずに明日からでも、両行が共同でできることはどんどんやりましょうよ」

「融資先の移管調整とか為替送金ルートなどの調整はすぐにもできますね」

「六月のボーナスキャンペーンは共同広告で共同のキャッチフレーズでやりませんか」

すよ」

「とにかく従来の自行のやりかたに固執せず、逆に相手のいい面を認めあうことが大切で

「そう。互譲の精神がなによりも望まれますね」

西川、今村、坂本に伊藤が加わって渋谷のバーへ二次会に繰り出したが、タクシーの中での伊藤の話は、西川と今村にとって印象深かった。

「三月十一日は生涯忘れられない日になるんでしょうが、横田頭取は凄《すご》い人だと思いました。前夜一睡もしてないはずなのに記者会見から帰ってきて昼食もそこそこに行内で都合五回説明会に臨んだんです。いずれも各一時間ずつですが、一回目が参与、本店部長、二回目は本店次課長、参事役、三回目は組合との経営協議会、四回目はＯＢ、五回目は本店全行員と幹事支店長への訓示というかたちでしたが、司会、説明役をひとりでされて、けっこう長い質疑応答でも懇切丁寧に答えてました。名前を出すのは憚《はばか》りますが、銀行名について〝第一勧業銀行しか考えられなかったのか。ほかに適切な銀行名があるように思えるが〟と発言した人がいたんです。それに対して、頭取はにやっと笑って、〝一年近く考えた結果、第一勧業銀行に決めたんだがねえ〟と言ったあとで、質問者の名前、たとえばそれがわたしだとすれば、〝それとも伊藤銀行とでもするか〟って言われたんです。場内はしーんとなりました」

「しかし、質問するほうも立派じゃないですか。〝伊藤銀行とでもするか〟と答えた頭取はもっと凄いし、役者が違うって感じはしますけど」

「横田頭取の気魄《きはく》はほんとうに凄かったですよ」

坂本が西川に返した。

昭和四十六年三月十四日付の朝日新聞は、〝第一・勧銀　課題調整に合併準備委〟の見出しで、次のように報じている。


十月からの合併を決めた第一銀行と日本勧業銀行は十三日、その準備を進めるための委員会を発足させた。

そのあらましは①準備段階での両行間の最高調整機関として、第一の村本周三副頭取、浅川正治専務、勧銀の西川正次郎副頭取、江口練太郎専務から成る「四人委員会」を置く②その下に、両行がそれぞれ「合併準備委員会」を設け、四人委のメンバーの副頭取が委員長、専務が副委員長、各行の常務が委員となる③準備委の下部機関として小委員会をつくる、など。小委員会は、たとえば人事部で人事小委員会をつくるというように、両行部単位で設ける。

この組織の中で、店舗、人事、審査、経理、事務など銀行業務のすべてにわたる合併への体制づくりを進める方針だ。

両行では差当り合併上の最大の問題である店舗の配置転換、人事政策、事務統一（とくにコンピューター関係）、融資先調整などに重点を置いて作業を進めることにしている。

同一地域に重なる店舗の配置転換については、合併の効果を早くあげるため、なるべく急ぐ方針で、四十六年度中に三十店近く、合計三年間に六、七十店を再配置する予定。コンピューター関係では現在、第一が富士通ファコムを中心にＩＢＭを併用、勧銀がＩＢＭを主力に日立ハイタックを使っているが、巨額の投資をしたものだけに、当分は事務センターをはじめ並行して使ってゆく方針。

週明け後、伊藤は牧野と相談して直ちに行動を起こした。八幡・富士合併時に人事を担当した新日本製鉄の秘書役に面会を求め、質問攻めにし、苦労話などの体験談を聞き出すことに努めたのである。もちろん、当該秘書役とは面識があったからこそ、厭な顔もせずに応対してもらえたのだが、お陰でずいぶん参考になった。

伊藤の報告を聞いた牧野が思案顔で言った。

「〝市松模様人事〟でいくのがいいんじゃないか。少し機械的過ぎるかもしれないが、両行が融和し、一体化していくためにも、部単位で、公平、対等に市松模様でポストのバランスを図る必要があると思うんだ」

両行の事務局間では、〝市松模様人事〟なる言葉が一時さかんに使われることになる。

3

合併前の本店行員数は、第一は二千百人、勧銀は二千三百人だが、合併に向けて四千四百人は準備に忙殺された。

〝日本一の銀行が誕生する〟〝トップバンクになる〟ことのインセンティブが、わずか半年の合併準備期間で〝大合併〟の大事業を成し遂げさせたと言える。

もっとも、ホットとクールというほどの差ではないにしても、比較的勧銀のほうが冷静であった。

それは、第一の場合、三菱銀行との合併失敗の経験がそうさせたとも言える。

勧銀側は上下関係の序列が整然としていたのに対し、第一側は課長レベルやそれ以下のレベルでも上司を前に堂々と意見を押し出してくる。

行風の相違というよりも、若い行員にものを言わせる風潮が、三菱問題を契機に助長されたのだろうか。

あるいは、第一側に危機感、緊張感がより強くあったというべきかもしれない。

しかし、勧銀側の冷静さが合併準備段階でも相互補完作用を伴って、より相乗効果をもたらしたことも確かである。

ともかく両行とも本部（本店）の全員が女子行員に至るまであらゆるレベルで準備にかかわり、通常の仕事を含めて相当なハードワークに耐えられたのは、中位行から一挙にトップバンクになれるというゴールが見えていたためであろう。

三月二十五日の午後、井上、横田両頭取は、丸の内の銀行倶楽部《クラブ》で合併契約書に調印した。

契約書は、対等合併、商号、新銀行の株式、両行及び新銀行の株式、資本金、昭和四十六年十月一日の合併期日、存続会社の資産、負債、権利義務等の継承、合併までの双方の所管義務と重大事項の合意、合併交付金（配当）の支払い、従業員の継承、役員数、本店所在地、両行の昭和四十六年五月二十八日の定時株主総会における承認・決議、双方の財産、経営状態に重大な変更ありたる時の措置、被合併会社解散費用の負担、契約失効の場合、契約外についての協議――など十九条で構成されていた。

三月十一日の合併発表時に両頭取間で取り交わされた〝合併覚書〟は八条、四付属条項から成るが、これが契約書の基礎になっていることはいうまでもない。

委員会事務局が真っ先に手がけたことは、丸の内と内幸町の本店間を往復する午前と午後の一日二便の定期連絡バスの運行、本店間の専用電話の架設など連絡体制の整備であった。連絡バスは四月以降午前四便、午後六便の十往復に増発された。

また、各八ヵ所の保養所の相互開放、行内紙による相手銀行の紹介など両行行員間の友好、協調ムードの醸成に努力が払われた。


四十六年度店舗配転について大蔵省から内示が得られたのは、三月二十七日で、純増新設各一店、計二店、配転各十一店、計二十二店が内定した。

同月三十一日付で、両行は合併内認可申請書を大蔵省に提出したが、翌四月一日の新入行員入行式で、両行頭取のメッセージが交換された。これは両行の合併準備委員会事務局が提案し、四人委員会の承認を得て、井上、横田両頭取に伝えられた。

村本から話を聞いたとき、井上は「大変けっこうですね」と答え、西川に承認を求められた横田は「いいことに気がついたな」と言った。

事務局が下書きし、両頭取が眼を通して手を入れたメッセージの内容は次のとおりであった。

栄あるご入行おめでとうございます。

若々しいヴァイタリティ溢《あふ》れる皆様がたを迎えられて、横田頭取をはじめ日本勧業銀行の方々のお慶《よろこ》びもひとしおと存じ、第一銀行を代表して心からお祝い申しあげます。

ご承知のとおり本年は新らしい第一勧業銀行が誕生するまことに記念すべき年でありま す。激動の時代をリードするワールドバンクの創設という大事業に、今日唯今から共に力を合わせ邁進《まいしん》いたしましょう。

一九七一年四月一日

株式会社第一銀行頭取　井上　薫

皆さん、ご入行おめでとうございます。

希望に燃え、若さあふれる皆さんがたをお迎えし、頭取はじめ第一銀行のかたがたのお喜びもひとしおと存じ、ここに日本勧業銀行を代表して、心からお祝い申しあげます。

新しい第一勧業銀行の誕生を目前に控えた今日、第一銀行にあらたに仲間入りされることとなった皆さんがたは、とりもなおさず日本勧業銀行の仲間でもあります。

激動の時代の先駆者となるトップバンク創設のために、今日ただいまからお互いに力をあわせ、邁進しようではありませんか。

昭和四十六年四月一日

日本勧業銀行頭取　横田　郁

四月下旬の暖い日の午前十時過ぎ、内幸町に向かう定期バスはこの日も超満員だった。第一銀行業務企画部の次長兼広報室長の本田圓郎と、室員の横田芳夫がバスの中にいた。本田は座席を確保できたが、横田は本田の前に立っている。

「それにしてもよく集まったねえ。行員の熱気みたいなものを感じるなあ」

「いかに勧銀との合併に期待しているかよくわかりますね」

横田が上気した顔で返した。

合併新銀行の行章とシンボルマークを決めるに際して、三月二十六日から両行の行員を対象にデザイン・アイディアを募集、四月十九日に締切ったところ、第一銀行ではなんと千五百七十二点という膨大な応募作が寄せられたのである。

もちろん募集と並行して、専門家グループにもラフコンテの提案を求めた。行章、シンボルマーク、バンクカラー、などは第一では業務企画小委員会、勧銀では業務小委員会の担当で、責任者は、第一側は藤森鐵雄業務企画部長（小委員会副委員長）、勧銀側は阿部喜夫取締役企画部長（同）である。阿部は、合併準備委員会の事務局長であり、藤森は副局長だから、いわば両人は推進力であり、牽引車《けんいんしゃ》であった。

当時、ＣＩ（コーポレート・アイデンティティ）なる言葉は存在しなかったが、これから決めるシンボルマークは本格的なものではＣＩの国産第一号ともなるものだけに、関係者が張り切るのも当然だった。

「勧銀のほうはどのくらい応募があったんですか」

「さっき酒井課長と電話で話したんだが、七百十九点ということだった」

「全部で二千二百九十一点ですか。応募作の中からシンボルマークが決まるといいですねえ。けっこういいのがありますよ」

横田は、小脇に挟んだ大型の茶封筒に眼をやりながら、つづけた。

「結局、星と薔薇《ばら》の組み合せに落ち着くんでしょうか」

茶封筒の中には業務企画部段階の第一次予選を通過した百点余の応募作が入っている。

ダブルスターは第一銀行、ローズは勧銀のシンボルマークだが、これを生かそうと試みた応募作が多かった。

「勧銀の分を見てみないとなんとも言えないが、藤森部長はダブルスターとローズにこだわらず新銀行に相応《ふさわ》しい斬新なものにしたいと言っていた」

バスが勧銀本店前に着いた。

勧銀広報課長の酒井利之と課員の蔭山功一が本田と横田を迎えた。

第一の約百点と勧銀の約百点を選び出すまでに、広報室（本田、石垣清、横田、池沢章、伊藤節子、福井民子）と広報課（酒井、三浦貢、蔭山、香西仁、柴本良美、長江美世子）は何日残業したかわからない。日常業務に追われている中で、日本一の新銀行への思いを込めてシンボルマークを考案し、版下（原画）を画き上げるために二千三百人もの行員たちがどれほどのエネルギーを費したかを考えると、あだやおろそかな扱いは出来ない。

勧銀側の第一次予選をパスした約百点の中にも、案の定というべきか星と薔薇を組み合せたものが圧倒的に多かった。

約二百点の中から、さらに二次予選の行内審査を行ない約百点にしぼった上で、商業美術関係のデザイナーなど専門家を含めて最終審査を行ない、五十八点（第一・三十六点、勧銀・二十二点）をとりあえず佳作として選び出した。

しかし、その中に阿部と藤森をうならせるものはなかった。

四月下旬の某日、阿部と藤森が丸の内ホテルで昼食を共にしている時にも、シンボルマークのことが話題の中心になった。

「事務部長にせっつかれて往生してますよ。五月中に決められなかったら、十月一日に間に合わんと言うんです。来年の手帳やカレンダーは夏場に手配しなければならんし、預金通帳にしてもあらゆる証書類にシンボルマークを使用しなければならないから、彼らが焦るのももっともなんですが……」

「それはお互いさまです。ウチの事務部長もやきもきしてますよ」

阿部が、考える顔で腕を組んだ。

第一は下川濩一、勧銀は鈴木善則が事務部長である。

藤森がフォークの手を止めて言った。

「トランプで残ってるのはなんですかねえ」

「ダイヤは三菱だし、クローバーは三和だから、残るはハートとスペードでしょう。スペードは不吉な印象があるから、だとしたらハートしかないんじゃないかな」

「なるほどハートねえ。いけそうですね。さっそく専門家に画かせてみましょうよ」

藤森が弾んだ声で返した。

本店本館四階の自席に戻るなり、藤森は本田を呼んだ。

「佳作の中に〝ハート〟はあったか」

「ありません。しかし応募作の中に二点ありましたが、残念ながら絵になってませんでした」

「業者のほうはどう」

　本田は画筆をふるうほうだから、藤森もそのセンスを買っていた。

「〝レマン〟という業者からラフコンテらしきものは出てます。石垣さんが接触している業者で、なんでも電通で仕事をしていたグループらしいですよ」

「阿部さんもハートに熱心だった。上のほうは二人で説得するから、すぐに勧銀側と連絡を取って、〝レマン〟にハートの絵をたくさん画かせてみてくれないか」

　本田が席に戻ると、デスクの電話が鳴った。

　相手は酒井だった。興奮した声である。

「今、部長からハートでいこうと言われたところです。意表を衝かれたような思いです」

「わたしもたったいま藤森から、その話を聞いたところです」

「石垣に、〝レマン〟との連携を強めるように指示しますが、よろしいですか」

「けっこうです。とにかくハートの絵をたくさん画いてもらってください」

　さすがに専門家である。〝レマン〟は五日足らずの間に、三十何種類ものハートの原画を用意してきた。

　藤森、本田、石垣、横田たちが定期バスで勧銀に出向き、阿部、酒井、三浦らを含めて大会議室の壁面に、眼の高さに貼り付けられた〝ハート〟の審査会が始まった。ゴールデンウイーク直前のことだ。

下方のＶ字形の角度の広がりによって、同じハートでもずいぶん印象が異なる。

角度が小さくＶの横の広がりを締めた縦長のハートは温かさが薄れる。逆に広げ過ぎて横長になり過ぎてもいけない。崩れてルーズな印象を与えるから不思議だった。

「このあたりがちょうど手頃じゃないかな」

それは、ハートが持つ通俗的なイメージを排して、新銀行に相応しい清新なハートに昇華させるために、ハート自体を白にして周囲を逆に赤にし、半円と直線だけの単純明快なハートを正方形で囲んだものであった。

「うん。いいねえ。Ｖの角度を測ってみろ」

阿部が石垣に指示した。

Ｖ字の広がりの角度は九十九度。

「よし。一線を越えないところがいいじゃないか」

藤森のひとことで会議室は哄笑《こうしょう》の渦となった。

「これで決まりだ。さっそく四人委員会に上げよう」

阿部が結論を下した。

しかし、四人委員会の反応は鈍かった。

「ハートねえ」

「なんだかぴんとこんなあ」

「他に、もっといいのがありそうな気がするが」

西川、村本、江口、浅川は、にやにやしながらそんなことを言い合っている。

四人とも口にこそ出さなかったが〝ハート美人〟を連想していた。

若い者にはわからないが、〝ハート美人〟はその昔コンドームの商標であった。

「〝心のふれあいを大切にします〟というキャンペーンもおかしくないか。心は通じあうもので、ふれあうのは袖だろう」と言い出す者も出る始末だ。

四人委員会の了承を取れなかったとき、藤森は両頭取を説得するしかないと思った。

阿部に電話で、そのことを伝えると、阿部もまったく同感だと言う。

「僕は責任をもって横田頭取を説得します。藤森さんは井上頭取を口説いてください」

「いいですよ。苦心惨憺《さんたん》してやっとひねり出したものを否定されてたまりますか。だいいちやり直す時間がありませんよ。代案はないんですから」

阿部と藤森が両頭取に会ったのは、連休明けの常務会の直前である。

阿部は、頭取室で熱弁をふるった。

「この二ヵ月間、寝ても覚めてもシンボルマークのことばかり考えてきましたが、ハート以外に考えられません。最大のメリットは、一度見たら絶対に忘れない、そして世界中の人々がトランプのハートを知っているという事実です。ハートにはダイヤやクローバーにない温かさ、優しさ、美しさがあり、勇気をも感じさせます」

「募集したデザインの中に、ハートよりいいのはなかったの」

「星と薔薇の組み合せが多く、その中には魅《ひ》きつけられるのもありましたが、合併新銀行のシンボルマークは新しいものであるべきだと思うんです。思い切って、星と薔薇は捨てるべきだと考えました」

横田は浮かぬ顔で煙草《たばこ》に火をつけた。

やはり〝ハート美人〟に拘泥しているのだろうか。

「ハートについて井上さんはなんと言うかなあ」

「ご理解いただけると確信してます」

「そう。井上さんがノーじゃなかったら俺はいいよ」

阿部は、しめた、と思った。

阿部は、頭取室から自席に戻って藤森に電話した。

「横田頭取はオーケーです。井上さんがどうしても厭だとおっしゃれば、話は別ですけど」

ニュアンスは強めているが、気が咎《とが》めるほどのことでもない――。

「夕方の時間を取ってもらってます。横田頭取がオーケーなら、井上頭取もノーとは言えないでしょう」

そこまで言われると、多少気が差す。

「先輩の井上頭取におまかせするということですよ」

「そうなると責任重大ですねえ」

藤森は緊張した。

井上に話したとき、阿部以上に熱がこもった。

「ご覧ください。ハートを白抜きにした点が、トランプのハートにない清新にして、シンプルでユニークなところです。本田たちが方眼紙で測りましたら、ハートの色と周囲の赤の面積が偶然ですがまったく等分でした。ハートは真心、愛情、親切、勇気などのすべてが籠《こ》められており、万国共通の言葉でもあります」

「横田さんは、どんな意見ですか」

「もちろん賛成です」

「そう」

井上は、微笑を浮かべているだけで、特に意思表示はしなかったが、藤森は反対ではない、と取った。四人委員会の副頭取と専務がなんと言おうと井上頭取がノーでなければ決まるはずだ。

「ありがとうございます」

「…………」

どっちつかずなうなずき方をしたが、井上は、他に代案がなければハートでも仕方がないという程度の認識で、積極的に賛成する気にはなれなかった。

藤森は、業務企画部に戻って、本田に言った。

「きみ、あしたの常務会で説明してくれないか。僕は出られないから、頼むよ。もうひと押しだから頑張ってくれ」

「頭取の感触はいかがでした」

「消極的賛成というところかな。横田頭取もそんなところらしい」

「副頭取と専務に強く反対されると、困りますねえ」

「問題は頭取だよ。両頭取がオーケーなら否も応もないだろう。とにかく頑張ってくれ」

「はい」

本田が常務会でスピーカー役になるのは初めての経験である。

井上、村本、浅川らお歴々が居並ぶ役員会議室で、本田は脚が竦《すく》む思いだったが、話しているうちに調子が出てき、最後のくだりでは笑顔を見せる余裕すら生じていた。

「ご存じのとおりトランプカードのダイヤとクローバーは他の銀行が使用しております。スペードは不吉とされてますから、ハートだけが残っていることになります。ハートのエースはオールマイティでございます。まさに〝サインはV〟であろうかと存じる次第でございます。ハートのエースは最大最強です」

「〝サインはV〟ねえ」

井上は破顔した。

〝サインはV〟は当時、視聴率を上げていた女子バレーボール部員の活躍ぶりを描いたテレビドラマである。

井上の明るい笑い声に誘われて、村本たちも思い出した。

これでハートのマークについて第一側の常務会の承認は得られたことになる。

常務会終了間際に、阿部から藤森に電話がかかった。

「ウチは常務会を通りましたよ。おたくはどうでした」

「間もなく終わると思います。本田に説明させてますが、問題はないでしょう」

「部下に花を持たせたっていうわけですか」

「そんなことはありませんよ。ちょっと法人関係のことで席を外せなかったんです」

藤森は照れくさそうにわずかに顔をしかめた。

〝ＤＫＢ〟の行章は、割合あっさり決まった。これを提唱したのは阿部である。

「〝第一勧業銀行〟でも〝第一勧銀〟でも長すぎるし言いづらい。〝ＮＨＫ〟の例があるから、〝ＤＫＢ〟がいいんじゃないですか」というのが阿部の言いぶんで、「国際性もあるからいいでしょう」と藤森が応じ、四人委員会でも承認された。

バンクカラーについてはどうか。

両行の担当者レベルではオレンジ色が有力候補だったが、シンボルマークのハートが煮詰まってゆくに従って、朱色に変わり、少し気取って絵具でいう〝ヴァーミリオン〟に決まりかかった。

これを〝ウォームレッド〟と言いかえさせたのは阿部である。

両行の定時株主総会で合併契約書が承認されたのは五月二十八日だが、その翌日両行は、行章、シンボルマーク、女子行員の制服などについて、午前十一時半に日銀記者クラブのメンバーを丸の内ホテル八階フロアに招き、パーティの席上発表した。

両行の出席者は、四人委員会および合併準備委員会事務局の八人、さらには本田、酒井らの広報関係者である。

行章、シンボルマークとも〝レマン〟が制作し河野鷹思《こうのたかし》、伊藤憲治の両デザイナーが監修した。

4

合併新銀行の本部（本店）の各部の部屋割りが決定したのは七月十五日である。丸の内の第一銀行本店が本店所在地になった関係で、役員室フロアはこれまでの本館三階に加えて新館三階を使用することで一体化できることになった。しかし、スペースの関係で、第一銀行本店に隣接している朝日生命館の五階～七階に外国事務センターが入るほか八階に管財部を置くことになった。

内幸町の勧銀本店の本館と新館にも相当部分が分散されるのは当然で、本館に内幸町営業部、公務部、業務第三部、検査部、総務部と証券部の一部が入り、新館はシステム企画部、調査部、事務部の一部が使用することになった。

合併後の現勧銀本店の呼称は、内幸町別館（本館、新館）に決まった。

本店（現第一銀行本店）の本館には本店営業部、営業第二部、外国営業部、総務部、資金部、企画部、主計部、業務推進本部、業務第一部、業務第二部、新館には秘書室、人事

第一部、人事第二部、融資企画部、審査第一部、審査第二部、産業調査部、店舗開発部、国際部、外国業務部、それに証券部と事務部の一部が割り当てられ、本店営業部は新館の中二階と二階も使用することになった。従業員組合は新館の九階を与えられた。

部屋割り一つを決めるにも、総務部などの関係者がどれほどのエネルギーを費したか察して余りある。

井上、横田両頭取と村本、西川両副頭取が第一銀行の頭取室で久しぶりに顔を合せたのは、本部各部の部屋割りが決まるひと月ほど前の梅雨時の蒸し暑い午後のことだ。

両行の組織、人事制度などは、それぞれが長年の歴史と伝統を有する固有のものだけに、調和、融和の仕方は、両行首脳部が最も頭を悩ませるところだが、その席上、横田が「一日も早く渾然《こんぜん》一体となって……」と話しかけたとき、井上が強引にさえぎった。こんなことはめったにない。

「ちょっと待ってください。あまり急がないほうがいいと思うんです。あせらずにゆっくりいきましょう」

横田がむすっとした顔で天井を仰いだ。

テーブルを挟んで向こう側に、横田と西川が坐っていたが、井上は、西川に眼を遣りながらつづけた。

「横田さんのおっしゃることはまったく正しいんですが、現実問題としては、そう簡単にはいきません。むしろ当分の間は、線を引いてここからこっちはD側でみるが、あっちはK側で人事をみるというほうがよろしいと思うんです。統合店舗は両方でみることにしましょう」

横田の表情が和《なご》んだ。

「なるほど。井上さんは帝銀で苦労してるから、現実論というかそのへんのニュアンスはわかりますよ。ウチは処女みたいなもので、理想論に陥りがちなんです」

「会長や頭取はもとより本部の上のほうはタスキがけで交代交代でいくのがいいと思います。交代でやれば、あんまり強く押し出しておくと今度交代したとき困るわけですから」

「競争原理が働くから一概によくないとも言えませんが、D側の利害、K側の利害にこだわり過ぎる人は、それぞれの陣営で初めはもてるかもしれないけれど、結局あんまり得はないかもしれませんねえ。不公平がないようにポストのバランスを確保することが重要でしょう」

西川の話を村本が引き取った。

「当然のことながら、合併銀行の人事は公平、平等を旨とすべきですが、公平な人事といっても、D側の人が見るのと、K側の人が見るのでは違うでしょうから、井上頭取のいうタスキでいくしかないんでしょうねえ」

〝ＤＫＢ〟の行章が決まってから、〝Ｄ〟と〝Ｋ〟という言いかたがされるようになっていた。

横田がコーヒーをひと口すすってから言った。

「事務部門でコンピューターシステムの取り扱いに苦労してるようだが、合併までに一本化することは難しいでしょう。とりあえずはＦＡＣＯＭとＩＢＭの並立でいくしかないですかな。ただし、ゆくゆくはＦＡＣＯＭが中心にならざるを得んでしょう。ＤとＦＡＣＯＭ、ＫとＩＢＭのつきあいの濃淡を考えれば、そうなるのは当然ですよ」

井上も村本も、横田に向かって低頭するほかはない。

西川もにこやかにうなずいている。

コンピューターシステムがＦＡＣＯＭに統一されるのは合併二年後のことだが、井上が横田の発言にこのときほど感謝したことはない。

後年、井上は「コンピューター問題も合併の基本的要件の一つである。横田さん、八十島さんとの三者会談で話し合う必要があったかもしれない」と語っている。

大蔵省、公正取引委員会、証券取引所などに対する申請、届出、認可手続きも順調に進み、八月三十一日付で大蔵省から正式に合併が認可されたことによって、合併準備に関する法的手続きの一切が完了した。

九月一日には第一銀行が三十億円の増資払込みを完了、両行とも二百七十億円の資本金となった。

この日午後、両頭取は銀行倶楽部で記者会見し、合併準備の経過、新銀行の経営理念などを明らかにしたが、発表された経営理念は次のとおりであった。

一、国民に最高のサービスを提供する
大都市、地方にわたり広範な店舗網をもつ国民的な銀行として、地域社会への密着を通じて広く大衆に最高の金融サービスを提供することにより、国民生活の向上に貢献する。

二、広く企業に豊富・良質な資金を提供する
時代の要請に即した弾力的な経営姿勢をもつ中立的な銀行として、豊富・良質な資金を広く企業に供給し、その発展に積極的な役割を果たすことにより、豊かな社会の建設に貢献する。

三、ワールドバンクとして国際経済の発展に寄与する
総合的な国際金融業務を行なう世界的な規模の銀行として、内外のニーズにこたえるこ

とにより、国際経済の発展に寄与する。

四、人間尊重の思想に基づき、魅力のある職場をつくる
自由闊達《かったつ》な気風をもつ創造的な銀行として、行員の創意工夫を尊重し、その福祉向上を図ることにより、全行員が生きがいとバイタリティをもって働ける魅力のある職場をつくる。

5

全国に網羅された両行三百店の営業店（支店）を管理し、新銀行の営業店ブロックに再編成する作業を担当したのは、ＤとＫの業務推進本部である。

営業店新ブロック編成の作業を完了したのは八月末だ。

新ブロック編成上の基本的な方針は、①国内営業店を三十二ブロックに区分する。ただし本店営業部、内幸町営業部、大阪支店はブロックを編成しない②営業店を店舗性格別に四分類（Ａ、Ｂ、Ｃ、Ｄ）し、東京、首都圏（神奈川、埼玉、千葉、茨城）、大阪地区は店舗性格別、その他地区は地域別にブロックを編成する③ブロックには幹事店を置き、幹事店の支店長が幹事店長を兼ねる——などであった。

四分類のAは住宅地店、首都圏周辺店、Bは中小企業店、Cは都心部店、Dは地方店である。

合併新銀行の業務推進第一部は四ブロック、四十三店を担当するが、幹事店は六本木(K)、北沢(D)、荻窪(K)、高田馬場(D)。

第二部は四ブロック、三十七店、幹事店は武蔵小杉(D)、藤沢(K)、小田原(K)、庄内(D)。

第三部は四ブロック、三十九店、幹事店は浦和(K)、千住(D)、千葉(K)、宇都宮(D)。

第四部は三ブロック、三十三店、幹事店は神田(D)、浅草(D)、池袋(K)。

第五部は四ブロック、三十四店、幹事店は築地(K)、横浜(K)、梅田(D)、心斎橋(K)。

第六部は三ブロック、三十二店、京橋(D)、日本橋(K)、高麗橋(D)が幹事店。

第七部は五ブロック、四十店、浜松(K)、名古屋(D)、甲府(K)、仙台(K)、札幌(D)が幹事店。

第八部は五ブロック、四十二店、幹事店は京都(D)、神戸(D)、広島(D)、高松(K)、福岡(K)。

営業店ブロック編成作業中に、両行の関係者が悩んだのは、言葉の障壁であった。

当時、業務推進本部の課長だった飯盛正大が、Ｋ側の担当者が帰ったあとで、上司の西川寿英にぼやいたことがある。

「〝ファジ〟ってどういう意味かと思ったら、うまみがないってことなんですね。つまり漢字で書くと〝不味〟なんです。この貸出金は〝不味〟だから、やめておこうとか……」

「それはお互いさまだよ。Ｄで使ってる〝ムキョ〟には、Ｋ側さんもびっくりしていた。漢字で書けば〝無拠〟だから〝よんどころなし〟、とわかるけど、〝ムキョ〟〝ムキョ〟と言われてもぴんとくるわけがない」

資金需要が旺盛で、貸出枠は窮屈だが、よんどころのない貸出しだから、なんとしても融資に応じなければならない——などのケースでＤ側で使われていた用語である。

準備期間の段階で、統一用語集を作成したが、両行の用語が異なる場合、大蔵省、日銀などで使用されている用語については、それに合せ、そうでないものは〝じゃんけん〟で順番を決め、交互に決めていった。

たとえば、業務一般用語で、Ｄでは表面預金、Ｋでは総預金と言っていたものを表面預金にし、実勢預金（Ｄ）、実質預金（Ｋ）では、実質預金、Ｋでは運用可能預金と言っていたものは、Ｄの実勢預金に統一した。

Dの〝取引メリット〟に対し、Kでは〝取引旨味〟であったが、〝取引メリット〟に、Dでは〝報奨金・祝金〟、Kでは〝酒肴料《しゅこうりょう》〟と言っていたが、前者に統一した。

貸付業務関係でも、Dでは〝査定〟、Kでは〝審査〟だったが、〝審査〟に統一、Dは〝内認申請〟、Kでは〝事前協議〟だったが、両方捨てて〝貸出協議〟に改めた。Dでは〝限度〟、Kでは〝極度〟だったが、〝極度〟を採《と》った。

事務用語でも〝普通伝票〟（D）、〝共通伝票〟（K）は、〝共通伝票〟に、〝総合伝票〟（D）、〝集合伝票〟（K）は、〝一括伝票〟に改めた。

〝時間内〟（D）〝時間中〟（D）〝締内〟（D）〝締前《しめまえ》〟（K）などの呼びかたは、〝締前〟に一本化し、〝時間後〟（D）〝締後〟（K）は、〝締後〟にした。

飯盛が帰り仕度をしながら話題を変えた。

「支店長更迭費用の件も、Dのほうは都心に支店が多いから、挨拶状ぐらいで、お得意さまの手土産までは慣習としてなかったが、Kのほうは地方にもたくさんあるから、挨拶状だけで済ませるわけにはいかないんでしょうねえ。海苔《のり》とかお茶とかを持って挨拶に行かなければならないわけですか」

二人は、書類鞄《しょるいかばん》をかかえて、通用口から外へ出た。

夜十時を過ぎているが、消灯しているフロアはなかった。

第九章　店舗開発の苦闘

1

第一（D）、勧銀（K）両行の合併準備委員会事務局は、合併に伴う不安感の払拭および合併という大事業に向けて全員参加意識の醸成に傾注してきた。

シンボルマークの募集もそうだが、〝百字提言〟募集もその一つである。

シンボルマークの募集では、Dの応募がKのそれを圧倒したが、百字提言では、逆にKはDの三倍以上、約一万人の行員中なんと七千三百人から応募があった。

〝百字提言〟とは、新銀行を支える行員の一人一人が中位行意識を捨てて、〝トップバンク〟、〝ベストバンク〟の行員としての意識改革を遂げてゆく上で、行員としてどうあるべきか、何をなすべきかについて百字以内で提言を求めたものである。

七月一日に募集を開始し、八月十五日に締切ったが、九月初めに優秀提言二百篇《へん》が選ばれ、一篇五千円の賞金が贈られた。

優秀提言の中には、入行して間もない新入行員のものも何通か含まれていた。

K新宿支店に配属された河野哲は〝新入行員とは〟と題して、次のように提言している。

なんでも聞いてやろう。なんでも知ってやろう。なんでも身につけてやろう。なんでも考えてやろう。なんども聞いてやろう。なんどもしかられてやろう。なんども泣いてやろう。今のうちだけだ。できるのは。

〝変化に挑戦しよう〟と次のように提言したのは、K事務部の野沢俊夫である。

今の世の中は変革の波に洗われている。変化に挑戦しうるものだけが生き残れる時代である。われわれは「原点」となる合併の意義を深くかみしめ、現実に振り回されることなく、巨大なエネルギーの結集に参加しよう。

K五反田支店の中村千里は〝全世帯訪問せよ〟と提言した。

新銀行が発足早々に実行すべきことは、十月一日から十二月三十一日までの三ヵ月間に、全店一斉に店周五百メートル以内の世帯全部を訪問し、新銀行発足の挨拶とともに新銀行の意気と心のふれあいを示すことだと思う。

九月七日の蒸し暑い深夜、クーラーの止った本店ビル三階の一室で、勧銀合併準備委員会事務局の牧野東彦（事務局副局長）と伊藤宏（事務局参事役）が〝百字提言〟の何通かに眼を通しながら話していた。

「百字提言を読んでると、熱気みたいなものが伝わってくるな」

「それだけ合併への期待が大きいんでしょう。ほとんどの行員が人生の転機と受けとめているんじゃないでしょうか」

「全行員に参加意識をもたせるうえで、これ以上のものはないかもしれないな。それと中位行から一挙にトップバンクになることのインセンティブは、われわれの予想を超えて途方もなく大きいんだよ。俺たち自身、熱くなってるものねえ」

「世界的にも例がない都市銀行の対等合併をやろうっていうんですから、熱くならないほうがおかしいんです。Ｄの人たちはもっと燃えてるかもしれませんよ」

牧野が話題を変えた。

「問題は人事だよ。他行の連中は、やっかみ半分に、〝DKBは人事や人間関係で必ずつまずくだろう〟なんて言ってるらしいから、なんとか自由闊達《かったつ》な行風を築きたいものだなあ」

「ええ。人事問題でゴタゴタしたり、エネルギーを取られるあまり、合併の理念までがふっ飛んでしまうようなことには、絶対にしたくありませんね」

「阿部さんがきょうの参与会で話したことは、それなりにアピールしたんじゃないかな」

勧銀の参与は、取締役待ちポストとでもいうか、行員の最高地位で、二十人ほど存在する。

参与会の要請に応えるかたちで、合併準備委員会事務局長の阿部喜夫（取締役業務部長）が、これまでの経過を説明したのだが、草案をまとめたのは伊藤である。

阿部は、参与会でこんなことも話した。

「当行にとって、合併は初めての経験だけにとかく理想主義に陥りがちで、結論を急ぐというか、当然過程として踏まなければならない点も飛び越して、完全一体化を願うことが余りにも急なきらいがありました。一方、第一銀行は、三回もの経験があります。すなわち昭和十八年から二十三年までの帝国銀行の誕生と分離、三十九年の朝日銀行の吸収合併、そして四十四年の三菱銀行との合併計画の失敗です。こうした経験の差が、わたくしどもが接触している限りにおきましても随所にあらわれ、たとえば人事の問題にしても配慮というのか、悟りというのか、知恵とでもいうのか、非常に周到で、ある意味では覚悟とでもいったものが感じとれました。人事とは、まことに難しいものがあります。行員の関心もその一点に集中しがちです。両行イーブンの原則はつらぬかれなければなりませんが、いかなる場合でも必要なことは人事の流動化、活性化です。この点も忘れずに考慮されなければ、出身行の摩擦以上に、厄介な内部の不満が思いがけず突然やってくる危険性がないとも限りません。人事問題が内部にくすぶることを回避して、具体的な前進目標を高く掲げて、エネルギーを結集していく必要があると考えます」

牧野が煙草《たばこ》に火をつけながら言った。

「Kの理想主義がDの現実主義に妥協したわけではないが、今度の管理職人事についていえば、Dのねばりというか説得力は、評価していいんじゃないのか」

「毎日新聞でしたかねえ、皮肉っぽいトーンで書いてましたねえ」

毎日新聞は九月一日付朝刊で、〝第一勧銀、腐心の合併人事〟〝部長ポスト倍増〟〝マサツ回避へ、仲よく半分ずつ〟の見出しで、カコミ記事を書いた。そのさわりの部分を引いてみる。

十月一日の合併を一ヵ月後に控えて、第一・勧銀両行の合併準備委員会は一日、新銀行スタート時の部長人事を決め、発表した。

「部長クラスの人事は、トップバンクの次代を占う人事」というわけで、両行関係者は大げさにいえばカタズをのんで見守っていたのである。

さて、その部長人事。フタをあけてみれば、なんのことはない。組織が細分化されてポストが倍増され、両行の部長クラスはおおむね皆、そのまま横すべりという無難でオメデタイ結末となっている。たとえば現在は第一が三部、勧銀が四部に分けている業務推進本部は、九部に（総括部と第一部から第八部まで）分割された。また、現在は両行一つずつの外国部は、国際部と外国業務部に分割——といったぐあい。この結果、新銀行の本部組織は、三十四部、五室、五センター、七十五課と、他行にくらべて倍近い部課にふくれ上がることになった。

部長の数も第一側から二十二人、勧銀側から二十三人（部付参与一人を含む）と仲よく半分ずつ。「なにせマンモスバンク。できるだけ機能的に業務を遂行できるように考えたら、自然こういう形になった」と合併準備委員会は説明しているが、「部長のポストを減らさないように」「マサツやシコリが残らないように」という涙ぐましい苦心の跡がまざまざとみてとれる。

とりあえずはマサツ回避のことなかれ人事ですむだろうが〝金融の効率化〟という合併の趣旨を生かすためには、やがて機構、組織の整理を進めてゆくことが必要となる。その時、経営陣がどのような手腕を発揮するか、わが国最大の銀行合併だけに、関心がもたれるところだ。

牧野が煙草を灰皿に捨てて言った。

「部長人事に限らず、次長も課長もすべてイーブンにするということは、行員に安心感を与える意味で必要なんだろうねえ。それが対等合併の原則なんだよ」

「ええ。二対一の合併なら役員も部長も二対一の比率にしておく、三対一なら、三人対一人というような歯止めをかけておかなければ不平不満が噴出して、ガタガタすることになるんでしょうねえ。ま、現実には吸収された側は、悲惨なことになりがちで、力ずくで押し切られちゃってるようですけど」

「対等合併だからこそ、イーブンの原則をつらぬけるわけだ。部長の数も、人事考課のＡＢＣの分布も、昇格、昇給、参与査定も、海外へ留学生を派遣する場合も、すべてＤＫ同数というのはなんだか曲がないような気がするけれど、完全にイーブンだからこそ、安心感が得られ、融和がうまく進むことになるのかもしれない」

「両行の人員構成に差がなかったことも恵まれていましたねえ。年齢、学歴、男女構成にしても共通してる面が多いし、行員の能力、資質にしても似たようなものです。だからこそ二系列管理を可能にしたとも言えるんじゃないですか」

「逆に二系列管理を一系列管理にすれば、一体化、融和化が進む速度が速まるんじゃないかと考えたいところだが、Dの経験主義にもとづく現実論を持ち出すまでもなく、それは甘いんだろうな」

新銀行DKBの人事第一部長には日高邦雄（D取締役人事部長）、人事第二部長には辰野明（K取締役人事部長）が就任することになっている。

人事第一部は、人事総務課（庶務およびOB、出向者の世話などを所管）、人事第一課（採用関係）、人事第二課（旧D行員の人事異動、考課）、能力開発課（研修）の四課からなる。

人事第二部は、人事企画課（企画および労使関係）、人事第三課（旧K行員の人事異動、考課）、厚生第一課（厚生関係の諸制度）、厚生第二課（寮、保養所などの管理）、健康管理室の四課一室だが、それぞれの次長は、一部は部長がDなのでK側から、二部はその逆になっている。課長は両部ともＤＫ二人ずつで、まさに市松模様の配置である。

ただ、人事第二課と人事第三課に限って、ＤとＫを明確に区分し、それぞれの人事を担当する仕組みであった。すなわち二系列管理である。

ここまでまとめるのに、両行の合併準備委員会、人事小委員会、事務局、四人委員会などのレベルで、どれほど議論したかわからない。

伊藤が腕時計に眼を落した。

「四人委員会はどうしたんでしょうか。あと五分で午前零時ですよ」

「きょうは議題が多いからな。別に揉《も》めてるわけでもないだろう」

四人委員会は、両行の副頭取と専務で構成されているが、必ず事務局長の綾部立一（Ｄ）と阿部喜夫（Ｋ）が同席することになっていた。毎週一回、両行の役員応接室で交互に行なわれるが、きょうは勧銀側に六人が集まっている。

十月一日まで、あと二十四日だが、詰めるべき問題は山積していた。

伊藤は、事務局日誌を欠かさず付けているが、ここのところ末尾に〝深夜十二時過ぎ退行〟と書くことが多かった。

四人委員会で結論が出せず、井上、横田両頭取に持ち込まれた問題の一つに、新銀行発足披露パーティの問題がある。

井上もそうだし横田もそうだったが、両行の利害がぶつかったときは「できる限り相手に譲歩するようにしてほしい」と副頭取以下に指示していたので、四人委員会は頭取にお伺いを立てる問題を極力抑えていたが、パーティ問題は両頭取に判断を求めざるを得なかった。

2

両行が〝新銀行発足披露パーティ準備室〟を設置したのは、七月二十八日である。メンバーは両行とも総務部、業務推進本部、秘書室、合併準備委員会事務局付の関係課長、係長クラスで構成され、八月上旬の時点で、十月十八日から十二月九日までの間に、全国の有名ホテルで、都合十四回のパーティが開催されることが決定した。

東京だけで四回、第一回目の十月十八日は帝国ホテル、同二十七日ホテルオークラ、十一月二日京王プラザホテル、同八日東京プリンスホテル。大阪は同十日にロイヤルホテル、名古屋は同十六日にキャッスルホテル、札幌は同十九日にグランドホテルといった具合で、十二月九日の広島グランドホテルが最後である。

合併によって一躍トップバンクに躍り出る、世界的にも総資産で第七位の大銀行が誕生するとあって、両行関係者はパーティ開催の準備で張り切った。

パーティの予算は約一億円が計上された。

ところがパーティどころではなくなったのである。

八月十五日に、米国のニクソン大統領が突如〝ドル防衛・景気刺激・インフレ抑制のための経済緊急対策〟を発表した。金・ドル交換停止、輸入課徴金などを骨子とするドル防衛策は、〝ドル・ショック〟とも、〝ニクソン・ショック〟とも言われ、これによって日本の経済界、産業界は、混乱の只中《ただなか》に、激流の渦の中に投げ出されたのである。

パーティは自粛すべきだ、とする意見が出てくるのも当然と言えた。

「合併準備委員会事務局に〝ドル・ショック〟による不況の到来は充分予想されるとしても、そのために披露パーティを中止するのはいかがなものか。両行の常務会で決定しすでに予算を計上していることでもある。ホテル側にとってそれこそ一大ショックを与えることにもなるのだから、この際これはこれと割り切って、予定どおり実施すべきではないか」という意見も強かった。

九月中旬の某日朝、意見を求められたとき、井上は咄嗟《とっさ》の返事に窮した。

井上が煙草に火をつけながら訊《き》いた。

「横田さんは自粛説ですか」

「さあ……。西川さんがけさ話すはずですが、こればかりは両頭取で決めていただかないことには。四人委員会は、どちらかと言えば自粛ムードのほうが強いように思えましたが、事務局には強行論もあるようです」

村本も歯切れが悪かった。

井上は、村本が頭取室から出て行ったあと、三十分ほどとつおいつ考えていたが、秘書を呼んで、横田に電話をつなぐように指示した。

「パーティのことですか」

横田に先回りされて、井上は苦笑をにじませながら返した。

「ええ。どうしましょうか」

「やめましょうよ」

「賛成です。浮かれてる場合ではないかもしれませんね」

「通貨の多国間調整が表面化してくるでしょうねえ」

「どっちにしても一ドル三百六十円の固定レートには、訣別《けつべつ》しなければならないでしょうね。円の切り上げがどの程度の幅になりますか」

「輸出依存型産業は大変な打撃を受けます。不況色が深刻化しなければいいんですが……」

「われわれは〝日本一〟に酔ってた面がないでもありません。足もとを固めるチャンスと考えるべきかもしれませんね」

「同感です」

第一勧業銀行が、〝第一勧銀ハート基金〟を設立する、と発表したのは、十月一日の合併当日である。基金はパーティ経費相当分の一億円と、旧両行のOB会〝第一勧銀心友会〟の寄付一億円の計二億円で、井上が理事長に就任した。同基金をもとに、学校教育や社会福祉に功労のあった個人、団体に年間一千万円程度を贈ることになった。

ついでながら、ワシントン（スミソニアン）の十ヵ国蔵相会議において、米国のドル切り下げを含む通貨の多角的調整で合意（スミソニアン体制）をみるのは昭和四十六年十二月十八日で、円の対ドル・レートは三百六十円から三百八円に切り上げられることになる。

3

日本経済が〝ドル・ショック〟でどんな激震に見舞われようと、第一、勧銀両行の合併準備に停滞はゆるされなかった。

合併準備期間中に、行員のモラール高揚意識を盛り上げようとする試みがあらゆる部門でなされたのは当然である。勧銀人事部が行内誌「かんぎん」で合併特集号を編集したのもそのひとつであろう。

合併特集号の中で、当時、西武百貨店社長の堤清二《つつみせいじ》に特別寄稿を求めた。〝合併によせて＝新しい時代のはじまり〟が巻頭を飾っているのが目をひく。

歴史の流れのなかで毎日実に多くのいろんな事件が起っている。

しかし事柄の本質が必然性と合理性を帯び、それ故に社会の支持を受けるといった事実や決定はそれほど多くはないようである。たいていの事件はうたかたのように時間の経過のなかに消えてしまう。

それに反して、歴史を未来にむかって押し進めるような事件は、起ってみると〝なるほど〟という感を人々に与え、ある場合には（なぜこのことに我々は今まで気づかなかったのか）という印象さえ与えるものだ。

今回の勧銀第一の合併の記事を見た時がそうだった。

周知のように第一銀行は二年前に合併問題で苦い経験を持っている。だから再び同じ問題に取組むだろうとは、多くの人々が考えていなかった。

歴史を振返ってみると、第一銀行は三十年程前に当時の軍閥の強制によって財閥系の銀行との合同を強いられ、その頃の苦汁を味わったり聞いたりしている人々が現在はトップを構成している。従って二年前の話がまとまらなかったのはどちらの責任でもなく、財閥というものへの警戒心が歴史的に沈澱《ちんでん》していたからだと思われる。今は財閥というものは本質的には存在しないと言えるけれども、歴史のなかで作られた記憶が一朝一夕ではなくならないのもまた止むを得ないことである。

一方資本取引の自由化が進むなかで、外資との競争力を強めるために大型合併の必要性が強調され、又、二十五年間続いてきた金融体制と構造が、世界第三位のＧＮＰに表明される強大な産業力と、機能的には相応しない部分が生れつつあったことも事実なのだ。

この間の情況は金融制度調査会等の数次にわたる検討・答申のなかでも屢々《しばしば》指摘された問題点であった。機能によって諸金融機関を再編成しようという動きと、金融機関が本来内蔵している信用給付機能・情報機能・市場形成能力を展開することで活動を多様化させようという、一見正反対の方向への動きとが複雑に錯綜《さくそう》していたのが金融界のこ数年の傾向である。そうして新しい体制を模索すればするほど、従来中心的存在であった市中銀行の合併の必要性と経済的効果が明らかになってきていたのである。しかし革命にも、無血革命や、平和革命や暴力革命があるように、歴史的必然に沿った行動でも常に人々の祝福と賛同を受けるとは限らない。その点で今回の合併決定はきわだった特徴を示しており、それは両行の平和的で非権力的な体質に負うところが多いと私は思う。

大げさに言えば明治以来百年の時間の経過のなかで、日本人は縦感覚の社会に慣らされてきた。特に同業者の合併というようなことになるとどちらかが上になり主にならなければ気が済まない。対等であり平等であるといくら説明しても、必ず「たてまえはそうだろうが実際はどうなのか」という質問が返ってくる社会である。

だがこの縦感覚は本来日本人に固有の感覚ではなかったようだ。その良い例が明治維新の際における薩長《さっちょう》連合である。当時藩が違えばそれはお互に対立者であり、場合によっては敵対関係をさえ意味した。黒船が来襲し開国を幕府に迫るという危機的状況に際しても、多くの藩が従来の考え方から脱け出られないでいた時に薩摩と長州は手を組んで三百年続いた封建制を打破し、近代資本主義を作ったと言うことができる。

両行の合併についても、どっちが得をしたかとか、主導権を握るかという観測があるようだが、これなどは旧感覚を脱しきれない俗論ということができよう。

そうは言っても、両藩の指導者が維新を完成させるには実に多くの困難が介在したし、仲間の誤解・無理解との忍耐に満ちた闘いも必要であった。

それと同じように、形の上での合併が本当の統一になり本来の目的を実現するまでには、まだ多くの実務的な困難が控えていると予想される。

この際両行指導者の歴史的洞察に満ちた決定を内側から支えるのは、両行の全構成メンバーの任務であると同時に、それを外側から助け、協力をするのは、従来の両行と新しく生れる第一勧業銀行のプラスであるばかりでなく、双方に関係のあった各企業のプラスであり、長い眼で見れば日本の経済発展にとって有益な行為であると私は思う。

4

井上薫は、昨夜からずっと天候を気にしていたが、十月一日の金曜日は、あいにく早朝から雨が降り出した。

しのつくほどの雨ではないが、出鼻を挫《くじ》かれたような気がしないでもない。

しかし、妻の光子に笑顔で見送られて、迎えの専用車に乗り込んだときは気を取り直していた。

八時十分前に丸の内の本店に着いた。

白抜きのハートのマークと第一勧業銀行の看板が眼にまぶしいほど新鮮に映る。地色のウォームレッドが鮮やかに映えて見えるのは、雨のせいかもしれない、と井上は思った。

八時ちょうどに三階の役員会議室に入ってゆくと、横田以下全役員がそろっていた。横田が起ちあがって井上を迎えた。

「おはようございます」

「おはようございます」

井上は、丁寧に横田に返してから、一同に目礼した。

全員起立している。

井上と横田がどちらからともなく握手を求め、両手を添えて強く握り合った。

拍手がわきおこった。

新銀行初の取締役会は、取締役会規定を決めるとともに互選によって井上会長、横田頭取以下の新しい役員人事を正式に決定し、引き続き一階の営業場で記念式典に移った。

まず井上がマイクの前に立った。

「規模の利益を実現し、強力な経営基盤と発展力をもつ新しい銀行を築きあげて、日本経済の健全な発展に寄与していきたいと思います」というのが本店行員に対する井上の挨拶の要旨である。

横田は「全員が第一勧業銀行の名誉ある創立メンバーとなって、新銀行の建設という輝かしい事業に共に参加していただきたい」と挨拶した。

午前八時四十分から本支店でいっせいに紅白のテープにはさみが入れられたが、本店では前大蔵省事務次官の澄田智がテープカットを行ない、新銀行の誕生を祝った。


この日の夕方、店舗開発部長の藤森鐵雄に横田頭取から呼び出しがかかった。

なにごとだろう、と藤森は緊張した。

思い当たるふしはなかった。

「坐ってください」

横田からにこやかにソファをすすめられて、藤森は気持ちがほぐれた。

「コーヒーはどうかな」

「ありがとうございます。いただきます」

横田のコーヒー好きはつとに知られている。藤森も誰かに聞いた記憶がある。コーヒーを馳走《ちそう》してくれるとは、機嫌のいい証拠かもしれない――。

秘書嬢がコーヒーを運んでくるまで、横田は、記者会見の模様などを話していた。

横田が井上と共に日銀記者クラブで記者会見に臨んだのは、午前十一時半だが、新聞記者の質問は中国問題に集中しがちであった。

ニクソン大統領が訪中計画を発表したのは七月十五日だが、米中接近によって政治・経済両面で台湾との関係が微妙になってきている。

「朝日なんか、日華委のことしか書いてくれんのだからねえ」

横田は、センターテーブルに積み上げてあるこの日の夕刊各紙にちらっと眼を流した。

朝日新聞は〝第一勧銀は日華委欠席〟一段見出しの小さな扱いで、次のように書いている。

第一勧業銀行の横田頭取は一日、日銀記者クラブで合併後初の記者会見をし、七日から台北で開かれる日華協力委員会総会には「私自身も現地支店長も欠席する」との態度を初めて公式に明らかにした。表向きの理由は八日に新銀行の支店長会議を開くというものだが、流動的な日中情勢に対処した動きとみられている。

旧第一銀行は中国銀行との間でコルレス契約（外国の銀行に頼んで支店のような仕事をしてもらう契約）を結んでいた。しかし旧日本勧業銀行が台北に支店を持ち、しかも法律上は旧勧銀が存続銀行になるため、新銀行の中国銀行とのコルレス契約は自然消滅するとみられている。第一勧銀は台北に支店をもつ以上急速な対中接近はむずかしい立場にあるが、将来に備え欠席を決めた模様である。

合併をスクープした日本経済新聞は、本店前で井上と横田が握手している写真を載せて〝第一勧銀スタート〟の横見出しも掲げているが、〝日華協力委に欠席〟〝横田新頭取ら記者会見〟の見出しにみられるとおり、やはり中国問題への関心を示している。

「いまも中村と話したんだが、朝日は、井上会長の名前も出しておらん。失礼しちゃうよなあ。井上さんに申し訳ないよ」

横田が真顔で言ったので、藤森は微笑を誘われた。

「会長はそんなことを気にするかたじゃありませんよ」

中村とは、秘書役兼秘書室長の中村一郎のことだ。中村が会長に就任するのは十七年後である。頭取として中村とコンビを組む宮崎邦次は、まだ神戸支店次長であった。

コーヒーをひと口すすってから、思い出したように横田が言った。

「きみにひとことお礼が言いたかったんだ」

「…………」

「店舗開発部長なんてなり手のないポストをきみは自ら買って出てくれたそうだねえ。ずいぶん前に井上さんから聞いたとき、すぐに話したかったんだが、十月一日まで待ったんだ。ほんとうにありがとう。恩に着るよ。ドロをかぶらなければならない大変なポストだが、きみなら安心してまかせられる。難しい仕事だし、しかも短期間に仕上げてもらわなければならない。しかし、後々までの営業拠点になるのだから、ぜひ頑張ってくれたまえ」

「頑張ります」

藤森の声がうわずった。

頭取から、わざわざ激励されるなどとは夢にも思わなかった。

「張り切り過ぎて躰《からだ》をこわさんようにしてくれよ。病気になったら元も子もないからな」

「戦争で死んでたと思えば気が楽です」

藤森は、横田ともっと話していたかったが、そうもいかない。

本館五階フロアの自席に戻ってからも、藤森は、横田の言葉を反芻《はんすう》しながら、しばらく余韻に浸っていた。

ふと、戦争中の凄惨《せいさん》な場面が眼に浮かんだ。

こうして生きながらえているのが不思議に思える。

藤森は、戦争中三度死線を越えた強運の持ち主であった。

昭和十八年十月に学徒出陣で近衛師団に入り北支に転属後、幹部候補生の試験を受けて合格したので師団を離れ南京《ナンキン》の経理学校に入学した。

〝楓師団〟と称するその師団は、その後ニューギニアで全滅した。百何十人かの中隊の中で経理学校に入学できたのはわずか二人だが、卒業してからも内地に戻れたのはごくわずかである。ほとんどは南支、中支、南方で戦死した。

昭和二十年三月九日夜から十日未明の東京大空襲のとき、藤森は陸軍糧秣本廠《りょうまつほんしょう》の週番士官（少尉）で越中島にいたが、夜空を真っ赤に焦がす大空襲の中で十五、六人の部下たちを防空壕《ぼうくうごう》に避難させるために指揮をとっていた。ところが防空壕は満員で藤森は避難しそびれ、ほかの防空壕を探したが、どこもぎゅうぎゅう詰めらしく、フタがふさがれている。

火の海をかいくぐって、藤森はかろうじて隅田川へ飛び込んだ。

息苦しくなって顔を出すと、猛烈な熱風に襲われる。水面下にもぐり、また顔を出す。ひと晩中その繰り返しだった。生きた心地はしなかった。

体力が尽きて溺《おぼ》れ死ぬかもしれないと、何度思ったかわからないが、翌朝奇跡的に川から這《は》いあがることができた。

防空壕に避難した部下たちが全員窒息死したと知ったときのショックは筆舌には尽くしがたい。

5

部長室のドアは開け放たれたままにしてあるが、ノックの音で、藤森はわれに返った。

次長の山下迪也だった。

山下とは、合併準備期間中に何度も会っている。

日経のスクープによって第一、勧銀両行は三月十一日に急遽《きゅうきょ》合併を発表したが、四十六年度新設店について四十五年度内に大蔵省に申請する必要が生じたため、三日間、丸の内ホテルに缶詰めになって、統合店（廃止店）と新設店をD・K同数ずつ振り分け作業をしたことが、いまでは懐しく思い出される。

山下が「三月十一日の木曜日は勧銀の常務会開催日で、神奈川県下の私鉄駅前の土地を取得する案件が常務会で決定する手はずになってたんですが、日経のスクープのお陰で、常務会が流会になっちゃったんです。その直後は例の火事場騒ぎですから、この物件は時間切れで取得不能となり、ほかの銀行に取得されてしまいました。日経のスクープが一日遅れてれば、なんとかなってたかもしれません」とぼやいたことがある。そのとき、藤森は「惜しいことをしましたねえ。しかし、いい物件はまだまだたくさんありますよ」と、山下を慰めたものだ。

「ちょっといいですか」

「どうぞ」

藤森がデスクからソファに移ると、山下はすぐに用件を切り出した。

「四十七年度と四十八年度の店舗配置計画を早急にまとめなければなりませんね」

「そのとおりです。店舗の統合、再配置は合併行のみに与えられた特権ですから、この一、二年は死んだ気になって頑張らなければしょうがないでしょう。ここは勝負のしどころです」

藤森は特に気負っているつもりはなかった。

横田に激励されたことと、死線をさまよった往時に思いを馳《は》せたことで、自然そんな言葉が口をついて出たまでだ。

藤森の心象風景はわからないから、山下はかすかに首をかしげた。

「死んだ気になって……」などと言われればやはりびっくりする。

もっとも、山下とて高揚していないわけがなかった。

「店舗開発部などという部名を堂々と名乗れるのは、都銀の中でもウチだけです。部長がおっしゃるとおり勝負どころというか、短期決戦のつもりでやるべきですね」

「四十七、八年度中に四十数店出店するとすれば、候補地は少なくともその二倍なければならないわけです。すでに相当数あがっているが、十月中に百に近い候補地をそろえるのは難しいでしょうか」

山下が一瞬考える顔をしたので、藤森の自問自答のかたちになった。

「難しいもなにもやらざるを得ませんねえ。今週中に店舗配置計画の基本方針だけでも決めましょう」

きょうは金曜日だから、今週はあと一日しかない。

山下が気合いを入れるように答えた。

「わかりました。今夜とあした頑張りますか」

藤森がにやっと相好をくずした。

「わが店舗開発部は、業務一部や業務二部のような大部ではないけれど、少数精鋭で全員一騎当千のつわものばかりですから、なんとでもなりますよ」

本館五階フロアは店舗開発部、業務一部、業務二部の三部で占めているが、百人に近い大世帯の業務一、二部と異なり、店舗開発部は四人の女子行員も含めてわずか十五人の陣容であった。

十月三日日曜日の早朝六時過ぎに、藤森はハンチングにジャンパー姿で吉祥寺の自宅を出た。

キャディバッグもゴルフバッグも持たないからゴルフではない。

ハイヤーで迎えに来たのは、店舗開発部主事の藤原正義である。

藤原は、鷺宮の社宅住いだから、吉祥寺は近い。合併前の業務企画部長時代から、店舗開発の仕事は手がけているので、藤森の日曜返上はいまに始まったことではなかった。

この日は、神奈川方面の物件の下見で一日つぶすことになっていた。

きのうは四十七、八年度の店舗配置計画を詰めるため、帰宅したのは深夜だったから睡眠不足で頭が重かったが、藤森は笑顔で挨拶を返した。

「おはよう。ご苦労さん」

退行するとき、藤原から気づかわしげに、「予定どおりでよろしいですか。少し時間をずらしましょうか」と声をかけられたが、「予定どおりでけっこうだ。きみらが探してきた物件を少しまとめてみるとなると六時スタートは厳守しなければいかんだろう」と、胸を張った手前、眠そうな顔はしていられなかった。

むろんまだ部外秘だが、店舗開発部がまとめた基本方針（要旨）は次のとおりであった。
一、都心を含む都内の店舗網については再開発地区の見直しおよび富士、三菱との店舗網の比較における空白拠点の補完整備を行なう。（八～九店）
二、外延拡大について
①首都圏四十キロメートル内、近畿圏三十キロメートル内および名古屋近郊の大型拠点の確保（十三～十四店）②前記地域内の優良商住地の確保（十一～十二店）③首都圏、近畿外延部の未来拠点の確保（七～八店）――により三大経済圏近郊地帯の店舗網を整備する。
三、三大経済圏以外でも店舗網上重要な高度成長地域に限定して整備する。（一～三店）
四、四十七、八年度の店舗設置数は重複店舗数を勘案し、総計四十～四十七店とし、地区別配分は首都圏三十～三十四店、近畿圏七～九店、中京圏三店、その他〇～一店とする。
きょう下見する物件は、相鉄線沿線の鶴《つる》ヶ峰《みね》、横浜線沿線の橋本、相模原《さがみはら》、それに鎌倉、辻堂《つじどう》などだが、すでに合併前から両行で五十ヵ所以上あがっている候補地の中でもAクラスにランクされている有力候補ばかりであった。千に三つはオーバーとしてもドロップするほうが圧倒的に多い。藤森なり山下が下見する物件は、担当者ベースでクリアしたものがほとんどだから、有力候補物件と言うことができる。

取引先の不動産会社からの情報もあるし、建設会社から耳寄りな話として持ち込まれるケースもあるが、店舗開発部員が自ら探してきた物件も少なくない。

いまでいう地上げ屋さながらで、部員は物件を求めて東奔西走、席をあたためているひまもなかった。

部長の藤森は、統合店や開設店の店長人事などで開発担当の江口、浅川両専務との意見調整やら業務推進本部との根回しなどで時間を取られるから、いきおい物件の下見は土、日に集中せざるを得なくなる。

とくに宣言したわけではなかったが、向こう一年はゴルフはやらないつもりだった。物理的にできないと言うべきかもしれない。藤森は、日本一の新銀行づくりに燃えることが使命だと確信していた。

執念をたぎらせ、精魂を傾けてこそ、統合再配置が遂行できる——。しかし、血相を変えて部下を怒鳴りつけていたわけではない。部下に対して終始笑顔を忘れてはならないと自戒していたから、藤森から鬼気迫るような雰囲気を感じ取った者はいなかったかもしれない。柔和な顔で得をしている面もある。けっこうきついことも言うが、ほどよく減殺されるのだ。

ハイヤーに揺られながら、藤原たちがまとめた基礎データに眼を通していた藤森が、藤原のほうへ首をねじった。

「昼食は早めにしようか」

なにか質問されるのかと身構えた藤原の顔が弛緩《しかん》した。

「いいですね。部長も朝食抜きですか」

「そうなんだ。ミルク一杯で飛び出してきたが、腹が減っては戦は出来んよ。久しぶりに〝勝烈庵〟に行こう。十一時なら空いてるだろう」

しかし、横浜線沿線の橋本、相模原、長津田、中山などの物件を見てから、相鉄線の鶴ヶ峰に足を延ばしたときは一時に近かった。

空腹を忘れてしまったほど、観察に熱が入ったのだ。

当該地域の人口、事業所数、工事投資額、同出荷額、卸・小売額などの過去五年の増加率などの人口、経済指標はわかっているが、駅前の商店街の人の流れや、駅の乗降客、バス路線の乗り入れ状況、住宅開発状況など後背地のひろがりを眺めていると、あっという間に時間が過ぎてゆく。

土地にしろビルにしろ物件のオーナーに会うときは、ジャンパー姿というわけにはいかないが、街の不動産屋の話を聞くときはヘタに身分を明かすと碌《ろく》なことはないので、ハイヤーを遠くに待たせて通りがかりにぶらっと立ち寄ったようなポーズを取る。

要は、支店を開設してお客が集まり、採算がとれるかどうかだが、藤森は首都圏にとどまらず、候補地という候補地はすべて見て回るつもりだった。

藤森と藤原が横浜・関内の〝勝烈庵〟にたどり着いたのは二時に近かった。

二階の大座敷に、黒塗りのテーブルがいくつか並んでいる。

昼食時は、行列ができるほど混んでいるが、日曜日でもあり時間が時間なので二人は相席ではなく、四人用のテーブルに向かい合うことができた。

メニューはただひとつ。大きめに切った部厚いカツレツ、細かく刻んだ山盛りのキャベツ、薄甘のどろっとした特製ソースが〝勝烈庵〟の自慢である。それに漬物と蜆《しじみ》の赤だしがつく。素朴というか、簡素というか、ご馳走というには当たらないが、カツレツを食べるともりもりと馬力がついてくるような気がする。あったかい丼めしは、入行十年余の若い藤原にとって、なによりもありがたかった。

「やっと人心地がついたな」

「ええ。おいしかったです」

「こんどの日曜日は、早馬君につきあってもらうが、千葉、埼玉方面だから〝勝烈庵〟というわけにはいかんな」

早馬寧は、藤原より後輩だが、同じ主事である。早馬より若い行員は、店舗開発部にはいなかった。

「来週もお供させてください」

「そんなに張り切らんでもいいよ」

「張り切ってるのは部長のほうですよ」

「きみは、いくつになった」

「三十四です」

「僕より十八も若いのか。それじゃ来週もつきあってもらおう」

昼食後は京浜急行線の沿線を一ヵ所見て、鎌倉、辻堂へ回った。

六時近くなり、あたりはすっかり暗くなった。藤原は、辻堂で最後かと思ったら、ハイヤーに乗り込むなり藤森がこともなげに言った。

「せっかくここまで来て、逗子《ずし》支店を見て行かん手はないだろう」

「……………」

「きみは逗子には、ずいぶんかよったんじゃなかったか」

「はい。五回や六回じゃきかないと思います」

「そうだろう。僕だって二回は足を運んでるんだから」

逗子支店は、八日後の十月十一日に開店するＤＫＢ新設一号店である。四十六年度内に開設する新設店は二十四店だが、すべて合併する前からＤとＫで手がけた物件なので、支店長はそれぞれの出身行から出すことになっていた。

「きみが逗子支店を手がけたのはアメリカに出張する前だったかねえ」

「いいえ。帰国した直後です」

四十五年四月から五月までの一ヵ月間、藤森は、藤原に米国出張を命じた。テーマは、アメリカにおける都市銀行、営業店舗の出店方法および店舗網の在りかたなどの調査である。

藤原はアメリカの中位行〝ユナイテッド・カリフォルニア・ロスアンゼルス〟を対象にマーケティングリサーチに取り組んだ。

この結果、①カリフォルニア州（人口約二千万人）の経済成長に見合った店舗網の拡張②同州内の大商業拠点への店舗配置③同州内の店舗空白地帯の優先的出店④競合度を十分考慮し新店舗設置のタイミングに留意する——などの点が把握できた。

藤原は、〝このことは外訪によるマン・ツー・マンのセールスは全く行なわず、バンクイメージを強く訴えかけ、顧客に取引銀行を選択させる米国のマス・セールス方法にあっては、商業拠点を中心として州内にくまなく張りめぐらされた店舗網が個人層取引の獲得を可能とし、組織的な大衆化路線の推進を支えていること意味している〟とレポートにまとめたが、アメリカ出張の成果は少なくなかった。

日本は、米国と異なり店舗規制があるが、店舗の自由化、マス・セールスによる多店舗時代を予感することはできる、とレポートを見ながら藤森は何度もうなずいたことを憶《おぼ》えている。

第一、勧銀の合併によって、藤森の予感は一層増幅された。

四十五年四月と言えば、三菱問題から一年、まだ第一の行内にその後遺症が色濃く残っていたときだが、思い切って若い藤原に勉強させた甲斐《かい》があったと藤森は思う。

横須賀線逗子駅前のビル内にオープンする第一勧業銀行逗子支店の前で、車を降りて、二人は感慨深げに、まだ覆いの取れない看板を見上げた。

「ビルのオーナーは、ボウリング場をツーフロアにしたいと言い張ってたなあ」

藤森がにやにやしながら言った。

藤原は頭を掻《か》きながら返した。

「穴があったら入りたいですよ。わたしは同調した口ですから。部長がサシでオーナーを説得しなかったら、そうなってたと思います。ボウリング・ブームがこんなに早く下火になるとは思いませんでした。オーナーもいまごろホッと胸を撫《な》でおろしてるんじゃないですか」

「僕はボウリング・ブームが去ると予想したわけじゃないんだ。投資額があまりにも大きくなるから注意したまでだよ。採算が取れるかどうか心配だったからな」

逗子でタクシー会社を経営し、市の商工会議所会頭でもある地主を藤原に紹介してくれたのは清水建設の担当者であった。

「逗子は、海水浴場としてだけではなく人口も増えるだろうから、発展するだろう。この店は、きっと当たるよ」

藤森は、そんなことを言いながら、ハイヤーに戻った。


あくる朝、藤原は三十分ほど遅刻した。もう部会が始まっている。

「きのう車に乗り過ぎて酔ったせいでしょうか、朝起きたとき気分がむかむかして。部長はよく平気でしたねえ」

「若いくせになんだ」

「部長とは鍛えかたが違うんでしょうか」

涼しい顔で会議を取り仕切っている藤森のタフガイぶりに、藤原はあきれる思いだった。

常務取締役大阪支店長の羽倉信也も、近畿圏の店舗開発では、合併準備段階から苦労した一人だ。日曜、祝日を返上したことも一度や二度ではない。

近鉄藤井寺駅前の出店を考え、調べてみると南口の最適地は関西電力の所有地だった。担当窓口ベースで折衝したところ、関電の返事はノー。

部下を連れて、まだ開けていない北口一帯を下見に行き、田圃道《たんぼみち》のぬかるみに足をとられて往生したことがある。帰りに駅でバッタリ出合った取引先の社長から「日曜日になんのご用ですか」と訊かれたとき、羽倉はつい「ちょっと野球場まで」と答えてしまった。

羽倉は、南口を諦め切れず、関電の副社長と直接掛け合って譲歩を引き出すことができたが、藤井寺支店のオープニングセレモニーで、くだんの社長がにやにやしながらささやいた。

「あのときはここのことだったんでしょう」

「どうも。その節は失礼しました」

羽倉は頭を下げるしかなかった。

店舗開発部で、最もシリアスでホットな問題は四十七、八年度の統廃合店問題で、DとKのいずれの店を廃止するかを決めるときだ。

「伝統のある××店を潰すとはどういう料簡だ」

ＯＢまでが圧力をかけてくる。現役はもっとうるさい。

それを捌《さば》くのは藤森と山下である。

二人は深夜、部長室のソファで深刻な顔でひたいを寄せ合うことが少なくなかった。

クレームをつけたくなる気持ちはわかるが全体のバランスを考えて、統廃合店を決めていくのだから、文句を言われる筋合いではないのだが、藤森と山下で調整がつかないときは、江口、浅川の両専務に入ってもらうしかない。

西川、村本の副頭取までわずらわせることはなかったが、一方では大蔵省から統合を急ぐよう、やいのやいの言ってくる。

大蔵省には、山下が顔を出すことが多かったが、藤森も何度か頭を下げに足を運んだ。

大蔵省の攻勢をかわして、新宿の四店、虎ノ門の二店、池袋の二店などをそのまま残すことができたのは、結果的に大成功であった。

新宿の四店は、Ｄの新宿店と新宿西口店、Ｋの新宿店と新宿西口店である。問題は店名をどうするかだ。

Ｄの新宿西口店とＫの新宿店を残して、Ｄの新宿店は東新宿店に、Ｋの新宿西口店は西新宿店に店名変更することでケリをつけたが、その後の新宿副都心の発展ぶりをみると、大蔵省の言いなりにならず、のらりくらり先送りしてきたことが好結果をまねいたと言えよう。

6

九月三十日付で、合併準備委員会および事務局は解散したが、事務局の最後の仕事は十月八日の第一回全国支店長会議における会長、頭取、副頭取の訓示の内容をどう調整するかであった。つまり井上会長、横田頭取、西川、村本両副頭取が三百人の支店長たちに、なにを話し、なにを訴えるか、訓示の内容が重複しないように調整しておこうというわけだ。

井上会長は、合併の理念を説き、横田頭取は経営理念を訴え、両副頭取は具体的な経営方針について触れることで調整がついた。

事務局で草稿を練り、会長、頭取、副頭取の首脳会議で意見をすりあわせ、それぞれが手を入れて訓示の原稿がまとめられたのは、支店長会議当日の三日ほど前である。

その日、本店本館四階の講堂は朝から熱気に包まれていた。役員と本店の部次長を含めて約五百人が会場を埋め尽くしている。

午前九時過ぎに初めに登壇したのは、もちろん井上である。

「みなさん、おはようございます。井上でございます……」

　井上は、静かに語りかけるようにつづけた。

「こうして、みなさんの一堂に会された姿を拝見して、わたくしとしましては感慨無量なものがあります。第一銀行が九十八年の歴史を終り、日本勧業銀行が七十四年余の歴史を閉じて、新しく日本のトップバンクになり、資産では世界第六位の銀行が誕生したことだけでも、ほんとうに感慨無量でございます。みなさんもおそらく同様でございましょう」

「三月十一日の合併発表以来、わずか半年間の準備期間で、今日、このような会議を開けるはこびになりましたのも、ひとえに、みなさんがたを中心として、全行員のかたが心を一《い》つにして努力してこられた、その結果であります。この間のご苦心は大変なものであったと思います。ご苦労さまでした。深く感謝いたします」

　井上は、深々と頭を下げた。

　三秒ほど言葉をつなげなかったのは、胸に熱いものがこみあげてきたからだ。

「今日の会議の目的は二つあります。一つは、新銀行の経営方針をお伝えすることであります。いよいよ、これから新銀行の歴史が始まります。未来に向かって踏み出す最初の一歩、その一歩を、全支店が同じ方向に向かって踏み出すことが大切であると思います。どうか、これからわたくしどもが申しあげることをよく咀嚼《そしゃく》し、納得して支店に持ち帰り、これからの業務の中に、生かしていっていただきたいと思います。もう一つの目的は、これから新銀行の経営にたずさわっていくと申しますか、中心になっていただくみなさんがたに、お互いに顔なじみになっていただくということであります……」

井上は、合併理念について触れたあとで、変化への対応、経営体質の強化、一体化の達成――を三つの課題としてあげた。

そして、原稿から顔を上げて、ひとことひとこと嚙《か》みしめるように格調高く結んだ。

「大袈裟《おおげさ》なことは申しあげたくありません。わたくしは大袈裟なことは嫌いです。しかしながら、いま、わたくしどもは日本の金融界にとっての、新しい第一歩を踏み出している、新しい時代の幕を開きつつある、ということは言えると思います。それだけ、わたくしどもに課せられた責任は重く、また前途の困難も多いことと思われます。責任の重さにおしひしがれることなく、困難の大きさにためらうことなく、誇りをもって、みなさんと手をたずさえてやってゆきたいと思います。ともに元気で頑張りましょう」

万雷の拍手が会場をゆるがし、それは井上が降壇してからも鳴りやまなかった。

「頭取の横田でございます……」

横田は会場に向かって低頭してから、低いが張りのある声で話し始めた。

「合併発表以来短期間のうちに、合併準備をとどこおりなく終えて、本日ここに、第一勧業銀行としての、第一回支店長会議を開催し、全国三百の店舗の支店長諸君と、意見を交換する機会をもちましたことは、わたくしにとって生涯忘れえない喜びであります。この機会に、諸君が合併準備に払われましたご苦労に対して、心から敬意と感謝の意を表したいと思います」

横田は、会場をにこやかに眺め回してから一段と声量を上げた。

「また、上期は期末総預金で四兆五百六十五億円と、四兆円を突破する輝かしい成績をあげることができました。諸君のご奮闘に重ねて感謝いたします。まことにありがとうございました」

突然会場から、拍手が湧きおこった。

わが国初の〝四兆円銀行〟の誕生を高らかに宣言したのだから、それも当然であろう。名優が舞台で、見えを切るのに等しい〝四兆円突破〟を横田の訓示に盛り込んだことは、井上が横田に花をもたせた結果とみることもできる。

富士、住友、三菱の三行は三兆円銀行、三和、東海、三井の三行は二兆円銀行であった。

横田は、新銀行の経営理念について話してから、真に〝国民的〟という名に価する銀行にしたい、と次のように強調した。

「そのためには、どうしても規模が大きい、底力のある銀行となることを要するのであります。少なくとも、そうでなければ七〇年代以降の社会においての、都市銀行の発展の余地がないといっても過言ではありません。このような背景の下で、大衆化の問題についても、これまでとはちがう別の角度からの考えかたが必要とされます。六〇年代までの銀行は企業一辺倒であったと申しましたが、一方では銀行の大衆化が叫ばれてきたことも、事実であります。それにもかかわらず、わたくしは銀行が大衆化の問題を、果たして真の意味で受けとめてきたかどうかを疑うものであります。大衆化といいましても、率直に申しまして、単に産業界に融資するための、資金の供給源としての見地から、大衆に接近するというのが実情ではなかったか、資金吸収の手段としての大衆化ではなかったか、と思うのであります」

横田は会場を見回しながら、ぐっと抑揚をつけてつづけた。

「大衆化すなわち銀行のデパート化とされ、ご承知のように新商品開発競争が表面的にははなばなしく展開されてきております。しかし、ここでますます重要になってきておりますことは、むしろ、いままで産業界のほうに深く傾斜していた預金、貸出、為替等の銀行のもつ各種の機能を、大衆の方向に向け、低コストで正確、敏速に、さまざまのサービスを提供していくことではないかと思うのであります。わたくしは全店舗が、この新銀行発足を機会に、店周地域社会にほんとうに密着し〝第一勧銀の支店があってよかった〟と喜ばれ、信頼される存在になっていただきたいと思います。いいかえれば、地域社会の生活にとけ込み、〝心のふれあい〟をもつ親密な取引を通じてその福祉の向上になくてはならない存在となることを、目標としていただきたいと思うのであります」

さらに横田は国際化の取り組みについて述べたあとで、話をすすめた。

「新銀行にとって、人の和がなによりも大切なことは、申すまでもありません。このため人の融和に細心の注意を払っております。たとえば部店長をはじめ主要な人事についてはすべて対等の原則を貫いております。また、本部においては部長・次長について、いわゆるクロス人事を行なっております。これは行内の融和のために、最良の策であると信じます。しかし反面、これは組織を必要以上に複雑にし、互いの意思疎通を妨げるおそれがあることも否定できません。このマイナス面が現れてこないようにするために、上下の、また横のコミュニケーションを良くすることが肝要であります。諸君は、新銀行の運営について、積極的な意見を、われわれ重役室に、あるいは本部各部に、どしどし寄せていただきたいと思います。わたくしたちも機会あるごとに支店に臨店し、現場の意見を聞くつもりであります。また諸君は、自分の、あるいは本部の指示や意見を部下に伝えるだけではなく、部下の自由な発言や、自由な発想を積極的に求め、促すという努力をしていただきたいと思います。いわゆる下意上達であります」

そして、横田は頭取訓示を力強くしめくくった。

「当行は、いまや未知の大海に船出したのであります。これからの当行の進路には、前例も手本もありません。わたくしたちは中位行的な考えかたや慣習を捨てさるのはもちろん、六〇年代的な発想から脱却して、未来に力強く挑戦していかなければなりません。わたくしたちの任務は、七〇年代にふさわしい新たな意識をもって、新たな時代の要請にこたえる、新しい銀行を創造していくことであります。まことに任は重く、道は遠いといわねばなりませんが、わたくしは諸君の先頭に立って、頑張っていく覚悟であります。諸君がわれわれ経営陣と力を合わせて、奮闘してくださるよう切に希望して、本会議におけるわたくしの訓示を終ることといたします」

横田もまた大合併の立役者だけに、凄《すさ》まじいほどの拍手がいつまでも、いつまでも続いた。

西川副頭取は、融資、証券、事務および人事について具体的な方針を示した。

この中で中小企業融資について「四十六年六月末現在の都市銀行の中小企業貸出の総貸出に対する比率をみますと二五・一パーセントであるのに対し、第一勧業銀行は二四・四パーセントで、中小企業貸出は、なお不十分な感があります。これを都銀平均以上にもっていきたいと思っております。合併に伴い当該取引先での新銀行の融資ウエイトが高くなり過ぎる大口取引先もありますので、これらの取引先については今後調整を行なうこととなり、また合算メイン先からの逆調整もありますので、この面からもかなりの資金が浮いてくるものと見込まれます。われわれは、この浮いた資金を優良中堅・中小企業に積極的に振り向けるつもりでおります」と語っている。

西川の訓示は、D側の関係者には耳が痛かったはずだ。

旧第一銀行の中小企業貸出ウエイトは一〇パーセント台にとどまっており、この点は、合併準備委員会の段階で、古河、川崎グループなど大企業偏重が、K側から指摘されていたからだ。

村本は、資金吸収業務、外国業務などの業務面の展望と、店舗・組織など体制面の問題に対する考えかたを述べた。

外国業務に関する村本のスピーチは次のような内容であった。

「外国拠点についても国内店同様同一地域内で重複する支店・駐在員事務所を統合いたします。この結果、短期間のうちに二支店、三事務所の配置転換ないし移設を行なう必要があります。一方、これとは別に既に当局の認可を得て、ロスアンゼルスおよびソウルの両駐在員事務所の支店昇格とシカゴ現地法人（ザ・ファースト・パシフィック・バンク・オブ・シカゴ）の開業を準備中であります。当面の課題は、いかに短期間にこれらの整備を完了し、戦力化するかということであります。設立関係の手続きを急いでおりますが、他行の進出との関係もあり、業務面の肉付けをいち早く行なうことが、特に重要であります。この点について各店の強力な支援をお願いいたします。さきに述べた配転、昇格などが完了した暁には新銀行の海外拠点は支店五、駐在員事務所六、提携銀行・現地法人三の合計十四ヵ所となり、これは東銀を除き、邦銀中最大の布陣となります。この店舗網を十分に活用して業務の一層の拡充をはかることを目指したいと思います」

また、村本は中国問題にも触れている。

「日本自体がどう対処するかという政治的な問題も含め、状況は極めて流動的であり、また銀行取引についての中国側の考えも必ずしもはっきりしておりません。従来旧勧銀が台北に支店を持ち、旧第一が北京の中国銀行とコルレス約定を結んでいたということは、とりも直さず、これを通じての顧客の実体的な取引が存在したということであり、これらの顧客の立場を考えますと、新銀行としては、できる限り、双方を継承して行きたいと考えております。いずれにしても客観情勢を注視して慎重に対処したいと考えております」

7

年明け早々の昭和四十七年一月五日に、村本は、国際部次長の昌保彰郎を帯同して、ロスアンゼルスに飛んだ。

井上会長と横田頭取から、米銀の買収交渉に乗り出すように指令を受けたのである。

カリフォルニアのウエルスファーゴの東京駐在員から同行が某米銀を買収するについて全部では独禁法上認可の取得が困難なので、一部の支店をＤＫＢに買収してもらえないか、と取締役国際部長の篠木達夫に打診があったのがことの始まりである。

旧第一銀行は、酒井頭取時代からウエルスファーゴと近い関係にあったが、篠木は外国業務部長の藤松重隆とソリの合うほうではなかったし、担当常務の長松宗太（東銀出身）への伝えかたも遅かったため、Ｋ側の上層部がヘソを曲げたのだ。

篠木にすれば他意はなかったのかもしれないが、井上会長から話を聞いた横田の気持ちもわかる。

しかし、横田は顔に出さず、「村本君にまかせましょう」と、太っ腹のところをみせた。

村本は、ウエルスファーゴのクーリー頭取とは旧知の間柄だから、買収交渉には適役だが、シカゴに現地法人を設立する認可を大蔵省から取得したばかりだったので、バンク・ホールディング・アクトからいってもワシントン政府の認可を取りつけることも難しいのではないか、と思っていた。一番心配したのは、篠木の対応がK側にしこりを残さなければいいが――、という点だ。

だが、とにかく当たってみようということになって、急遽米国出張となったわけだ。

飛行機の中で昌保が訊いた。

「副頭取は、なにがなんでもサインするつもりですか」

「きみ冗談言うなよ。俺たちは交渉に行くんだ。ただ、DKBの国際部門が飛躍するチャンスだから最善を尽くしたいとは思っている。さっき、頭取から、〝難しい点もあろうが六〇パーセントの可能性はあると思う。問題点をよく調べて頑張ってもらいたい。井上会長ともよく話してみる〟と言われたが、六〇パーセントの確率があるかどうかは、クーリーと話してみなければわからんよ」

村本と昌保が現地で研究してわかったことは、アメリカの銀行を買収して運営することの難しさである。

まず、各支店のマネージャーをどうするか、という問題がある。銀行自身の建物は少なく、ほとんどはリースだから、買収できたとしてもリース契約が継続される保証はない。

これではネガティブにならざるを得なかった。村本からの国際電話を受けて、井上と横田が協議した結果、二百億円もの投資をするのはリスキーである、との慎重論でいくべしということになった。

問題は、クーリーに「ノー」を持ち出すタイミングである。

昌保は「もう一日だけ頑張りましょうよ。ひょっとしたら、向こうからノーと言ってくるかもしれませんよ」という意見だった。

村本が念のため、東京に電話をかけて篠木の意見を聞くと「もう一日か二日頑張ったらどうですか。クーリーがワシントンと協議して、ノーの回答をもってくるかもしれませんよ」と言う。

そのとおりになった。

「フェデラルリザーブのトップに会ったら、外銀はまずいと言われました。特にバンク・ホールディング・アクトにひっかかっているものはまずいということらしいんです」

投宿中のホテルに訪ねてきたクーリーが申し訳なさそうに村本に言った。

村本は内心にやりとしたが、にこりともせずに返した。

「残念だなあ、ディック」

ディックは、リチャード・クーリーの愛称である。

第一弾ともいうべき米銀の買収には失敗したが、ＤＫＢの国際化への布石の打ちかたは、他行を羨《うらや》ましがらせるほど早く、その後、ロスアンゼルス、シカゴ、アムステルダム、チューリッヒ、デュッセルドルフなどに現地法人支店が次々と誕生していくことになる。

第十章　世界一の栄光

1

　井上薫と村本周三が名誉会長室のソファで向かい合っていた。二人ともいつになく顔がこわばっている。

　昭和五十四年の正月休み明けの午後のことだ。

　二年前、昭和五十一年十二月に、井上は横田郁と共に取締役名誉会長に退き、第一勧業銀行（ＤＫＢ）の会長は西川正次郎副頭取、頭取は村本副頭取がそれぞれ昇格した。副頭取には篠木達夫と羽倉信也が就いた。

　村本が泡立つ気持ちを懸命に抑えながら名誉会長室に飛び込んできたのは、この日発売された雑誌『財界』に〝第一勧銀　頭取三年で交代か、村本頭取〟〝旧第一系のお家の事情で強まる篠木副頭取昇格説〟の記事が掲載されたからだ。

村本は『財界』を読んでいて、暮れも押し詰まった某日、横田に呼ばれたときの場面を眼に浮かべた。

「井上さんは、三期六年を半分に分けて、後半は篠木君にやらせたいらしい。これは僕の過剰反応で、事実はまだ迷っているのかもしれないが、篠木君が頭取なんて冗談じゃないよ。西川君も反対している。それどころか、篠木君とはコンビを組む気になれないとまで言っていた。こういう言いかたはしたくないが、K側は全員反対だ。D側の問題だからまかせてくれと言われればそれまでだが、井上さんほどの人がいくらなんでもそれはないと思うなあ」

「いすゞ自動車から頼まれたときに、篠木君かな、とわたしは思ったのですが、井上さんは上杉君を出されました。篠木君を頭取候補として温存したんでしょうね」

常務の上杉一郎がいすゞ自動車の副社長に転じたのは五十一年一月のことだ。

「篠木君の定年問題を考えて頭取にさせたいと思う井上さんの気持ちはわからないではないが、あの男はちょっと困るんだ。とにかくK側が挙げてきみを応援してることを忘れないでくれ。きみが頑張れば、マジョリティは取れるんだからな」

副頭取の定年は六十三歳、専務、常務は六十歳だ。

横田は深刻な話なのに、まるで冗談みたいに笑いながら話した。

横田と話していると気持ちが和《なご》んでくるから不思議だった。

「いいね。井上さんがなにか言ってきても断ってくれよ。僕と西川の名前を出してもいっこうに構わん。二人に激励されたって言ってくれていい。それにＤ側にだって篠木じゃ嫌だっていうやつがいないわけがないと思うんだがなあ」

村本は、名誉会長室から出るとき、横田にぽんと背中を叩《たた》かれた。

村本が秘書を通じて井上に面会を求めたのは、存念のほどを確認したかったからだ。

横田はああ言ってくれたけれど、井上が決断しているとしたら、身を引くしかないかもしれぬ――。

「『財界』には〝欠かせぬ中継ぎ頭取〟とまで書いてあります。こういう記事は井上さんのコンファームなしには書けないんじゃないでしょうか」

押し黙っていた井上が、ぽつっと言った。

「僕は『財界』の記者に会ってません」

「しかし、いくらなんでも篠木君自身がリークすることはないと思いますが」

「僕がいまもって悩んでいることは事実です。しかし、僕一人で決められることでもないからねえ」

「ということは、この記事は結果的に誤報になるわけですか」

井上は返事をしなかった。

村本が退室したあと、井上は窓から中庭を眺めながら、どうしたものかと考えていた。

村本続投でいくのがいいのか、強い手を打つべきなのか――。

2

『財界』の記事に次のような要旨のくだりがある。

いまの第一系の首脳陣の人事構成からみるとどうしても、村本氏のあとに中継ぎのワンポイントリリーフを入れなければ、第一側の人繰りがつかないというのが実情なのである。

そこで考え出されたのが、第一側のもっている三期六年の頭取任期を二つに割り、村本氏を三年で交代させ、篠木副頭取を昇格させ、残り三年をつとめさせようという構想である。

この場合、勧銀系の人事にはいっさい影響を及ぼさない。西川会長―村本頭取のコンビが西川—篠木のコンビに変わるだけである。

かりに、三年の頭取交代に伴って、勧銀ポストの会長もワンセットで動かすということになれば、これは、むりがでてくる。手持ちの任期として六年ある西川氏が、むりやり第一側の事情で交代させられることになる。これは勧銀としては黙っておられまい。

しかし、第一側だけの事情で頭取が交代することについては勧銀側は任期の範囲内ならみすごすことになると思われる。もともと第一勧銀の人事は、井上—横田両氏のコンビいらいワンセット主義といわれているが、基本的にはそうではない。

イーブン（等分）の原則といった方が正しく、部長の数、取締役の数、常務の数とすべて等しく第一—勧銀両側から出すのがしきたりになっている。逆にいえば、員数さえキチンと合えば、年齢、あるいは人材の交代については、あえて何もいわないということもある。

ただ、副頭取、頭取といった上層部の人事ということになれば、いきなり、頭取の首をスゲ代えるといった暴挙は許されないのは、当然である。両行首脳の綿密な打ち合わせのもとに、円満に交代が行なわれることになるが、その場合、もし、第一側の異動に、勧銀側は相談はうけても、人事の内容に発言権はもたないのである。

さて、そこで村本氏である。かりに、三年で、退陣するとすれば、在任満三年を迎える今年十二月ということになるだろう。第一勧銀は、内幸町に現在、地上三十二階の新本店ビルを建設中であり、この完成が、五十五年秋に予定されている。

いまのところ、一勧は、この本店ビルの完成と昭和五十六年に迎える合併十周年を目標に資金量ナンバーワンばかりでなく、収益力日本一の銀行に変身しようと、目下大車輪で動き始めている。

こうした中で、村本氏にとって任期途中で退陣することは、心残りであることは確かだろうが、今後の旧第一人脈のことを考える場合、英断が求められているといえるかも知れない。

いまのところ、こうした構想は、具体化していない。井上氏も、村本頭取に、意向を明らかにしていないとみられるが、いずれは、決断のときを迎えよう。そのとき、村本氏がどのような反応を示すか、一勧内部には村本氏と井上氏が、早急に話し合ってスムーズに処理することを求める声も強い。

三菱銀行との合併問題で、篠木は自身で言っているように〝エネルギーを燃焼し尽した〟ほど身を挺《てい》して反対運動を盛りあげてくれた。合併後は国際部門の強化に功績を残した。

バンカーには珍しく親分肌で、篠木に心酔している者もけっこう多い。歯に衣着《きぬ》せず言いたい放題ずけずけ言うほうだから、マスコミ受けもよかった。行動力もあり味方につけたらこれほど頼りになる男も少ない。だが、K側の不人気はいかんともしがたかった。

せめて、K側役員の三の一でも支持してくれれば――と井上は思う。『財界』の記事は、金融界で大きな反響を呼んだ。DKB行内でも、寄るとさわると話題になった。

記事を書いたのは金融担当記者の丸山雅隆である。K側の上層部から取材したのだが、篠木に接触した限りでも、「あんまり先走らんでくれよ」と、にやにやしている。なにやら自信たっぷりに見えた。

井上は考えがまとまらないままに横田に会いに行った。二人の部屋は隣り合せである。いちいち秘書を通さずにノック一つでしょっちゅう行き来していた。

「村本君が血相変えて飛び込んできましたよ。『財界』の記事は、僕のコンファームなしには書けない記事だと詰問されましたが、心当たりはありません。僕は横田さん以外に、話した憶《おぼ》えはないんですが」

「僕も『財界』の記者には会ってないですよ。篠木君が自分でしゃべったんじゃないですか。もう頭取になったつもりなんですかねえ」

横田は苦笑まじりに返した。

井上から打診を受けたとき、間髪を入れず「それはないでしょう」と答えたが、その気持ちは日増しに強くなっている。だからこそ、暮れのうちに、西川と相談したうえで村本の耳に入れたのだ。

「〝篠木頭取〟には賛成してもらえませんか」

井上が煙草《たばこ》に火をつけながら訊いた。

「いいところもいっぱいあるが個性が強過ぎる人ですからねえ。旧行意識も気になります。村本君は無難にこなしてるじゃないですか。好投してるピッチャーをマウンドから引きずりおろすのはどんなものでしょう。西川とも呼吸が合ってるようだし、西川と篠木でバッテリーを組ませて、うまくいくとは思えません。会長と頭取はワンセットで考えるべきですよ」

横田も煙草を咥《くわ》えた。

井上は、自分が吐いた紫煙のゆくえを追うように、眼をさまよわせた。

横田は、西川に絶大な信頼を寄せ、すべてをまかせている。K側を取り仕切っているのは西川だし、羽倉との関係も悪くない。一方、村本と篠木はしっくりいっていない面もある。人によっては、犬猿の仲と見ているかもしれない。

井上の引きをいいことに、篠木は行内をわがもの顔でのし歩いているとK側には映るらしいが、逆に、大学のゼミで一年先輩の西川に頭を押えられている村本が歯がゆくてならないと篠木は思っていたかもしれない。篠木に対する見方は極端に分かれる。三菱銀行との事件がなかったら横浜支店長止まりだった、日本一の銀行で副頭取までなれたのだから以《もっ》て瞑《めい》すべしではないか、とみる向きがある反面、一度は頭取の椅子に坐《すわ》らせたかった、と井上の不決断をなじる人もいるほど、毀誉褒貶《きよほうへん》の落差がある。

「井上さん、第一勧業銀行は、合併してからもう八年目になるんですよ。すこし生意気を言わせてもらいますけれど、そろそろ旧行意識を薄めていく必要があるんじゃないですか。井上さんは、昔、僕の理想論を戒めてくれましたが、いつまでも〝一つ屋根の二つの銀行〟であってはならないと思うんです。篠木君が頭取になればやれDだ、Kだって皆んなが言い出して収拾がつかなくなりますよ。井上さんがどうしても頭取を交代させたいとおっしゃれば、それに従うしかないかもしれませんけど、なんだか厭《いや》な予感がするんです。僕は、村本君に、あくまで頑張れ、K側は全役員挙げてきみを支援するからマジョリティは取れるぞって冗談言ったんですが、そんなことになったら、世間のもの笑いのタネにされてしまいます。ですからもうこれ以上はなにも言いません。あとは井上さんが決めてください」

横田から、将来に禍根を残すとまで言われたら、いくら井上でも強引な人事を断行することはできなかった。

昭和五十四年秋、藤森の定年に先立ち、専務の定年が一年延長され、藤森はそのまま専務にとどまった。そして篠木は、五十五年六月、相談役に退き、藤森が専務から副頭取に昇格した。

横田がうれしそうに井上に言ったものだ。

「藤森君は、店舗開発部長時代から眼をつけていたが、よく頑張ってくれました。企画部長時代は金融引締め期で苦労したと思うが、公平に捌《さば》いてくれました。僕は藤森君に感謝してます。なんといっても旧行意識がないのがいいですよ」

藤森の取締役企画部長時代の昭和四十八年は、オイルショックによる経済混乱期である。凄《すさ》まじいインフレーションを抑制するためにも日銀は公定歩合の引上げに踏み切らざるを得なかった。四十八年五月時点では五パーセントだったが、再三再四にわたる引上げによって、四十八年八月には七パーセントになり、十二月二十二日に一挙に二パーセント引上げられて、九パーセントの高金利となった。

金融引締めによる貸出資金枠の運用をめぐって旧行意識が表面化したとき、取締役企画部長として、調整に当たったのが藤森である。

「旧両行の考えかたをひとつにまとめなければどうにもならん。これを出来るのはきみしかいないよ」

例の横田節でハッパをかけられて、藤森は貸出資金枠の調整に心を砕いた。

「K側をひいきし過ぎないか。いったいきみはどっち側の人間なんだ」

うしろから鉄砲玉が飛んでくるようなことも言われたが、藤森は一体化へのワンステップだと思って、公平、中立の立場を貫いたつもりだった。

3

西川―村本時代の末期、DKBが停滞したと見る向きが少なくないのは、時としてDとKの抗争が表面化したことによるのではあるまいか。
ライバル他行は、DKBを称してデクノボーと貶《さげす》んだ。デクノボーには、預金高では首位をキープしているが、でかいのは図体ばかりで収益面ではさっぱりふるわない、という意味が込められている。

西川―村本が〝三金会〟（DKBと主要取引先四十四社の社長会、五十三年一月発足）の結成やDKBの国際化、新本店ビルの建設（内幸町＝五十六年二月完成）などで示したリーダーシップぶりは誰しも評価するにやぶさかではないはずだが、〝シンガポール事件〟は、デクノボーぶりを際立たせずにはおかない衝撃的な事件と言えた。

五十七年六月二十九日付で西川と村本が取締役相談役に退き、藤森鐵雄が会長に、羽倉信也が頭取に就任してわずか一週間後に、シンガポール事件はDKB新執行部の知るところとなった。

DKBシンガポール支店の為替ディーラーが五十三年秋から五十七年五月の四年半ほどの間に、為替投機の失敗で九十七億六千五百万円もの損失を出していたのである。

藤森が羽倉に「DとかKとかにこだわる人は辞めてもらいましょうよ。合併して十年以上も経つのにまだそんなくだらんことを言ってるようじゃ話になりません。われわれの手で合併の総仕上げというか、一体化をやろうじゃないですか」と言った矢先に、激震に見舞われたのである。

藤森と羽倉は直ちに大蔵省銀行局長の宮本保孝を訪問し、率直に事実関係を報告した。

「西川―村本時代に起きた事件とは言っても辞めた人の責任を追及するわけにもいきませ

ん。羽倉と私が責任を取るべきと考えています」

「しかし、あなたがたは会長と頭取になったばかりじゃないですか。まさか責任を取って辞めるわけにはいかんでしょう」

羽倉が答えた。

「おっしゃるとおり辞めるわけにはまいりません。それではあまりにも無責任です。しかし、われわれも含めて責任は取るつもりです」

藤森が、羽倉の話を引き取った。

「宮本さん、問題は責任の取りかただと思うんです。わたしはゆるんだタガを締め直すチャンスだと思っています。負け惜しみに聞こえるかもしれませんが、デクノボーを返上するチャンスを神が与えてくれたと思ってるんです」

「一から出直すということですね」

「はい」

「合併が失敗だったとは考えられませんか」

「とんでもない。絶対にそんなことはありません」

藤森は、宮本を強く見返して、つづけた。

「シンガポール事件を隠蔽《いんぺい》するわけにはいきません。いずれ発表せざるを得ませんから、

ＤＫＢはマスコミのふくろ叩きにあうと思いますが、批判、非難は甘んじて受けますけれど、体制の立て直しはわれわれの手でやらせていただきたいのです。必ず名実共に日本一の銀行にしてご覧にいれます」

見えを切ったつもりはなかった。そうでなければ命をかけて合併を遂行してくれた井上と横田に申し訳ないと藤森は思うのだ。

さらに言えば、藤森は、大蔵官僚の受け入れを婉曲《えんきょく》に拒んだのである。事件が発覚すれば、デクノボーの体たらくぶりを天下に晒《さら》すことになるので、大蔵省が人材の派遣を迫る可能性が多分にある。世間もなにかと取り沙汰するに相違なかった。いわば、藤森は、先手を打ち自助努力にまかせてほしいと宮本に訴えたことになる。

羽倉が言った。

「なんでしたら事務次官、大蔵大臣にもお会いし、お詫《わ》びしますが……」

「その必要があるかもしれませんねえ。あらためてご連絡しましょう」

「よろしくお願いします」

「ありがとうございました」

藤森と羽倉は起立して深々と頭を下げた。

シンガポール事件は、三ヵ月後の九月二十四日に発表されたが、ＤＫＢが取った処分は、全役員の五十七年度分賞与の辞退、歴代シンガポール支店長の譴責《けんせき》、減給、国際担当常務の取締役への降格などであった。

宮本から蔵相と事務次官に挨拶するよう指示されて、羽倉が渡辺美智雄《わたなべみちお》蔵相と、松下康雄事務次官を大蔵省に訪問したのは、発表の三日前、九月二十一日午前十一時過ぎである。

羽倉は、両人に会う前に銀行局長室へ立ち寄り、宮本と立ち話をした。

「大臣はＤＫＢの経営陣に対して、相当厳しいことを言うかもしれませんよ。とにかく会ってください」

宮本に言われて、羽倉は緊張感を募らせながら事務次官室へ行った。

「きちっと処分されてよかったと思います」

松下のやわらかなもの言いに少しホッとして、羽倉は大臣室に向かった。

「やあ。ご苦労さん」

渡辺は気さくに右手を挙げて、羽倉を迎えた。

もちろん初対面ではない。

「シンガポール事件につきましてはお聞きおよびと思いますが、本日はお詫びに参上致しました」

羽倉は、事件の経緯と処分案をごく手短かに説明した。

「わかった。いいだろう」

渡辺はぶっきらぼうに言ってから、質問した。

「銀行の屋台骨がゆらぐようなことはないのかね」

「損失を処理するために有価証券を売却しますから、含み益を吐き出すことになりますが、屋台骨がゆらぐようなことはございませんのでご安心ください」

「それならけっこうだ」

渡辺は、それ以上なにも言わなかった。

羽倉は大役を終えて、肩の荷が降りたような気がした。

4

第一勧業銀行始まって以来の大機構改革が実施されたのは、シンガポール事件の記憶も生々しい五十八年一月のことだ。

藤森─羽倉コンビが満を持して放った大手術と言える。

狙いは、責任体制の明確化と大幅な権限委譲で、具体的には①営業店（支店）の自主性の尊重と活性化をはかり、取引先に対する良質なサービスを提供する②法人取引先のニーズに的確に対応する総合取引体制の充実③国際業務での収益力の増強と外貨資産の安全性の確保と管理の強化④本部ライン機能とスタッフ機能とを明確に分離し、本部企画力の向上をはかる——などである。この組織改正によって業務、営業、国際、企画の四本部制が敷かれた。国内営業店を統括する業務本部は四部からなるが、四人の担当常務に決裁権が与えられた。

「名実共にトップバンクとして総合金融サービスを展開する体制が整った。攻めの経営に移る」

藤森も羽倉も自信に満ちた口調で新聞記者たちに語ったものだが、組織改正の効果はそう簡単にはあらわれなかった。

六月中旬のある日の夕方、藤森が頭取室にぶらっと顔を出した。

役員フロアは三十一階で、名誉会長室（二部屋）、会長室、頭取室などがこの階に集まっている。

藤森と羽倉は、ひんぱんに行き来していた。もちろん羽倉のほうから会長室に足を運ぶこともある。

「支店の若い連中がなにを考えてるか、本部になにを求めているのか、いちど聞いてみたいもんですねえ。きっと言いたいことが山ほどあるんじゃないかなあ」

藤森がソファに腰をおろして切り出すと羽倉はひとうなずきして返した。

「ずっと支店回りをやってるけれど、われわれにどこまで本音を言ってくれますかねえ」

「そりゃあそうですよ。頭取じゃあえら過ぎます。企画部長あたりが適役なんですかねえ。沼田君は話しやすい雰囲気をもってるし……」

羽倉が「会長がこんなことを言ってたよ」と伝えただけで、取締役企画部長の沼田忠一は打てば響くような対応を示した。

沼田と次長の黒澤壮吉が聞き役、部員の須田光邦と西孝夫が書記役で、支店勤務の若手行員を夜七時過ぎに七、八人ずつ数回に分けてゲストハウスの〝代々木クラブ〟に集めたのである。

企画部のスタッフはDとK各二人ずつだが、若手のほうはいずれも入行八、九年のプロパーだから、DK意識などあるわけがない。

ビールで乾杯したあとで、沼田がにこやかに水を向ける。

「今夜は無礼講だ。いくら飲んでもいいぞ。そのかわり日頃思ってることを遠慮なしに吐き出してもらいたいんだ。本部に対して言いたいことがたくさんあるだろう。どんなことでもけっこうだ。不平不満なんでもいいから言ってくれ」

優等生たちは初めのうちこそもじもじしていたが、アルコールが入るにしたがって熱っぽくなり、〝この際言わせてもらおう〟〝言わなければ損だ〟とばかりわれわれ勝ちに胸中を吐露し始めた。

「本部からお題目みたいにＤＫ一体化なんていうスローガンが下りてきますが、われわれはもともとＤＫ意識なんてありっこないんです。いつまでもＤとＫのしがらみから抜けられず、ＤだＫだ言ってるのは本部の幹部だけですよ」

「トップバンクの行員としてプライドを持てとよく言われますけど、われわれはトップバンクだから第一勧銀を選択したんです。中位行意識から抜け切れず、コンプレックスの固まりみたいなかたがたは本部の幹部の皆さんだと言いたいくらいです」

皮肉たっぷりに言い放った者もいる。

「われわれ支店の行員は、お客さまのためではなく本部のために仕事をしてるんじゃないかと思うことがあります。やたら業務報告と顧客についてのデータを要求してくるので、そのために時間を取られてかないません。もっとお客さんのほうを向いて仕事をしたいですよ。だいたい本部は干渉し過ぎます」

中には「本部の幹部たちはいまだに大企業の銀行離れに気づいてないんじゃないですか。中小企業、個人客のよきパートナーであるべきなのに、本部はなんのノウハウも提供してくれません。それどころか逆に足を引っ張ってばかりいます」と、沼田に嚙《か》みつく者もいた。話が盛りあがっておひらきが深夜になったこともある。

「良いお得意さんを見つけるのではなく、良い得意先を育てるのが第一勧銀の使命なんじゃないんですか」

沼田たちは、こうした若い行員たちの声を細大洩《も》らさず汲《く》み上げて、常務会、役員会に報告した。

藤森は、ついにやりとしたくなるのをこらえて、仏頂面で沼田の報告を聞いていた。俺の言いたいことを見事に代弁してくれている――。

藤森が「支店長の皆さんは中小企業の社長になったつもりで頑張っていただきたい。担当役員は地銀の頭取と同じ立場に立ってください。業績が上がらない人には辞めてもらうしかありません」と訓示したのは、十月初めに本店の講堂で開催された支店長会議である。

藤森―羽倉コンビが支店長会議の直前に二回目の本部組織改正に踏み切ったのは、もう一段支店を活性化したいと考えたからにほかならない。

業務本部を四部から六部に改め、担当専務・常務を六人にし、企画本部企業情報室を企業情報部に昇格させた。

藤森は、業績が向上しない担当役員を会長室に呼びつけて「危機感を持て」と叱咤《しった》激励した。

「中小企業で三年も四年も赤字だったら、潰れないほうがおかしいんじゃないかねえ。××支店の支店長は人事部に突き返してもらったらどうかな。本部の然《しか》るべきところで再教育して出直してもらおうよ。担当常務にも問題があるんじゃないのか」

柔和な顔で得をしているが、言っていることは凄《すさ》まじかった。

担当専務、担当常務の眼の色が変ってくるのは当然である。

母店、幹事店級の支店長で、会長室に呼び出された者は十人や二十人ではきかなかった。

「中小企業のお客さまがＤＫＢに何を求めているか、何を期待しているのかニーズをつかむことが大切だ。当該企業が属している業界の特殊事情をよく勉強して、どこに問題があるか、課題はなんであるかをアドバイスできるようにならなければいかん。それによってどうしたらシェアを伸ばせるかもわかってくるし、その結果、資金需要も出てくる。揉《も》み手スタイルでお金を借りてくれなんて言っても莫迦《ばか》にされるだけだよ。商売のタネはいくらでもある。調査部のレポートをもっと活用すべきだし、企業情報部との連携も密にしたらいいと思う。××支店を燃える集団にしなければダメだよ。きみは中小企業の社長なんだ。中小企業でいちばん働くのは社長なんだよ」

藤森は、支店長たちを呼び出しっぱなし、言いっぱなしで終りにはしなかった。三ヵ月後に電話をかけて「その後どんな具合いかな」と訊《き》くのである。

「お陰さまで……」と相手が答えれば、「よかったねえ。これからもひとつ頼むよ。僕はきみに期待してるんだ」と思い入れたっぷりに言う。

督励していればよい、というものではない。それだけで部下が従《つ》いてくるわけがなかった。気持ちをかよわせることがいかに大切か、人心収攬《しゅうらんじゅつ》術を藤森は横田から学んだ。井上からは、なにごとにも動じない平常心について教えられた。

一方、頭取在任中に三百六十店ほどの支店を全部回って歩いたことが、羽倉の自慢である。国際派のバンカーという評価は一面的なもので、現場第一主義は羽倉のモットーであった。支店勤務が多く、本部（本店）の部長を経験せずに取締役になり、頭取に昇りつめたバンカーは大手都銀の中でも稀有《けう》の存在だろう。

羽倉の電話戦術は徹底していた。業績優秀な支店長で、羽倉から電話をもらわなかった者は一人としていなかった。羽倉は支店の規模に関係なく「ご苦労さん。今後とも頑張ってください」と電話をかけまくった。

「信賞必罰を徹底しましょう。業績をあげた支店長、行員とそうでない者の賞与が同等というほうがおかしいんです。抜擢《ばってき》人事も、もっとやるべきです」

藤森から同調を求められたとき、羽倉は二つ返事でOKした。

年功序列に狎《な》れている銀行に競争原理が持ち込まれたのである。同格の支店長クラスで半期の賞与で八十万円の差が生じ、間違いではないか、と藤森に言ってきた者もいる。

「安心するのはまだ早いぞ。次のボーナスがどかんと下がらないように頼むよ。住友の考課、査定はこんな程度のものじゃないらしい。努力すれば報いられることをわかってもらいたいんだ」

賞与格差作戦は行内に大きなインセンティブを与え、支店に活力をもたらした。

5

藤森—羽倉コンビは、シンガポール事件で迎えた危機から見事に脱却することに成功した。五十九年三月末決算で、第一勧銀の経常利益は一千三百七十億円と対前年比六四・三パーセント増加、当期利益も五二・四パーセント伸び五百六十四億円を計上した。預金高は十九兆六千四百億円（一〇・六パーセント増）、貸出金は十四兆九千六百億円（一三・六パーセント増）であった。

昭和五十九年五月末の昼前に、藤森は横田名誉会長の部屋で雑談したが、そのときの横田のきれいな笑顔が忘れられない。

「シンガポール事件はやりきれなくて、気持ちが滅入ってならなかったが、ほんとうによく頑張ってくれたねえ」

「あの事件は旧行意識を払拭するために、いいクスリになりました」

「うん。一体化、効率化が進んだから業績も上がったんだろう」

「もうちょっとごらんになっててください。まだ序の口とまでは申しませんが、第一勧業銀行はもっとよくなります。必ず世界最強の総合金融機関になると思います」

「そう。期待してるよ。きみにまかせておけば安心だ」

六月六日の役員懇談会にも横田は元気な姿をみせ、コーヒー・ブレイクで井上、西川、村本、藤森たちと愉《たの》しそうに談笑していた。

羽倉は、中国へ出張中だった。

九日の深夜、羽倉は広州のホテルで寝入り端《ばな》を電話で起こされた。出張に同行した常務の村上芳輝だった。

「大変です。東京の加藤秘書室長から電話がありまして、横田名誉会長が亡くなられたと……」

「えっ……」

「いま、小穴君とそちらへ参ります」

小穴雄康は取締役外国営業部長である。

ほかに若い行員と秘書が二人随行していた。

村上と小穴があらわれるまでの一分ほどの間、羽倉はパジャマ姿のままベッドに坐り込んで放心していた。

村上が沈痛な面持ちで言った。

「夜、ご自宅で。肺気腫だそうです」

「五日前ご挨拶に名誉会長室へ伺ったときは、とてもお元気そうだったのに……。躰《からだ》に気をつけてって笑顔で……」

羽倉は胸が熱くなり絶句した。

村上も小穴も眼に涙を溜《た》めている。

「僕はあした東京へ帰るよ。すぐ飛行機の手配を頼む」

午前零時に近かったが、村上と小穴は若い二人も動員し、八方手を尽くして翌日の香《ホン》港《コン》・啓徳空港午後三時発のフライトを確保した。キャセイ航空だが、搭乗券は一枚しか取れなかったので、羽倉は一人で帰国することになった。

ところが広州から香港までの飛行機も汽車も満席で取れず途方に暮れているときに、小穴がいいことを思い出した。

「たしかゴードンウーさんは香港から自家用車でこのホテルに来てたんじゃなかったです

か」

ゴードンウーは香港在住の華僑《かきょう》で、DKBと取引関係にある。

羽倉が宿泊中の広州のホテルは、中国側と香港資本の合弁方式によるもので、第一勧銀、兼松江商などが協力した。あすの十日がオープニングセレモニーで九日は前夜祭が行なわれた。

ゴードンウーは自家用車の提供を快諾してくれた。

帰り仕度に追われて、悲しみに浸るいとまもなかったが、羽倉は少しまどろんだだけで、翌朝七時前に香港ナンバーのベンツに乗り込んだ。羽倉の隣りに香港までの護衛役を買って出てくれた兼松江商深圳《しんせん》支店長の清水尚夫がおさまり、第一勧銀ファイナンス現地採用行員の中国人ウイリアム・チンが助手席に坐った。言うまでもなく二人とも中国語が堪能である。

運転手は日本語が話せなかった。

広州の街を出ると、道路はひどい凸凹道だが、ベンツは砂ぼこりを舞い上げて疾走した。

珠江のデルタ地帯では橋のない川を二ヵ所も伝馬船のようなフェリーで渡らなければならない。

六月の広州は、一年中でいちばん暑い季節だから、国境へ辿《たど》りついたときは、スーツまでぐっしょりするほど全身汗みずくだった。

深圳の税関は入国手続きは至極あっさりしているが、出国には時間をとられる。密出国をチェックする必要上、仕方がないと諦めるほかはないが、二人がかりで税関吏に事情を説明し、多少便宜をはからってもらったとはいえ、ずいぶん手間取り、出発時刻に間に合うかどうか気が気ではなかった。

キャセイ航空五〇〇便の747機が啓徳空港を離陸したのは午後三時過ぎ、成田空港に到着したときは八時を回っていた。

羽倉は、なんとか今夜のうちにと思ったが、松庵《しょうあん》の自宅に帰ったのは十時近かったので、深沢の横田邸への弔問は翌朝になった。羽倉が訪問した十一日の朝十時頃、横田邸の周辺はやけにＳＰの姿が目立った。

弔問客の中に田中角栄がいたからだ。

田中は、昭和六十年五月に発刊された『横田郁追悼集』に〝横田郁さんを偲《しの》んで〟と題する一文を寄せているが、その中で次のように書いている。

横田郁さんに初めて面識を得たのは昭和二十五年の暮から翌二十六年の春頃である。

昭和二十五年秋、推されて郷里新潟県の長岡鉄道の社長に就任し、同鉄道三九キロメートル余の電化工事を実施するに当って復興金融公庫、日本興業銀行と当時の日本勧業銀行の三行協調融資で、初めて日本勧業銀行本店に横田さんを訪ねたときのことである。紹介者は元大蔵次官で勧銀の会長であった山田義見さんであったと思われる。

頭取は堀武芳さん、副頭取は濱口巌根さん、横田さんは本店の貸付課長の職にあった。戦後の混乱期における地方鉄道の電化工事は現在考える程単純な仕事ではなかった。興銀から復金に出向中の中山素平さん、興銀の植村常務、そして横田さんの厚意でこの難事業は短日月の間に完工した。

私は政治家の職にあるが会長、社長として関連した企業も多数あるし金融界の知人も多いが、金の貸し方が実にうまく、鋭いが温かく、借りる側に立って親身になって考えてくれ、この人は大人物であると直感し、一生を通じて私的交友を持ち続けた人は富士銀行の元頭取金子鋭《かねことし》、日本興業銀行の元頭取中山素平、そして第一勧業銀行元頭取の横田郁さんの三人である。

お嬢さんを亡くされた直後、かつて一度も示されたことのない「しんみり」とした話。この一夕の席は私にとって一生忘れられないものとなった。横田さんの人間そのものに触れて私も声無かったことを今も鮮やかに覚えている。

6

横田郁の銀行葬は七月十日に芝の増上寺でとりおこなわれたが、最前列で身じろぎもせずに遺影と向かい合って、いつまでも横田の死を悼んでいる田中角栄の姿は印象的であった。

葬儀委員長の羽倉は、弔辞を読みながらこみあげてくる涙で、何度も声をつまらせた。文字が滲《にじ》んでかすんで見える。懸命にこらえようとするのだが、どうにも止まらなかった。秘書室長の加藤陽一郎、企画部主任調査役の摩尼義晴らに自分の気持ちを伝えてまとめさせた弔辞の草稿に手を入れているときも、羽倉は泣けて泣けて仕方がなかった。

謹んで、第一勧業銀行名誉会長故横田郁殿のご霊前に、お別れのご挨拶を申しあげます。

去る六月九日の深更、あなたが急逝されたとの報せを、出張先中国広州市で受け、私は一瞬、わが耳を疑い、ただただ茫然《ぼうぜん》として、いうべき言葉を失ったのであります。

思えば、中国に出発する数日前、出張のご挨拶を申しあげたとき「身体に気をつけて」と、平生に変らぬご温顔に笑みを湛《たた》えながら、私を送って下さったのであります。それが最期のお別れになってしまいました。

今、こうして、あなたの御霊に弔辞を捧《ささ》げねばならないとは、人の世の常とは申せ、多年親しくご謦咳《けいがい》に接しご薫陶を受けた身にとりまして、痛惜の念まことに耐えがたいものがあります。

顧みますと、あなたは、明治四十二年一月、後の政友会幹事長司法大臣横田千之助殿の長男として、生を享《う》けられました。

昭和七年慶應義塾大学経済学部をご卒業後、翌八年日本勧業銀行に入行され、爾来《じらい》ご栄進をかさねられて、昭和四十四年頭取にご就任されたのであります。

当時、経済の高度化、国際化を背景に、金融業務の効率化と真に国民生活に密着した国民的銀行の出現が、官民を問わず広く各界から望まれていたのであります。

銀行経営の最高責任者として、かねてより金融界の行方に深い関心を寄せられ、また、日本勧業銀行の限りない発展を強く希求されていたあなたは、その将来を金融再編成の中に模索し、熟考を重ねられたのであります。

そして、第一銀行という好パートナーを得て、国民の求める新銀行を創立せんと、敢然として決意されたのであります。

かくて、井上名誉会長ともども、信義と互譲の精神にたって、この金融史上に例をみない大型合併を成功に導き、わが国金融史に不朽の光彩を放つ新たな頁《ページ》を加えられたのであります。

第一勧業銀行が誕生するや、その初代頭取に推され、以来、取締役名誉会長、名誉会長と歴任され、ご逝去の寸前に至るまで文字どおり第一勧業銀行の創立者として新しい価値観を説かれ、これを統率し牽引《けんいん》してこられたのであります。

今日、第一勧業銀行に籍を置く二万余の行員が、誇りある日々を送れますのも、一に、あなたの先見性とご努力に負うものであります。

あなたは外にあっては、二度にわたり全国銀行協会連合会会長をつとめられたほか、経済団体連合会常任理事、財政金融委員長等、財界の要職を歴任され、また、慶應義塾の評議会議長として、母校発展のために永年にわたりご尽力されたのであります。

また、あなたは、いち早く流通革命や情報化社会の到来を予見され、サービス産業や通信、放送事業等、情報産業とその関連事業に並々ならぬ関心と情熱を寄せ、その発展に協力してこられたのであります。

更にあなたは、後年に至り、日本電信電話公社経営委員、同委員長代理として、わが国電気通信事業の発展に直接貢献されたのであります。

この半世紀を超える行内外の活動を通じ、あなたは、時代の潮流の行方《ゆくえ》を見極める透徹した先見性、周到な布石と果断な実行力、そして天賦の政治性を、ひとり当行のみならず、金融界をはじめ広く各界の発展に捧げてこられたのであります。

これらのご功績に対し、昭和五十四年春、勲一等瑞宝章を授与され、このたび更に、従三位に叙せられ、銀杯一組を下賜される光栄に浴されたのであります。

これは、あなたの多方面にわたる顕著なご功績を讃《たた》えるにまことにふさわしい栄誉であります。

今、あなたの温容を想《おも》い、幾十年の長かりしご厚誼《こうぎ》を偲び、追慕の情まことに切々たるものがあります。

あなたが、昭和二十九年から三十三年にかけて大阪支店の次長であられたとき、ご在任中を通じ私はあなたのすぐ下でお仕えしましたが、その当時からあなたは、英知に富み強靱《きょうじん》な意志を有する人であると同時に、誰よりも情誼に厚く、かつ細やかな人であられました。お取引先は申すまでもなく、長上の方々や友人、後輩に対する心遣いは実に行き届いておられたのであります。私は、このことを常日頃、目のあたりにし、時には直接ご薫陶もいただき、これを終生の教訓としているのであります。

あなたはまた、あの天与の雰囲気と豊かな包容力とによって、あなたを知る誰しもに深い敬意と大きな安堵感《あんどかん》を与えてこられたのであります。

しかし、そのあなたも、人の世のさだめには抗し得ず、忽焉《こつえん》として長逝されました。今や金融界の内外共に洵《まこと》に多事にして、挙げてこの転期に処すべきとき、師父たりしあなたを失った空洞をどのように埋めることが出来るのでしょうか。時折参上してご意見をうかがいご報告を申しあげた名誉会長のお部屋に、二度とあなたのお姿を拝することもかなわなくなりました。人生の悲痛、身辺の寂寥《せきりょう》これに過ぎるものはないのであります。

しかしながらこの悲しみを乗越え、あなたが何よりも愛された第一勧業銀行の発展のために、全力を尽くすことを役職員一同を代表してここにお誓い申しあげます。

横田名誉会長――いよいよお別れの時がまいりました。しかし、その前に、是非ともご報告申しあげておきたいことがございます。

それは、あなたが井上名誉会長と共に創立された当行が、お亡くなりになられた直後総資産残高において世界第一位の銀行として報ぜられたことであります。

このことを、あなたのご存命中にご報告できなかったことが、何よりも悔まれるのであります。どうか、天上にあって、私どもと共におよろこびいただきたいと思います。

ここに限りない尊敬と感謝の念をもって心からご冥福《めいふく》をお祈りし、お別れの言葉といたします。

羽倉の弔辞を聞いていて、井上は、どうしようもない寂寥感に襲われていた。

井上は、〝追悼集〟の中で、横田の想い出を次のように綴《つづ》っている。

昭和四十五年の正月からは、場所を築地に変えて、月一回程度の頻度でお会いした。横田さんは酒を一滴も飲まれず、私も余り飲める方ではないが、その点、私よりはるかに徹底されていた。話し合いは、次第に合併の具体案を煮詰める段階へと進み、お互いに重大な責任を意識しながら、しかし激しい議論になるなどということは一度もなかった。

会合を重ねるごとにお互いの信頼が深まるという話し合いを一年余り重ねて、ようやく、しかし無理なく結論がでた。この間、横田さんもご苦心が多かったと思うのだが、横田さんはそれを少しも顔に出されず、いつもにこにこされていた。そうした横田さんから感じられたのは、お人柄からにじみ出てくる誠意というものであった。

横田さんについては、父君が政友会の大政治家であったということがしばしば話題になるが、ご本人には、少しもそういった感じがない。むしろ、政治家ではない、政略家でもない、という印象が強かった。私も横田さんの誠意を信頼し、率直にお話しすることができた。

合併という仕事は、ただ、議論や理屈を積み重ねていくだけでは達成できない。経営者同士の人間的なふれ合いを通じて、お互いの信頼関係をいかに築いていくか、で決まるといってよい。横田さんにめぐり会えたことは、まことに幸せであった。

合併後は、丸の内の本店でも、また内幸町の新本店でも、横田さんと隣り合わせの部屋に居ることになった。お互いにノック一つでお会いでき、色々話をしたが、やはり合併について話をし合った頃の事が、一番思い出深い。

横田さんは、一昨年の秋頃から健康をそこねられ一時入院された。それでも、昨年の春になってから大分良くなられ、銀行にも毎日出て来られるようになっていた。亡くなられる三日前、六月六日の水曜日に役員室のコーヒーブレイクでお会いし、一時間ぐらい色々とお話ししたが、あれが最後になった。その時は、普通と少しも変わらずお元気そうだったので、知らせに接ししばし茫然とした次第である。

この春、日本経済新聞に連載した「私の履歴書」最終回に、私は「横田名誉会長とども、第一勧業銀行のこれからの発展を期待している」と書いた。三月三十一日のことである。

私よりお若く、まだいろいろなことにご一緒したいと思っていたのに、まことにさびしいことであり、また残念なことである。

7

井上と横田の期待が裏切られることはなかった。

昭和六十三年三月期決算で第一勧銀は過去最高の好決算を計上、経常収益、経常利益、税引利益とも都銀十三行中トップに躍り出たのである。

為替の変動で総資産残高は五十八年以来、預金残高では五十九年以来世界一位の座をゆるぎないものにしていたが、収益面も含めて質量共に世界一のトップバンクに躍進したのである。

五月下旬に決算発表した直後、藤森は、サントリー社長の佐治敬三と本店三十二階のゲストルームで会食した。

「たしか新井さんいいましたかなあ。十年ほど前に堂島支店長されてましたが、いまどこのポストにおられますのや」

「新井は今度副頭取になります」

「それはよろしおますなあ。同じ町内会でおつきあいさせてもらいましたが、新井さんはええことを言うてくださった。ビールの販売は若い人をターゲットにすべきだと言われたのです。いちどサントリービールの味に馴染《なじ》んだら、年を取ってからもずっと飲んでくれるからええいうわけですが、若い人が飲んでくれるのでサントリービールはよう売れるようになりました。人柄のええ、立派な人でしたなあ」

「ありがとうございます」

藤森は、自分が褒められるよりも嬉《うれ》しかった。

「新井は支店長ばかり五ヵ所もやって役員になったんです。思い遣《や》りのある男ですから部下に慕われてます。現場が長かった新井のような男が副頭取になることは、行員のモラールアップになるんじゃないでしょうか」

「藤森さん、ええことをしましたなあ。現場の人間を大切にせなあいけません」

新井裕は、昭和四十八年十一月から五十七年六月までの八年半ほどの間に赤羽、神保町、昭和通、堂島、京橋と五つの支店長をこなして、五十七年六月に取締役本店営業第二部長に就いた。後年、新井は月刊誌『致知』に〝私の座右銘——我以外皆我師——〟と題するエッセイを寄せている。

銀行へ入行した折、その記念にと、作家の吉川英治先生が、「我以外皆我師」という色紙をくださった。以来四十年余り、私の座右の銘として、自分自身を反省して見つめ直す、戒めの言葉としている。(中略)

家が戦災で丸焼けになってしまったこともあり、大学時代は親からの仕送りなどはまったく受けられなかった。ありとあらゆるアルバイトに精を出し、学校の授業料から生活費まで稼ぎ出し、どうにか卒業できた。

当時は、本当に苦しく、また思い悩んだ時代であったが、いま改めて振り返ってみると、本当にいい体験ができたと思う。この体験があったからこそいまの私があるとさえ思う。

苦しい時に嘆いたからといって、問題の何の解決にもならない。それよりも、むしろその苦しさを天が与えてくれた試練だと真正面から受け止めて乗り越えていく努力が大切である。私自身そうした生き方をしてきたつもりである。(中略)

特に、人の上に立つ人にとっては、逆境の時、真正面からぶつかっていく態度は重要である。部下の失敗を自分の責任として解決していく。あるいは、それを乗り越えていこうとする努力があれば、部下は自ずとついてくる。そこにリーダーシップが生まれるのではないだろうか。本当のリーダーシップとは、そのリーダーの人間そのものだと強く感じる。

いうなれば、人は、苦しみや悩みを乗り越えた時こそ、素直に他人の長所を受け入れることができる。あるいは反面教師として、自らの戒めとすることができるのではないだろうか。

幼年学校時代、および大学時代の苦しい体験が、いまだに私の心の励みとなっている。

昭和六十三年六月、六年半続いた藤森―羽倉体制にピリオドが打たれ、取締役相談役に退いた。藤森と羽倉にとって〝収益トップ〟は恰好《かっこう》の花道になった。

副頭取の中村一郎と宮崎邦次がそれぞれ会長、頭取に昇格、コンビを組むことになった。

中村は、横田に秘書役として長年仕え、西川と羽倉から鍛えられたK出身のエースである。D出身の宮崎は、取締役企画部長時代の藤森に仕えたことがある。

藤森は、なにかにつけて嚙《か》みついてくる宮崎が気に入った。有言実行型で上に強く、下に優しい宮崎は、藤森によって表舞台へと引きあげられてゆく。

秘書役として、井上名誉会長の薫陶を受けたことも宮崎にとってプラスになった。

宮崎が頭取に就任して間もないころ、評論家の梶原一明が取材で本店にやってきた。

かつて〝一つ屋根の下の二つの銀行〟の造語をつくったのは梶原だが、取材を終えて雑談のときに、おもしろい話をした。

「鳥の絵はどこにあるのかなあ。丸の内の本店時代に会長応接室の壁にかかってた大きな絵ですよ」

「鳥の絵ねえ。きみ、知ってる?」

同席した広報室長の湊勝二も首をかしげた。

梶原がまだ『財界』の金融担当記者だった昭和四十八年五月ごろ、合併二年目の第一勧業銀行の旧本店に井上会長を訪ねたことがある。

会長応接室の壁に六十号の大きな油絵が掲げられてあった。

十七世紀の画家デビッド・ベック(一六二一～一六五六、オランダ)が画いた〝鳥の毛挘《むし》り〟という写実的な絵である。

ベックは、ヴァン・ダイク(フランドル人)の弟子で、肖像画を得意とし、代表作に〝クリスティーヌ王女の肖像〟がある。フランドル地方を中心にヨーロッパを放浪したベックがいつ〝鳥の毛挘り〟を制作したか詳《つまび》らかではない。

農家の夕暮れどきに若い夫婦が、にわとりの毛をむしっている場面が描かれている。夫は少年のように初々しく、妻は少女のようにあどけない表情だ。絵の左隅に幼児の顔が覗《のぞ》いている。テーブルの上に、毛をむしられたにわとりが横たわっている。天井から、さかさまに吊《つ》るされている鳥はまだ毛がむしられていない。

井上も梶原もヘビースモーカーだから、換気の悪い室内は、煙草のけむりでもうもうとなった。

梶原が絵を見上げながら言った。

「せっかくの絵が煙草のヤニで傷みませんかねえ」

「そうかもしれません」

井上が煙草を灰皿に捨てたので、梶原も咥えたばかりの三本目をポケットにしまった。

「川崎グループの主宰者の松方財閥が所有していたコレクションの一つがこのベックの絵で、十五銀行の華やかなりしころに手に入れたんでしょうねえ。帝国銀行が十五銀行と合併したあと、本店の応接間に飾られるようになったんです」

「十五銀行って、明治末期から大正時代にかけて華族の銀行として栄えた銀行でしょう」

「ええ。京橋区木挽町《こびきちょう》に本店がありました。瓦ぶきの屋根で……。ひところは第一よりも勢いがあったくらいですが、昭和二年の金融恐慌で、取り付け騒ぎに巻き込まれてからは活力がなくなってしまった」

第一銀行と三井銀行が合併し、帝国銀行として発足したのは昭和十八年四月だが、同年十二月から十五銀行との合併話が進行し、十九年四月に合併契約に調印、八月に帝銀に吸収合併された。

合併前の十五銀行の頭取は、大蔵省銀行局長から転じた入間野武雄だが、入間野は帝銀の副頭取に就任した。

「昭和二十三年十月に帝銀は第一と三井に分離しましたねえ」

「分離劇は、大変なエネルギーを要したんですよ。まる二年かかったんですからねえ。分離委員会が設置され、僕もメンバーの一人でしたが、ほんとうに喧嘩腰《けんかごし》で、ずいぶんガタガタしたんです」

「灰皿をつかんで投げるとか、大立ち回りがあったんですか」

梶原がまぜっかえすように訊くと、井上は破顔した。

「まさかそこまでは。でも、席を蹴立てて退席するなんていう場面はしょっちゅうでした」

「どうしてそんなに揉めたんですか。元の鞘《さや》におさまるだけの話じゃないですか」

「旧第一、旧三井の支店は元へ戻ればいいから問題はないが、統合店や新規に開設された店舗をどうするか、廃止店の扱いをどうするか、資産をどう分けるか、利害の調整はそう簡単にはいきません」

「旧十五銀行の人たちはどうなったんですか」

井上は、考える顔で湯呑《ゆの》みに手を伸ばしたが、すぐに穏やかな表情に戻った。

「こんな言いかたをすると三井さんに叱られるかもしれないが、十五銀行はもともと第一と合併したい意向の人も少なくなかったようです。金融恐慌に伴う特別融資問題を解決したあとで、他の銀行との合併問題が起きるようなら、相手は第一にお願いしたいということだったんじゃないですか。第一は財閥色のない中立銀行ですから。つまり分離後は第一のほうへ戻りたかったでしょうねえ」

「…………」

「しかし、総司令部も大蔵省も、イーブンを原則とする分離を主張してましたから、三井側に付かざるを得なかったんです」

「それにしては、この絵はどうしてここにあるんですかねえ」

梶原はふたたび〝鳥の毛拷り〟を見上げた。

「これは三井銀行さんの置き土産なんです。佐藤喜一郎さんが、なにか記念になるものを置いていきたいって言いましてねえ。ずいぶんやりあったけれど、最後は佐藤さんらしいというか極めてきれいに決断を下し、この絵を置き土産にして分離ができあがったんです」

井上は、往時を偲んで、懐しそうに絵を見つめている。

梶原は、もう一度壁のほうへ眼を投げた。

「十五銀行を偲ぶよすがは、この絵一枚というわけですか。十五銀行は融けて消えてしまってあとかたもないし。三菱銀行と合併してたら、第一も同じような運命になってたかもしれませんねえ」

「ええ。三菱銀行と合併した第百銀行がそうですね。第百銀行と合併したからこそ三菱は上位銀行になれたんです」

梶原は、十五年も昔の話を披露したあとで、「いま、あの絵がどこにあるか調べといてくださいよ」と湊に言った。

湊は、さっそくこの話を井上に伝えた。

「三十一階の役員応接室にありますよ。見てごらんなさい」

井上は、名誉会長室の隣りの応接室に湊を連れて行った。

窓から日比谷公園がひと呑みにできる広い応接室の壁に〝鳥の毛挘り〟は存在した。

井上は、向かい側の壁に背を凭《もた》せて、絵に見入った。

井上の表情がかすかに動いた。この絵が、何故この部屋に飾られているかの由来を横田に話していなかったことを思い出したのである。

横田さん――。井上は胸の中で泉下の横田に語りかけた。

第一勧業銀行は、後輩たちが頑張ってくれたお陰で立派な銀行になりましたよ。どうやらわれわれの選択は間違ってなかったようですね、と。

解　説

中沢孝夫（福井県立大学特任教授）

導入部の緊迫感と臨場感がすばらしい。手に汗を握る、とはこのことである。ビジネスマンが自らの仕事人生を、この一瞬にかけている緊張が伝わってくる。まるで著者が現場で立ち会っていたかのようである。

秘匿すべき情報こそがスクープに値するということを、これほどまでに克明に読者に伝えてくる小説はまれである。

「情報の入手」は「根回し」の仕組みと似ている。そこにはなんらかの「交換」が伴う。しかし、その二つは必ずしもその場、その場で決済するわけではない。「情報」の場合ならば「別の情報」あるいは「お金」、時には将来の「贈与」なども交換の対象となる。またより正確な情報は、複数から手に入れ、「ウラ」を取らなければならない。正確さを期するためには、その労力と費用はうなぎ上りとなる。

「根回し」も同様だ。これも「長期多角的取引」というべき内実をもっており、情報と同じくビジネスの世界で必須のものである。「Aを譲ってくれれば、Bを譲る」といった直接交換だけではなく、「今回Aを譲ってくれれば、一年後にX氏が望んでいることをBというかたちで返礼する」といったように、複数の関係者が、長期にわたって異なった次元の交換を約束するのである。それによって「根回し」という「事前の合意」が成り立つ。

もちろん「情報」も「根回し」も、ウソや裏切り、あるいは思いがけない失敗がつきまとう。「十分な取引」と思っていても、相手は必ずしも納得しなかったりする。それゆえ当事者は最終的には「信用」の世界に戻らざるを得ないのだ。

本書「大合併」は、銀行の合併というテーマを通して、経営者のビジョン、組織内マネジメント、取引先との関係、労使関係、新しい選択と過去の経過、先輩たちの考え方、そしてなにより新しい時代に踏み出す勇気などが生き生きと描き出されている。

日本経済新聞の池内記者による第一銀行と日本勧業銀行の合併のスクープの通告電話から本書は始まる。記者の池内正人と両銀行の頭取とのやりとりが、息詰るような緊張の中で描かれる。

日本勧業銀行の横田郁と第一銀行の井上薫は、書かないでくれと必死である。スクープされることにより「九仞《きゅうじん》の功を一簣《いっき》に虧《か》く」怖れがあったからだ。前例は身近にあった。この電話の二年前に井上自身が会長を務めていた第一銀行と三菱銀行の合併話が、読売新聞のスクープによって、結果として覆えされたのである。覆した旗ふり役は井上自身であった。その時は三菱銀行に「吸収される」恐怖からだった。

しかし池内記者の側にも言い分があった。事前の根回しがすすむとそれだけ情報が広がり、他社に知られスクープされる可能性が広がる。しかも合併の事実を発表する予定日を頭取側はカモフラージュしていた。信義則に反するのだ。

二人の頭取は極秘の発表日が漏れたのは大蔵省筋であるとすぐにわかったが、日本経済新聞と大蔵省が密接な情報交換をしていることまでは気がつかなかったのである。銀行、新聞社、大蔵省の三者がそれぞれ自分の都合で動き、お互いを利用していたのである。合併情報は僅《わず》かな人間しか知り得ないものだったが、その僅かな中でも立体的、多角的に情報交換はなされていた。

企業合併や事業の統合あるいは人事が新聞に発表されたり、事前に漏れたりすると、その報道が事実であっても、都合の悪い関係者が無数に存在することによって覆ってしまうことはよくあることだ。それゆえ当事者は関係者への根回しを周到に行いたいのである。「聞いていない」という言葉は最高の拒絶であることはビジネスマンなら皆、経験的に自覚している。それゆえ反対意見を消去するために、慎重に根回しをする。しかし皆が知ってしまったことは報道機関にとってはニュース足り得ない。皆が知らないことを知らせるのが新聞やテレビの役割でもあるのだ。

だが周到な「根回し」があっても、思いがけない失敗もある。本書で言えば第三章の「幻の三菱第一銀行」で紹介される事例である。当時の第一銀行の頭取・長谷川重三郎は前頭取で会長の井上薫に、反対されないために日銀政策委員のポストを用意した。銀行OBにとってはあこがれの舞台である。三菱銀行の頭取と組んで、日銀総裁と大蔵省銀行局長に持ちかけた。大蔵省も日銀も金融再編成を推進したかったので、取引に応じた。しかし肝心の井上薫は思いがけずそれを断った。合併と引きかえにポストを受けたら「皆さんに恨まれますよ」という判断からだった。長谷川の思惑は外れ、かつ顔もつぶされた。

しかし長谷川は政府の強い支援もあり、合併に向かって突っ走り、既成事実づくりのために、側近がリーク（漏らす）し読売新聞がスクープした。読売は事実を報道したのだが、その報道が事実を覆すことになった。結果、反対が続出した。支店長会、従業員組合、株主、取引先は三菱銀行に飲み込まれる不幸が待っていると思ったのである。合併構想は幻に終った。

この合併構想は幻に終ったが、銀行の再編は必要に迫られていた。今度は合併に反対していた井上が頭取に復帰し、新しい合併に踏み出したのである。それが冒頭の書き出しとなっている。すでに本書を読み終えている読者に、本書の筋をここで繰り返しても意味はないので、これ以上はふれない。

「神は細部に宿る」というが、高杉本が面白いのは、細部の詰めの揺るぎなさにある。例えば、第一勧銀のハートのマークの決定のプロセスのエピソード。「ハート美人はその昔コンドームの商標であった」がゆえにすんなりとはいかなかったこと。

あるいは、それぞれがもっている「文化」の差。企業にはそれぞれ特有の「言葉」がある。「ファジ」とは「うまみがない」ということで「不味」からきている。逆なら「旨味」である。「旨味取引」を相手の銀行は「取引メリット」と言っていた。あるいは「ムキョ」は「無拠」のことであり「よんどころなし」の意である。「祝金」か「酒肴料」の違いくらいはともかくとして、こうした事務用語の統一など、大型合併にはとてつもないエネルギーがさかれることはよくわかるのである。

さて、事後的に振り返ってこの合併はうまくいったのだろうか。たしかに井上や横田が考えたように、お互いが対等であり、飲み込まれることもなかった。しかし、襷《たすき》がけ人事に代表されるように、支店のあり方から取引先との経過まで、全てが「平等」でお互いの領域は「神聖にしておかすべからず」となり、別の銀行がひとつの屋根の下にいた、というべきものだったろう。この合併後に入行した人たちがやっと経営陣に登場するときに、日本興業銀行と富士銀行との三者合併により「みずほ銀行」がスタートしたのである。

「一番遅い船に合わせて進む」（もっとも能率の悪い会社に全体を合わせる）というい わゆる護送船団方式による日本の銀行行政が崩壊したのだ。

ともあれ、オイルショック（１９７４年）の直前の出来事が描かれた本書が、いつまでたっても瑞々《みずみず》しいのは、「会社」や「ビジネス」というものの本質が読者にしっかりと伝わってくるからである。「情報」の扱いや「根回し」のあり方などは、泥臭いものであっても、変わらない真実なのである。

高杉ワールド全開の一冊である。

二〇一一年十月

この作品は１９８９年10月講談社より刊行されました。

徳間文庫

大《だい》合《がっ》併《ぺい》

2011年11月15日 初刷

著者 高《たか》杉《すぎ》良《りょう》

発行者 岩渕徹

東京都港区芝大門二—二—二〒105—8055

発行所 株式会社徳間書店

電話 編集〇三(五四〇三)四三五〇
販売〇四八(四五一)五九六〇

振替 〇〇一四〇—〇—四四三九二

印刷 図書印刷株式会社

製本 株式会社宮本製本所

ISBN978-4-19-893458-3 (乱丁、落丁本はお取りかえいたします)